ryuoh no oshigoto!

용왕이
하는 일!!

아이 군은 내 연구 파트너야

© Shirabii

히나츠루 아이

여류 초단

쿠구이 마치

산성앵화

여류명적 리그
최종전 일제대국!

목차

저 자	시라토리 시로	작품명	용왕이 하는 일! 15

일러스트	시라비	감 수	사이유키

페 이 지	발 행 처	발행연월일
352페이지	노블엔진	2022년 9월 1일

	페이지 수
제 0 보	4P
제 1 보	9P
제 2 보	61P
제 3 보	97P
제 4 보	173P
제 5 보	253P
후 기	341P
감 상 전	343P

이상 352페이지로
용왕이 하는 일! 제15권 전부

ryuoh no oshigoto!

용왕이 하는 일!

15

시라토리 시로

일러스트 ▲ 시라비
감수 ▲ 사이유키

등장인물 소개

쿠즈류 **야**이치

용왕. 제위 타이틀을 따서 사상 최연소 2관이 된다. 기본적으로 만화와 장기 서적만 본다.

쿠**구**이 마치

여류 타이틀 산성앵화 보유자이자 관전기자라는 면도 지닌 교토 미인. 편집자 재능도 있다.

히나츠루 아이

야이치의 제자. 장기 묘수풀이 책을 단숨에 풀어서 속독으로 오해받는다.

로쿠로바 타마요

여류 2단. 현역 여대생. 겉만 봐서는 허당으로 보이지만, 실용서 말고는 보지 않는 현실주의자.

나타기리 진

A급 8단. 장기 서적 수집가이며, 칸다 고서점 거리에서 목격 정보가 많다.

야샤진 아이

야이치의 두 번째 제자. 뼛속까지 전자서적파로, 포인트도 의외로 잘 모은다.

소라 긴코

사상 최초의 여자 프로 기사. 휴양을 발표했다. 입맛은 까다롭지만, 독서는 의외로 잡식.

🔔 한 장의 사진.

소중하게 여기는 사진이 있다.

초등학생 시절, 처음으로 큰 장기 대회에 출전했을 때 상위 네 사람이 함께 찍은 사진이다.

"자! 다들 웃으렴!"

카메라를 든 관전기자가 몇 번이나 웃으라고 말했던 것을 기억한다.

왜 그렇게 웃으라고 말한 것일까?

나만 울었기 때문이다.

그것도 엉엉 울어댔다.

내 인생에서 그렇게 울어댄 것은 단 한 번뿐이라고 단언할 수 있다. 그 정도로 울었다.

처음에는 진 것이 분해서 울었다.

하지만 도중부터는…… 다른 이유로 울었다.

울음을 그치지 않는 내 옆에서는 자기 덩치만 한 우승 트로피를 든 조그마한 남자애가 허둥대고 있었다.

"울지 마. 울면 안 돼……."

우리 중에서 가장 작은 남자애가 계속 그렇게 말하며 나를 위로해 줬다.

그래도 울음을 그치지 않는 나를 보고 당황한 남자애는 결국 이런 이야기를 시작했다.

©shirabii

"장기에서 졌다고 울면, 장기 귀신이 찾아와!"

"……귀신?"

"응! 나는 내제자라서 사부님 댁에서 사는데, 그 집에는 장기 귀신도 살아! 엄청 무섭거든? 나, 이 대회에서 우승 못하면 '일문의 수치니까 오사카에 돌아오지 마.' 라는 말을 들었어……."

"너무해……."

"그렇지?! 툭하면 '담가버린다' 라거나, '돈사해버려.' 같은 소리를 하며 두들겨 패고 걷어찬다니깐. 내가 장기를 지고 울면 어디선가 나타나서 '울지 마!' 하고 화내."

나를 필사적으로 위로해 준 그 남자애는 우승했으면서도 금방이라도 울음을 터뜨릴 것 같은 얼굴로 나를 응시하며 말했다.

"그러니까…… 응? 울지 마…… 마치."

나는 그 말을 듣고 더 울었다. 목 놓아 울었다.

하지만 그것은 슬퍼서가 아니다.

'내가 울면, 이 애가 위로해 준다. 나만을 바라봐 준다…….'

그게 기뻐서, 기분 좋아서, 나는 계속 울었다. 이 남자애의 마음을 끌고 싶어서…….

앞으로도 이렇게 울 일이 있다면…… 그건 딱 한 번뿐이리라.

그 후로 10년이 흘렀다.

기사가 된 나는 장기 라이터로도 활동하고 있다. 그 남자애의 장기를 계속 쫓기 위해서. 가장 가까이에서 그 남자애의 장기를 보며 모든 것을 기록하기 위해서.

성장한 남자애의 사진도 잔뜩 찍었다. 기술도, 도구도, 매우 진보했다.

하지만 그 사진보다 뛰어난 사진은 아직도 찍을 수 없다.

"돈과 시간을 들여서 프로가 촬영한 사진보다, 아마추어가 우연히 찍은 스냅 사진이 마음을 흔드는 경우가 있다."

그것을 가르쳐 준 사람이 그 사진을 찍은 기자이며, 지금은 편집장이다. 내 스승이자, 상사다.

하지만 어느 순간…… 문득, 이렇게 생각했다.

나는 그 남자애의 사진을 찍고 싶은 게 아니라, 사실은…… 그 옆에서 사진에 찍히고 싶은 것 아닐까. 그래서 그 사진을 뛰어넘는 것을 찍지 못하는 게 아닐까…….

하지만 유감스럽게도 현실은 사진처럼 되지 않았다.

남자애 옆에는 자신보다 더 어울리는 공주님이 있었다. 강하고 아름다운 백설공주가…….

하지만 그래도 괜찮다고 생각했다. 어쩔 수 없다고 생각했다.

그 공주님은 모두가 인정하는 이야기 속 히로인 같은 존재이며, 내가 저 남자애의 이야기를 글로 쓴다면 그 애와 맺어지는 해피엔딩으로 끝낼 테니까…….

두 사람의 사진을 찍으면서, 나는 나 자신에게 거듭 말했다. 나는 그저 방관자에 불과하다고 말이다.

공주님은 장기계에서 차례차례 전설을 만들었고, 사상 첫 프로 기사가 됐다.

그리고 남자애는—— 마왕이 됐다.

『용케 그런 괴물 곁에 있으면서 장기를 두네요. 같은 세대라는 것만으로 죽고 싶어지는데 말이죠.』

장기를 둘 때마다 절망을 주는 존재가 된 남자애를, 어느새 나는 홀로 쫓고 있었다. 그 장기를 가장 가까운 곳에서 보기 위해서. 그 말을 직접 듣기 위해서.

『하지만 그 녀석의 말을 이해할 수 있을 거라는 생각은 버리는 게 좋을걸요?』

어째서?

『똑같은 말을 늘어놓더라도, 그 인간 눈에는 전혀 다른 게 보일 테니까요. 본인은 거짓말할 생각이 없더라도, 그것은 우리 세계의 진실과 달라요.』

그렇다면⋯⋯ 내가 지금까지 본 것도, 다른 걸까?

『만약 그 인간 시점에서 쓴 이야기가 있다면, 그건 분명──.』

그가 쓴 책. 그의 내면에만 존재하는 이야기.

읽어보고 싶다는 생각이 들었다. 나도 그의 이야기 속에서는 등장인물일까? 방관자가 아니라?

그 이야기 속에서, 나는 어떤 역할일까?

편집자로서 그와 함께 그 책을 만들 사람은 꼭 자신이어야만 한다는 생각과 함께⋯⋯ 문득, 이런 기대감이 고개를 들었다.

히로인이라고 생각했던 아가씨가 사라진 세계라면⋯⋯ 어쩌면, 내가──.

제1보

야샤진 아이

이케다 아키라

〇 헝클어진 머리칼

"어? 눈이 오나……."

하늘에서 내리는 눈송이를, 나는 양손으로 받았다.

손바닥에 놓인 눈의 결정은, 곧 녹으면서 사라졌다.

"아참, 방금 온천에서 나왔지."

달아오른 몸에, 겨울의 냉기는 참 기분 좋았다.

근처에서 파도 소리가 들린다.

하지만 어둠 너머에 있을 바다도, 3대 명승지로 불리는 절경도 지금은 보이지 않았다.

실외에 있는 온천에서 본관으로 들어갔다. 한밤중이라 그런지 인기척은 전혀 느껴지지 않았다.

끼익……끼익……끼익…….

삐걱거리는 계단을 통해, 2층으로 올라갔다.

한밤중. 낡은 전통여관의 한 방.

지금은 거의 볼일이 없는 철제 열쇠를 은색 원형 문손잡이에 꽂은 후, 나는 자기 방의 문을 열었다.

조명이 꺼진, 어둑어둑한 방 안에——.

알몸 여자가 있었다.

"어……?"

경악과 극도의 아름다움에 다리가 풀린 나는 그대로 다다미 바닥에 엉덩방아를 찧었다.

그 소리에, 여자가…… 쿠구이 마치가, 나를 돌아보았다.

"야이치? 돌아온 기가?"

"미, 미안해, 마치! 아아아, 아, 아직 목욕하는 줄 알고……!!"

"후후. 내도 방금 돌아왔데이. 그래서 아직 머리카락과 피부가 덜 말랐고, 허리띠도 풀려버렸다 아이가……."

마치는 익숙한 손놀림으로 유카타의 허리띠를 다시 맸다.

교토의 옛 귀족 가문 아가씨인 마치가 걸치면 전통여관의 수수한 유카타도 타이틀전에서 입는 호화로운 기모노보다 화사하게 보인다.

"그런데, 내 알몸은 어때? 구석구석까지 아름답게 가꿨다고 자부한데이."

"아, 알았어! 진짜 예뻤거든?! 그러니까, 빠, 빨리 옷을……!"

"응. 이제 이쪽을 봐도 된데이."

확실히 유카타를 입긴 했지만…… 그래도, 아까 본 알몸이 눈앞에 어른거리는 탓에 똑바로 볼 수가 없다…….

"그라믄…… 계속, 하까?"

그렇게 말한 마치는 고양이처럼 네 발로 다다미 위를 이동하면서, 다다미 바닥에 엉덩방아를 찧은 나에게 다가왔다.

"더, 더 할 거야?! 좀 쉬지 않았다간 몸이 못 버틸 텐데……."

"너무한데이. 꼭 내 속을 태워야긋나?"

마치의 말투는 조르는 것 같았지만, 거부할 수 없는 무언가가 어려 있었다.

"뭘 위해 둘이서 며칠이나 여기에 묵고 있는 긴데? 더 집중해서 힘쓰기 위해서다 아이가. 내와 야이치, 우리 둘의 사랑과 노력의 결정을 자아내는 기다."

"그, 그건 그렇지만…… 한계라는 게……."

"야이치, 엄청 쌓여 있다고 했다 아이가."

그렇게 말하기는 했다. 하지만 그건…… 그렇게라도 말하지 않으면, 마치가 나를 놔주지 않아서다.

나는 엉덩방아를 찧은 채 뒤로 물러나면서, 부질없는 저항을 시도했다.

"어, 어제 마치한테 쥐어짜여서 더는 나오지 않는다고……!"

"안 된데이. 이 정도로는 택도 읍다."

마치는 아기가 도리질하듯 고개를 저었다.

그리고 방 한가운데에서 찬란히 빛나고 있는 노트북을 가리키며 이렇게 말했다.

"야이치의 처녀작을 출판하기 위해선, 아직 페이지 수가 택도 없이 모자람니더."

"알고 있어요! 그건 누구보다 제가 잘 안다고요!"

나는 다다미 위에 주저앉은 채, 머리를 감싸 쥐며 우는 소리를 늘어놨다.

"문호처럼 여관방을 집필용으로 빌렸고, 마치 같은 미인 편집자가 옆에 붙어서 서포트해 줘서 진짜 감사하고 있거든?! 하지만 그만큼 압박이 강해서 슬럼프에……!"

"처녀작조차 완성하지 못 한 동정 작가한테는 슬럼프 따윈 없심니더. 그저 근성이 부족할 뿐이지예."

지당하기 그지없는 말이었다.

참고로 아까 쌓였니, 쥐어짜였니 한 것은 아이디어를 말한 겁니다. 서큐버스 같은 걸 상상하게 했다면 죄송합니다.

"자, 선생님? 컴퓨터 앞에 앉아서 계속 집필을 해 주십시오. 오늘은 안 재울 겁니다."

"오늘만이 아니라, 여기 온 후로 재운 적이 없는데요……."

"우후후♡"

후시미이나리 신사의 여우를 연상케 하는 미소를 머금은 아름다운 편집자가, 내 귓가에서 속삭였다.

"자아. 둘이서 세상을 바꾸죠……. 이 책으로, 세상을."

전부 바뀌고 말았다.

서로의 마음을 확인한 줄 알았던 사저이자 연인은, 내 앞만이 아니라 장기계에서도 모습을 감췄다.

곁에 두고 소중히 기르던 내제자는, 칸토로 이적하고 말았다.

그리고 나는———.

쭉 나를 곁에서 지켜봐 줬던 소꿉친구이자, 여류기사이며, 관전기자이자 편집자이기도 한 여자와 단둘이 이 여관에 틀어박혀 책을 쓰고 있다.

처녀작이 될 장기 서적을 말이다.

"어쩌다가 이렇게 된 거지……?"

피로와 졸음 탓에 정신이 몽롱해졌다…….

영양 드링크를 너무 마셔서 손가락 끝이 떨렸고, 가슴이 벌렁벌렁 뛰었다…….

컴퓨터 키보드에 손가락을 얹은 채, 내 의식은 어느새 과거로 날아갔다.

두 번째 제자인 야샤진 아이가 나를 데리러 왔던, 그 섣달그믐 날 밤으로──.

◤ 새 집 찾기와 새 옷

"나는, 안 돼……?"

눈 내리는, 섣달그믐날.

자정에 내 방에 쳐들어온 야샤진 아이는, 히나츠루 아이를 대신해 자신이 함께 살겠다고 말해 줬다.

너덜너덜해진 외톨이인 나에게…… 손을 내밀어 줬다.

쭉 밖에서 집안을 살피고 있었던 걸까. 내 손을 잡은 그 아이의 손은 얼음장처럼 차가웠다.

하지만 그 차가운 손이, 내 마음에 열기와 빛을 안겨 줬다.

"하지만…… 괜찮아?"

필사적으로 울음을 참으며, 나는 두 번째 제자에게 물었다.

"너 같은 상류층 아가씨가, 이렇게 좁고 낡아 빠진 아파트에서…… 나 따위와 같이 살아도——."

　나는 그렇게 물으면서, 아이가 이렇게 대답해 주기를 기대했다.

　『괜찮아! 너와 함께라면…… 어디라도……!』

　내 품속의 조그마한 신데렐라는, 눈송이가 붙은 속눈썹을 움직이며 나를 쳐다봤다.

　그리고 추위 탓에 파랗게 질린 입술을 희미하게 움직이며, 이렇게 말한 것이다.

　"뭐? 이딴 꾀죄죄한 상점가의 개집 같은 방에서 살라는 거야? 나보고? 너, 제정신이야?"

　"뭐?"

　몇 초 전까지 있었던 순진하고 가련한 여자아이는, 깨끗하게 사라졌다.

　아니…… 지금은 그렇게 말해 줄 타이밍 아니었어? 어라라~?

　평소의 콧대 높은 야샤진 아이 아가씨는 나를 밀쳐내더니, 신발을 신은 채 집안에서 당당히 서며 외쳤다.

　"애초에 가장 가까운 역이 JR철도와 지하철?! 말도 안 돼! 살거면 한큐 노선 부근. 이건 절대로 양보 못 해."

　"으, 응……."

　칸사이 토박이의 한큐 신앙을 접한 나는 할 말을 잃었다. 효고현 사람은 특히 그게 강하다고 듣긴 했는데…….

　"그리고 말했지? 이 낡은 아파트는 무너뜨릴 거라고 말이야."

　아이가 등 뒤에 있는 여자——이케다 아키라 씨에게 신호를 보내자, 그녀는 한 장의 서류를 나한테 내밀었다.

"이건 권리증이다. 즉, 이 건물은 야샤진 그룹의 소유물이지. 개발 계획에 따라 철거할 예정이니, 지금 바로 나가도록."

"그, 그건 횡포야!"

진짜로 이 아파트를 사들인 건가?!

쓸쓸한 나머지 잊고 있기는 했는데…… 추억이 가득 담긴 이 집이 부서지는 것을 두고 볼 수는 없다고!

"이래 봬도 알고 있거든요?! 임대법이라는 것 때문에, 갑자기 대뜸 나가란 소리는 못 한다고요!"

"흠. 장기와 로리만이 아니라 부동산 관련 지식도 있다니…… 성가신 남자야."

너도 남 말 할 자격 없거든?

권리서를 정장 가슴 주머니에 집어넣은 아키라 씨가 품속에 손을 넣은 채 말했다.

"그런데 쿠즈류 선생. 내가 가장 잘하는 일이 뭔지 아나?"

"땅투기인가요?"

NO! NO! NO!

"그, 그럼…… 합법적인 퇴거……인가요?"

NO! NO! NO!

"어? 그럼…… 뭔데요?"

"밥 만들기다."

"밥?"

"물고기 밥을 만드는 게 특기란 말이지."

그건 나를 바다에 거시기하겠다는 의미잖아요! 싫어~!!

"구운 후에 분쇄기로 간 후, 동물에게 먹이면 증거가 안 남거든. 예전에는 돼지를 줬지만, 그러면 대변에서 인간의 DNA가 검출되기도 한다더군. 그래서 바다에 뿌려서 물고기 밥으로 주는 거다."

"물고기가 먹으면, 도쿄에 간 히나츠루 아이나 행방불명이 된 소라 긴코와 재회할 수 있을지도 몰라. 식탁에서 말이지."

야샤진 아이가 남 일이라는 투로 그렇게 말했다.

그딴 식의 너에게 닿기를! 은 하고 싶지 않다고!

"농담이다, 쿠즈류 선생. 물론 새로운 주거는 우리 쪽에서 소개해 주지. 답을 내놓는 건 그걸 본 후에 해도 늦지는 않을 거다."

새로운…… 주거?

"역시 『칸사이에서 살고 싶은 동네 랭킹』에서 몇 년 동안 1위를 지키고 있을 만하네. 오사카도, 코베도 가까워서 살기 좋을 것 같아."

다음 날에 우리가 간 곳은 역과 직결된 타워맨션이었다.

한큐 니시노미야키타구치역. 통칭 『니시키타』.

＊모 라이트노벨 원작 애니메이션의 성지라고 한다. 우울하다. 집세 엄청 비쌀 거야……

"햇빛도 잘 들고, 경치도 나쁘지 않아. 방 배치도…… 좀 좁기는 하지만, 이 정도면 허용 범위네."

＊ 타니가와 나가루의 소설 「스즈미야 하루히」 시리즈 애니메이션의 배경으로 사용됨.

타이틀전을 치러도 될 듯한 타워맨션의 거실에서 니시노미야의 시가지를 내려다보며, 아이 아가씨는 만족한 듯이 그렇게 말했다.

저기, 좁지 않거든요? '이 많은 방을 어디에 쓸 건데?' 싶을 만큼 방이 많다고요. 쿠즈류 야이치의 경악이란 말입니다…….

나는 무릎 아래가 부들부들 떨리고 있었다. 고층이라 그런 게 아니다. 예상되는 가격이 너무 커서 떨리는 것이다.

"허, 허용 범위라니…… 이 맨션, 대체 얼만데……?"

"글쎄? 한 4억 엔?"

"4억 엔——."

"프로가 된 후로 1억 정도는 벌었지? 용왕과 제위의 상금을 합치면 7천만 엔 정도니까, 이제 5년 정도 타이틀을 지키면 다 갚을 수 있겠네. 부족한 금액은 우리 회사에서 융자해 줄게."

"안심해라, 쿠즈류 선생. 대출 심사는 엄격하지 않다. 이 부동산은 우리 회사 소유거든."

아키라 씨가 전혀 안심할 수 없는 미소를 지으며 말했다.

이, 이 인간들…… 같이 살겠다고 말했으면서, 실은 나에게 이 비싼 맨션을 팔아치우려고 하는 거 아니야?!

"저기, 아이."

"왜? 야이치."

"같이 살자고 말해 준 건 기뻐. 하지만 내가 저 아파트에서 산데는 이유가 있어. 확실히 낡고 좁지만, 저기는 근처에——."

"초등학교가 있어서잖아?"

"아니야!! 장기회관이 있어서라고!!"

확실히 아이(히나츠루)가 다니던 초등학교가 근처에 있고, 가깝다는 이유로 장기 수업 같은 것도 하긴 했지만 말이야!

"그게 어쨌다는 거야? 연구회도 요즘은 주로 인터넷으로 하고, 연구 자체를 소프트로 하니까 장기회관 근처에 사는 메리트는 사라졌어. 기사실도 텅텅 비었잖아."

"으……."

"여기서 우메다까지 전철로 겨우 14분 거리야. 멀다고 할 수는 없어. 그리고 칸사이 장기회관도, 언제까지 거기에──."

"아가씨. 그 건은……."

"으…… 아무튼!"

뭔가 말하려던 아이는 아키라 씨가 말려서 입을 다물고…….

"너는 지금 명인을 제치고 장기계에서 돈을 가장 많이 벌거든?! 그런 사람이 허름한 아파트에서 다 낡은 옷이나 입고 냉동식품이나 먹어댄다면, 장기계 전체가 얕보인단 말이야! 일인자로서의 책임감을 좀 가져, 책임감을!"

"네……."

맨션을 강매당하고 초등학생에게 설교까지 당하는 장기계 일인자. 힘들다.

"집은 여기로 하자. 아키라, 우리가 돌아올 때까지 사람이 살 수 있도록 꾸며 놔."

"알겠습니다."

나에게 결정권에 없다는 사실에는 더 말하지 않겠다. 그리고 보니 전에 살던 아파트도 사저가 멋대로 정한 곳이다.

그것보다──.

"돌아올 때까지…… 잠깐만, 또 어디 가는 거야?"

"갈 곳이라면 많아."

아이 아가씨는 긴 흑발을 날개처럼 휘날리며 돌아서더니, 내가 입은 재킷을 손가락으로 튕기며 말했다.

"우선, 이 촌스러운 옷부터 어떻게 해야 하지 않겠어?"

다음으로 나와 아이가 간 곳은 코베 시내에 있는 오래된 양복점이었다.

"여기는 할아버님…… 어험. 조부께서 정장을 맞출 때 쭉 이용하신 가게야. 코베의 정장은 역사가 깊거든?"

아무래도 아이는 내 의식주를 싹 뜯어고칠 생각인 것 같았다. 전부 부정하는 거냐. 너, 진짜로 나를 좋아하는 거 맞아? 이거, 데이트 상술 아니지?

"이 옷은…… 프로가 됐을 때, 사저가 맞춰 준 옷이야. 싸구려일지도 모르지만, 소중한 옷이라고."

"딱히 버리라는 건 아니야."

아이는 자신의 넓은 도량을 과시하려는 듯이 너그러이 고개를 끄덕이더니…….

"내 앞에서 두 번 다시 입지 말라는 소리거든?"

"그게 그거잖아!"

"저기, 야이치."

아이는 슥…… 하고 내 품으로 다가왔다.

"윽?!"

이 갑작스러운 행동에 가슴이 두근거렸다. 기습 키스의 감촉이 되살아났다…….

하지만 아이는 내 넥타이를 잡는 게 아니라, 정장의 어깨와 소매 부위를 톡톡 두드리며 온화한 어조로 이렇게 말했다.

"키가 좀 큰 거 아니야? 사이즈가 안 맞아."

"그, 그래? 뭐…… 이 옷은 열다섯 살 때 산 거니까, 성장기 도중에 산 걸지도 모르겠네……."

"그렇지? 어차피 손볼 필요가 있으니까, 이참에 새 옷을 맞추면 되잖아."

"……."

결국 나는 고개를 끄덕이고 말았다.

그리고 옷의 품질을 높인다면 다른 것도 맞춰야 한다는 아이의 조언에 따라, 아이템을 새로 맞췄다.

셔츠. 코트. 장갑. 머플러. 구두. 벨트. 가방.

합계 금액은 2백만 엔 정도였다. 화풀이 쇼핑이다. 4억짜리 맨션을 샀더니, 이 정도는 싸게 느껴졌다! 어머나, 신기해라!

"어머? 멋지잖아. 다시 반해버렸어, 사부님."

"그, 그래? 하지만 머리부터 발끝까지 전부 검정인 건 좀 과하게 느껴지는데……."

코디를 전부 아이에게 맡겼더니, 극단적인 패션이 되고 말았다. 아유무라면 '그래야 내 라이벌이지!'라며 기뻐할 것 같다.

하지만…… 황폐해졌던 마음에, 이 검은색은 놀라울 정도로 자연스럽게 스며들었다.

행복했던 시절의 기억을 떠올리게 하지 않는 새 옷은 뜻밖일 정도로 따뜻하게 나를 감싸 줬다……. 물론 장인의 뛰어난 솜씨 덕분이겠지만.

아이는 그런 내 주위를 돌며 찬찬히 뜯어본 후 말했다.

"야이치, 너……《서쪽의 마왕》으로 불린다며?"

"몰라. 내가 그렇게 불러달라고 한 적도 없는걸."

"하지만 그렇게 불리고 있잖아."

"……."

칸토의 젊은 기사들이 나를 그렇게 부른다는 건 후타츠카 미라이 4단에게 실제로 불리면서 알았다.

승부사로서는 상대방의 두려움을 사고 있다는 걸…… 기분 좋게 느끼기도 했다.

하지만 고향의 밤하늘 아래에서, 긴코는 나에게 말했다.

『나는 좋아하지 않거든. 그리고 야이치에게는 어울리지 않는다고 생각해.』

그래서 나도 그 별명을 쓰지 않았다. 자신한테 어울린다는 것을 인정하고 싶지 않았다.

하지만 아이는 미소를 머금고 달콤한 목소리로 속삭였다.

"마왕이라, 좋네."

"뭐?"

깜짝 놀란 내 귓가에 입술을 가져간 아이는 속삭이듯 말했다.

"나도 말이지? 천사보다 악마를 더 좋아해. 새하얀 옷보다 검은 옷이 좋아. 왕자님보다…… 나쁜 남자에게 잡히고 싶어."

누구보다 깊은 슬픔을 아는 열한 살 소녀는, 요염한 목소리로 그렇게 속삭였다.

뇌가 녹아내릴 것처럼 기분 좋은 목소리로…….

"그러니 당당히 마왕이 돼. 장기판을 사이에 두고 앉은 모든 상대에게, 시꺼먼 절망을 줄 정도로…… 알았지?"

그 순간, 비로소 눈치챘다.

아이는 나를 구원하러 온 게 아니다. 정반대다.

검은 옷을 입은 이 소녀는, 깊은 어둠 밑바닥에서 찾아온 작은 악마일지도 모른다.

더욱 깊은 어둠으로…… 장기라고 하는, 이 세상에서 가장 깊은 어둠으로 나를 이끌기 위해——.

그렇게 여러 가게를 돈 후에 새 집으로 돌아와 보니, 입주 준비를 전부 마친 아키라 씨가 현관 앞에서 우리를 맞이했다.

"다녀오셨습니까, 아가씨."

그렇게 말하며 고개를 숙이는 아키라 씨는…… 메이드 차림이었다.

"식사하시겠습니까? 목욕하시겠습니까? 아니면…… 장기?"

"어? 아키라 씨, 옷차림이 그게 뭐예요? 코스프레?"

내가 깜짝 놀라면서 묻자, 아이가 한숨을 쉬며 말했다.

"집안일을 할 때는 저걸 입고 싶대. 내가 관두라고 그렇게 말했는데 말이야……."

"집안일? 아키라 씨가?"

"내가 집안일을 할 줄 알 리가 없잖아? 그리고 아무리 스승이라고 해도 로리콤과 단둘이 사는 건 위험하기 그지없는걸. 아키라도 여기서 살면서 일할 거야."

"그렇게 됐다! 잘 부탁하지, 쿠즈류 선생!"

바닥 청소용 밀대를 홍콩 영화의 봉술처럼 빙글빙글 돌리며 포즈를 취한 아키라 씨가 그렇게 말했다.

느닷없이 시작된 세 사람의 공동생활. 쓸쓸할 짬이 없을 것 같았다.

"자, 잘 부탁합니다…… 어! 아키라 씨가 사는 건 괜찮지만, 나와 단둘이 사는 게 위험하다는 소리는 앞으로 하지 말아 줄래?! 아까도 내가 초등학교 근처에서 살려고 그 아파트를 골랐다 같은 근거 없는 소리를 늘어놨지?! 내가 아무리 쓸쓸해도, 초등학생을 건드릴 만큼 타락하지는 않……았……."

내가 말을 쏟아내고 있을 때, 스마트폰에서 착신음이 흘러나왔다. 그리고 화면에 표시된 발신자를 본 순간, 내 격한 감정은 급속도로 식어버렸다.

아이는 차가운 눈길을 머금으며 물었다.

"전화야? 새해 첫날에 어디서 온 건데?"

"초등학교……."

"아키라. 신고해."

"네!"

안 돼애애애애애애애애애애애애애애애애애애애애!!

△ 6학년이 되면

그날, 나는 제자가 예전에 다녔던 초등학교를 방문했다. 물론 불법 침입은 아니다. 초대받은 것이다.

"오래간만입니다……. 카네가사카 선생님."

"상점가 여름 축제 이후로 처음 뵙는 군요, 쿠즈류 선생님."

벌써 반년 전의 일이다. 시간 참 빠르게 흐른다.

이 사람과 또 만나게 될 거라고는 생각도 못 했다.

카네가사카 미사오 선생님은 히나츠루 아이와 그 절친인 미즈코시 미오 양의 담임이었다. 5학년과 6학년은 반이 바뀌지 않으므로 내년에도 담임을 맡을 예정이었다.

하지만 미오 양은 아버지의 전근으로 해외로 전학을 갔다.

그리고 아이는 이미 오사카에 없다.

"그런데, 할 이야기가 뭐죠? 솔직히 선생님과의 접점도 사라졌고, 저도 이 상점가를 떠났으니 장기 수업을 하는 것도——."

"아이 양과 처음으로 전학 이야기를 한 건, 나니와 왕장전 이전이었어요."

"……네?"

느닷없이 그런 말을 듣고, 머릿속이 새하얗게 변했다.

"나니와 왕장전…… 미오 양이 전학하기 전에 나갔던 대회죠? 어? 그때 이미, 아이도 도쿄에 갈 생각이었던 건가요……?"

"아뇨. 처음에는 제가 전학을 권했어요."

선생님은 담담히 이야기를 시작했다. 내가 몰랐던 과거를.

"대학까지 쭉 올라갈 수 있는 사립학교 중에는 재능이 뛰어난 아이를 원하는 곳이 얼마든지 있어요. 저출산이 심각하니까요. 특기생으로 아이 양을 바로 받아줄 만한 학교는 오사카와 도쿄에 얼마든지 있었어요. 그런 학교라면 장기를 계속하는 데도 도움이 될 테죠?"

"그래요. 나쁘지 않은 선택지라고 생각해요."

나는 공립 초중학교를 다니면서 고생했던 만큼, 사립에 가는 게 좋을 것이라는 점은 충분히 이해할 수 있었다.

실제로, 내가 고생하는 모습을 옆에서 봤던 사저는 중학교부터 사립에 다녔다.

"공립, 그것도 의무교육 기간을 담당하는 교직원으로서 한마디 하자면, 역시 이곳에서는 아이 양의 재능을 이끌어 줄 수 없어요. 당시에는 쿠즈류 선생님과의 동거도 인정하지 않았던 만큼, 저는 전학을 과하다 싶을 만큼 권했죠."

"아이는 뭐라고 했나요?"

"딱 잘라 거절했어요. 쿠즈류 선생님의 곁에 있는 것이 자신의 재능을 꽃피울 유일한, 그리고 최고의 수행이라면서요."

"큭……!! 아이……."

가슴이 찡했다.

내가 눈가에 맺힌 눈물을 들키지 않도록 안경을 쓰자, 카네가사카 선생님은 이야기를 이어갔다.

이번에는 약간 머뭇거리면서.

"미오 양이라는 친구가 있어서 겨우 유지되던 균형이 무너졌을 때…… 저는 또 한 번, 아이 양에게 전학 이야기를 하자고 생각했어요. 하지만——."

"이번에는 아이가 선생님에게 먼저 말을 꺼낸 거죠? 도쿄로 전학하고 싶다고요."

"네."

가슴에 못이 박힌 듯한 고통이 느껴졌다.

"그때는 비밀로 해 달라고 부탁받았지만…… 제위전 때문에 쿠즈류 선생님이 집을 비운 타이밍에, 아이 양은 도쿄의 학교를 돌아봤어요. 부모님과 말이죠."

"그런가요……."

여류명적 리그에 올라간 아이는 대국을 위해 몇 번이나 도쿄에 갔다. 지금 생각해 보면, 그 타이밍에 학교 견학을 하고 있었을 것이다.

아이와도, 그리고 그녀의 어머니와도 나는 만났다.

하지만 두 사람이 그러고 있다는 것을, 나는 눈치채지 못했다.

당시를 떠올려 보면…… 제위전 도전이 결정됐을 뿐만 아니라 다른 기전에서도 승리를 거두면서, 지나치게 많은 대국을 소화해야 하기는 했다. 내 기사 인생에서 가장 바빴던 시기다.

——하지만 그게 어쨌다는 거지?

가슴이 욱신거린다.

——내제자가 장래의 진로로 고민하고 있을 때, 나는 뭘 했지?

자신의 사랑과 장기만 신경 썼다.

——사부 실격이야……!

내가 고개를 숙인 채 나 자신을 책망하고 있을 때, 카네가사카 선생님이 뜻밖의 고백을 했다.

"솔직히 말씀드리자면…… 저는, 안도하고 있답니다. 6학년 반에서, 아이 양을 담당하지 않아도 되게 되어서 말이죠."

"선생님……?"

"네, 안도했어요. 그런 엄청난 재능을 어떻게 이끌어 줘야 할지 알 수가 없으니까요. 제가 그 아이에게 뭘 해 줄 수 있죠? 어른보다 훨씬 많은 진검승부를 경험한…… 홀로 오사카에 와서 혹독하게 수행하는 그 아이에게, 태어나서 지금까지 가족의 보호를 받으며 편하게 산 저 같은 사람이 뭘 가르쳐 줄 수 있을까요?"

카네가사카 선생님은 양손으로 얼굴을 감싸며 자신의 심정을 토로했다.

"그 커다란 눈동자로 저를 지그시 바라볼 때마다…… 자신의 미숙함을 간파당한 것 같아서, 무서웠어요. 그래서…… 그래서……!!"

——아아…… 그래. 그랬구나…….

나는 자신이 왜 이곳으로 불려온 것인지 이해했다.

이것은 참회다. 그리고 이 사람은 벌을 받고 싶어 한다. 자신의 죄에 합당한 벌을…….

"카네가사카 선생님!"

그래서 나는 큰 목소리로 그렇게 말했다. 무릎을 손으로 짚고,

고개를 깊이 숙이면서 말이다.

"저의 제자를 이렇게 생각해 주셔서! 감사합니다!"

"네……?"

"저는 못난 스승이었어요. 내가 아이를 가장 생각한다고 여겼지만, 누구보다도 몰랐어요. 그 애의 성장을 못 본 척한 거예요. 정면에서, 아이의 마음을 헤아려 줬어야만 하는데……."

나는…… 아이가 나에게, 스승과 제자보다 더한 감정을 품은 것을 알고 있었다.

하지만 그것은 반길 수 없는 일이기에, 눈을 돌렸다. 언젠가 자연적으로 사라질 한때의, 어린 시절에만 느끼는 열병 같은 감정으로 여기려 했다.

그러니 그 애와 다음에 만난다면── 그 감정과도 솔직하게 마주할 생각이다.

"하지만 카네가사카 선생님은, 아이의 재능과 성장을 지켜보며 길을 제시해 줬잖아요? 선생님이 담임이어서 다행이에요!"

"크윽……! 쿠즈류…… 선생님……!"

"가르쳐 주세요. 아이가 고른 새 학교는, 어떤 곳인가요?"

"좋은 학교예요. 제가 추천한 곳 중에서도 가장 좋아요."

그 후로 카네가사카 선생님은 자료를 꺼내서 보여주며, 아이가 전학 간 학교에 대해 상세히 가르쳐 줬다.

주위 사람까지 죄의식을 느끼게 할 만큼 미숙한 자신을 저주하며, 나는 물어봤다.

"이 학교에서…… 아이는 잘 지내고 있을까요?"

"실은, 아이 양에게서 편지를 받았어요. 첫 편지는 반 친구들에게 인사도 하지 않고 전학한 것을 사과하는 내용이었어요. 그 후에도, 도쿄에서도 열심히 장기 공부를 하고 있다는 편지가 왔어요. 자작 장기 묘수풀이와 함께 말이에요."

"아이답네요."

나는 무심코 미소를 머금었지만, 카네가사카 선생님은 표정을 굳히며 이렇게 말했다.

"아이 양이 잘 지내고 있는 건 분명해요. 하지만……."

"하지만?"

"처음 왔던 편지의 주소는 도쿄의 『히나츠루』였는데, 최근에 온 편지는 주소가 달라졌어요. 처음 보는 주소였죠. 그게 신경 쓰여요."

"네엣?!"

나는 무심코 벌떡 일어섰다. 그럼──.

"그럼…… 아이는 지금, 대체 어디서 사는 거지……?"

♟ 스쿠나히코나

초등학교를 나선 내가 간 곳은── 요도야바시 지구.

관공서가 자리를 잡은 오사카 최대의 금융과 사업의 중심지이지만, 내 목적지는 그런 곳이 아니다.

"도쇼마치는…… 이쪽이구나. 대체 몇 년 만이지?"

미도스지 주변의 빌딩가를 지나친 후, 동쪽의 키타하마 방면으로 이동했다.

이 길은 과거에 약재상이 즐비하던 곳인데, 지금도 제약회사나 의료와 관련된 오래된 건물이 잔뜩 있었다.

미도스지에서 멀어질수록, 그리운 광경이 펼쳐졌다.

그리고 목적지 앞에 선 나는 중얼거렸다.

"여기…… 맞지? 축제 때 말고는 안 와서 분위기가 꽤 다른 것처럼 느껴지지만……."

『스쿠나히코나 신사』.

빌딩 사이에 존재하는 그 조그마한 신사는 몇 번이나 방문한 적이 있는 추억의 장소다.

"안에 들어가 보면, 의외로 넓다니깐."

하지만 신사치고는 역시 좁았다.

한방약을 취급하는 가게가 주위에 있어서 그런지, 경내는 중화풍이었다. 평범한 신사라면 소원을 쓰는 나무판이나 운세를 뽑고 묶은 점괘 쪽지가 가득할 시기지만, 신목(神木) 주위에는 병을 쫓는다는 노란색 천만 잔뜩 걸려 있었다.

그 신목 아래편에서, 내가 찾는 인물이 몸을 웅크리고 있었다. 파워 스톤을 치렁치렁 달고서…….

"사부님."

키요타키 코스케 9단은 몸을 웅크린 채, 나를 보지도 않으며 불쑥 이렇게 말했다.

"……우째 알았노?"

"요즘 들어 요도야바시에서 사부님이 자주 보인단 이야기를 들었거든요. 그래서 여기 계실 줄 알았어요. 분명 여기서…… 기도하고 계실 거라고 생각했어요."

오사카의 축제는 1월 10일에 이마미야의 에비스 신사에서 시작되는 『토오카에비스』로 시작해서, 11월에 이 스쿠나히코나 신사에서 열리는 신농제(神農祭)로 끝난다. 그래서 신농제는 『끝맺음 축제』라고 불린다.

그것이 1년 주기다.

나와 긴코는 아직 어린 시절…… 긴코가 여왕 타이틀을 차지하기 전까지는, 키요타키 일문의 넷이서 11월에 자주 이곳에 참배를 왔다.

병약한 긴코가 건강해지기를.

이 그리운 경내에서 나란히 참배하고 있는 두 풋내기 장기 기사의 모습이 눈앞에서 어른거리는 가운데, 나는 사부님에게 말했다.

"옛날처럼, 여기서 사저의 건강을 기원하고 있을 것 같았어요. 맞죠?"

"……."

사부님은 왼손에 쥔 조그마한 장난감을 쳐다봤다.

축제의 상징인 노란색 종이호랑이다.

"그거, 사저가 매년 새로운 걸 사달라고 졸랐었죠."

사부님은 병약한 사저에게만 그것을 사 줬고, 그 사저가 자랑하듯 보여줄 때마다 나는 진심으로 부러워했다. 지금 생각해 보면 참 어린애 같았다는 생각이 들었다.

──나한테는 아무리 돈을 많이 줘도 살 수 없는 것이 있었는데.

"아무튼 앉아서 이야기하죠. 땅바닥 말고 의자에서."

나는 사부님을 안아 일으켰다.

술 냄새는 나지 않았다. 단순히 기력이 다한 거 같았다.

"그것보다! 호랑이만이라면 몰라도 파워 스톤까지는 필요 없잖아요! 뭘 이렇게…… 어어?! 이것도 신사에서 파는 거예요?!"

왕년에 좀 놀던 여자애들처럼 짤랑거리는 파워 스톤으로 된 팔찌를 찬 사부님의 팔을 잡아당겨서, 조그마한 벤치에 앉혔다.

절이나 신사에서 파워 스톤을 팔지 말라고! 마음이 약해진 틈을 노려 이딴 걸 팔아치우는 건 신령이나 부처님의 뜻이 아닐 거잖아!

"야이치…… 내를 원망하재? 키요타키 일문을 때려치삐러 온 기가? 이런 내 불쌍한 모습을 보고, 경멸하고 싶어졌제? 욕지거리라도 퍼붓긋나?"

"……."

"그라케 해 주믄, 오히려 마음이 가벼워질 기라……."

엉망진창이 된 카네가사카 선생님과 같은 말을 하는 사부님에게, 나는…… 무슨 말을 하면 좋을지 알 수가 없었다.

사부님에게 화가 난 것은 사실이다.

사부님이 나와 긴코에게 연애 금지령을 내리지 않았다면, 다른 미래가 있었을지도 모른다고 몇 번이나 생각했다.

하지만 그때마다 결국…… 나 자신을 탓했다. 아무것도 하지 못한 나 자신을…….

"내는……."

모든 걸 불태운 복서처럼 벤치에서 몸을 웅크린 채, 사부님은 중얼거리듯 이야기를 시작했다.

"내는…… 재능이 없었데이…….."

"그래서 저를 츠키미츠 회장님 제자로 보내려고 했던 거죠?"

"츠키미츠 씨 같은 재능이 내한테도 있으믄 좋겠다고, 몇 번을 생각했는지 모른다."

명인전에서 장기판을 사이에 두고 마주 앉은 적도 있는 사형.

영세명인과 자신의 차이를, 키요타키 코스케는 이야기했다.

"내 장기는, 장기판에 물고 늘어져서 끈질기게 버티는 기풍이 데이. 상대가 지쳐서 투지를 잃을 때꺼지……라고 하면 듣기 좋지만, 실제로는 상대가 내와 싸우는데 질리는 것뿐인 기다. 그 바람에 집중이 풀려서 실수하는 거제. 내는 그런 식으로 승리를 주운 기다. 내 승리의 절반 이상이 그런 식이래이."

"그렇지는……."

"재능이 있는 기사는, 거꾸로 상대의 의욕을 자극한다. 진정으로 재능이 있는 아와 장기를 두면, 마치 자기도 강해진 듯한 기분이 드는 기다……."

사부님의 목소리는 작았지만, 타인이 끼어들지 못 하게 하는 박력이 있었다.

이 말이 무슨 뜻인지 이해하지 못하는 건 아니다. 나도 명인과 장기를 두면서 그런 경험을 했다.

하지만…… 왜 이렇게까지 자기를 비하하는 것일까?

"기사는 재능에 민감하데이. 다들, 내처럼 끈질길 뿐인 인간을 내심 경멸할 기다……. 그건 뼈저리게 이해한데이. 내도 기사다 아이가……."

"하지만! 그게 칸사이 장기잖아요!"

부정하지 않을 수 없었다.

나와 긴코. 카가미즈 씨와 케이카 씨…… 그런 칸사이의 장기 동료들까지 비하하는 것처럼 들렸던 것이다.

"촌스럽고 끈질긴 칸사이 장기! 바지의 오른쪽 무릎에 주름이 생기는 사부님의 장기를 동경해서, 저와 사저도 열심히 수행했어요. 칸토의 거들먹거리는 기풍 따위는 개나 주라고 해요! 그딴, 금방 포기하고 빨리 관둬버리는 게 미덕이라는 듯한 장기 따위——."

"빨리 관둿으면, 좋았을 기다."

"네?"

"빨리 관두삐렸어야 했데이. 빨리 관두어야 한 기다. 그럴 수가 없어서, 그렇게……고통을 느껴야 했던 거데이…… 긴코오…… 긴코오오……!"

양손으로 얼굴을 감싼 남자가, 통곡했다.

노력과 근성만으로 싸워온 남자가, 그 모든 것을 부정했다. 아무리 괴로운 국면에서도 포기하지 않던 강철 같은 남자…… 눈물과 콧물로 얼굴을 엉망진창으로 만들면서…….

"안 닮아도 되는 부분까지 싸부를 닮아삐서…… 정말, 재능 없는 제자데이······.”

　“사부님······!”

　정신을 차리고 보니, 나도 울고 있었다.

　왜 사부님이 이렇게까지 자기 자신을 책망하는 건지, 완전히 이해한 것이다.

　누구보다도 스승의 장기를······ 스승이 장기를 두는 모습을 지켜봐왔기에, 긴코의 기풍은 일문에서 가장 스승을 닮았다.

　제자가 기풍을 공유하는 건, 기적이라 해도 과언이 아니다.

　내가 야샤진 아이에게 그렇게 독설을 들으면서도 그 애의 손에 매달리는 건, 나와 닮았기 때문이다. 기풍도. 처지도······.

　친자식도 이어받을 수 없는 것을 이어받아 준 제자. 자신의 장기가 낳은 자식.

　귀엽지 않을 리가 없다.

　그런 긴코를, 사부님은 내치지 못했다.

　마음만 먹으면, 장기를 관두게 할 수 있을 것이다.

　스승이 내쳤으면 긴코는 장기를 계속 둘 수 없었을 것이다. 그렇게 병약한 아이를 기르려고 하는 사람이 있을 리 없다. 게다가 프로는 자기 한 몸만 챙기는 데 급급하다. 그렇게 손이 가는 제자를 거둬 봤자 성가시기만 할 뿐이다.

　그렇다. 방해만 된다.

　그렇게 방해만 되는 아이에게······ 사부님은 아낌없이, 사랑과, 시간과, 노력을 쏟았다.

　집에 데려오고.

기초부터 장기를 차근차근 가르치고.

　열이 나면, 곁을 지키며 간병했다.

　장려회의 예회 때는, 어떤 이유를 대서라도 항상 장기회관에서 대기했다.

　그리고…… 떠나 보낸 지금도, 이렇게 신사를 찾아서 기도하고 있다. 기도밖에 할 수 없는 자기 자신을 책망하며…….

　피가 이어지지 않은 병약한 소녀에게 이렇게까지 하는 인간이, 키요타키 코스케 말고도 있을까?

　우리의 스승 같은 사람이…… 또 있을까?

　"일문을 때려치울 생각은 없어요."

　나는 눈물을 닦으며, 딱 잘라 말했다.

　"경멸하지도 않아요. 욕할 생각도 없어요. 애초에 저는 사부님에게 조언을 받으러 온 거니까요."

　"조언……이라꼬?"

　"그건 다음 기회에 부탁드릴게요. 지금은 딱 하나만 가르쳐 주세요."

　자신감을 상실한 지금의 사부님에게 물어봤자, 보탬이 될 만한 의견은 듣지 못할 것이다.

　하지만.

　딱 하나, 꼭 알아야만 하는 것이 있었다.

　"아이는, 도쿄의 어디에 있나요?"

축 처진 사부님의 어깨가 부르르 떨렸다.

"저는 아이가 도쿄의 『히나츠루』에서 부모님과 함께 지내는 줄 알았어요. 하지만 그렇지 않았어요. 형한테도 물어봤지만, 아이가 칸토로 이적한 것도 몰랐어요."

"걱정 놔라. 아이는 내가 칸토에서 가장 신뢰하는 기사에게 맡겼데이."

역시 사부님은 아이의 행방을 알고 있었다!

조급해지는 마음을 억누르며, 사부님의 다음 말을 기다렸다.

"정확히는…… 상대방의 제안을, 아이가 자기 의지로 받아들였고…… 상의를 받은 내가 허락한 기다."

"사부님이 칸토에서 가장 신뢰하는 기사……?"

그 사람이 칸토로 소속을 바꿀 것을 제안한 건가?

짚이는 사람은 얼마 되지 않았다.

"샤칸도 선생님인가요?"

"아니데이. 프로 기사다."

"그럼 아유무?"

"……."

사부님은 아무 말 없이 고개를 저었다.

그리고 한 기사의 이름을 입에 담았다. 나도 잘 아는, 최정상 프로의 이름이었다.

그 이름을 들은 순간—— 나는 절규했다.

"네에에에?!"

위험하다.

그, 그것만은…… 그 사람만은……!

진짜로, 위험하다고오오오오오!!!!

△ 동쪽으로

"로쿠로바 선생님, 이제부터 1분 장기입니다."

그 비정한 선고가 들리자, 몸을 세우고 숨을 멈춘 나는 두 뺨을 손바닥으로 때리며 기합을 다시 넣었다.

"네!!"

세게 외친 후, 장기판을 향해 몸을 쑥 내밀었다.

형세는 절체절명. 제한시간도 바닥났다.

"게다가 상대는 타이틀 보유자야!"

나는 초읽기 도중에 될 대로 되란 식으로 돌격을 감행했다. 방어를 도외시한 접근전이다. 적의 옥을 잡기 위한 공세가 끊기면 그대로 끝장이다.

상대는 이 타이밍의 반격이 뜻밖인지, 신중하게 수읽기를 하면서 일단 응수에 치중했다.

나는 그대로 다음 수를 뒀다. 상대가 치우려 하던 손가락이 내 손가락과 닿을 정도의 속도로 말이다.

"윽……!! 슈퍼 노타임인 거냐……."

《공세의 대천사》로 불리는 상대는 격노했다.

궁지에 몰린 하수가 이빨을 드러낸다면 당연히 그런 반응을 보일 것이다.

게다가 내가 노타임 전법으로 도발했으니까, 료라면 물러나지 못할걸?

"맞짱으로 나한테 개길 작정이냐. 거 좋지……. 죽여 주마!!!"

"무서워라~."

따악!! 거칠게 장기말을 두며 위협하는 상대에게 농담으로 대항한 나는 노타임으로 계속 뒀다.

속도 계산? 할 리가 없다. 어차피 수읽기로 이길 수 있는 상대가 아니다.

──이럴 때는 손가락 운을 믿어야 하지 않겠어?

운으로 승부하면 이길 수 있다고 생각했다. 그래서 서로가 절대로 수읽기를 할 수 없는 타이밍에서 승부에 나섰다. 눈을 감고 홀짝 승부를 하는 거다.

왜냐하면 나는 요즘 운이 진짜 좋거든!

오늘 장기에서 이기면 공식전 첫 10연승. 자신의 기세만 믿으며, 직감에 따라 고속으로 손가락을 움직였다.

──실수해! 실수해! 실수해, 실수해, 실수해, 실수해, 실수해 애애앳!!

머릿속으로 하염없이 그렇게 외치면서 말이다.

그리고 츠키요미자카 료는 실수를 범했다.

"쳇…… 여기까지냐."

그렇게 말하고 상대가 말을 장기판 위에 흩뿌린 순간, 무심코 주먹을 꽉 쥘 뻔했다. 물론 그런 짓은 안 했지만, 그만큼 기뻤다.

타이틀 보유자에게 이긴 게 몇 년 만이지? 혹시 처음 아니야?

게다가 이걸로…… 나는 『골』에 크게 한 걸음 다가섰다.

타이틀이라고 하는, 기사 인생의 골에 말이다.

"료가 착지에 실패하다니, 별일도 다 있네."

"그쪽이 잘 됐을 뿐이야."

그런 말을 순순히 믿을 만큼 나는 풋내기가 아니다. 오늘 료가 장기에 집중하지 못한 건, 장기판을 사이에 두고 마주한 내가 가장 잘 안다. 이유 또한, 짐작이 되거든.

여류기사는 보통 둘로 분류된다.

나를 싫어하는 사람과, 나를 정말 싫어하는 사람으로 말이다.

장기판 너머에 앉은 사람은 나를 무지막지하게 싫어하는 사람이었다. 그런 분위기를 마구 뿜으면서 '건들지 마.' 아우라를 숨기려 들지도 않았다.

뭐, 딱히 상관없지만 말이야!

그 덕분에 수가 흐트러진다면 기쁠 정도거든?

"그건 그렇고 구사일생이란 느낌의 장기였어~☆ 료는 이걸로 2패지? 설마 료가 2패나 할 줄은 몰랐네! 하지만 나도 1회전에서 마치한테 졌을 때만 해도 올해도 글렀나 싶었지만, 그 후로 리그 4연승으로 도전자가 될 가능성이…… 생겼…….

앞으로의 일을 생각해 좀 더 속을 긁어놓을까 싶어서 놀리던 내 혀가 도중에 멈췄다.

상대가 내 이야기를 전혀 듣지 않는다는 것을 눈치챈 것이다.

그뿐만 아니라 내 얼굴조차 쳐다보지 않았으며, 그 시선은 내

뒤편에서 벌어지는…… 다른 대국을 향하고 있었다.

그곳에서는——.

"……게 ……렇게…… 이렇게……."

대국을 하고 있는 여류기사 중에서도 유별나게 작은 등이, 앞뒤로 흔들리고 있었다.

히나츠루 아이 여류 초단.

이번 여류명적 리그에 올라온 열 명 중에서 압도적 최연소. 그리고 현재는 순위와 승수에서도 압도적 최하위다. 개막 3연패를 했던 걸로 기억한다.

"저 꼬맹이가 신경 쓰이는 거야?"

"……."

"개막전에서 밟아 줬잖아~! 아직 료의 상대가 못 되는 거 아니겠어? 나도 간단히 이겼는걸 ♪"

"그렇다면 좋겠지만 말이야."

대천사는 나 같은 조무래기와는 더 이야기하기 싫다는 듯이 장기판을 흐트러뜨렸다.

"감상전은 생략하자고."

등 뒤에서는 "졌습니다."라는 목소리와, 초등학생의 "감사합니다."라는 목소리가 들려왔다.

"아…… 안녕하세요, 로쿠로바 선생님."

대국을 마친 뒤, 센다가야역 플랫폼에서 그 초등학생과 우연히 마주쳤다.

"응~. 오늘도 수고했어~."

꾸벅 소리가 들릴 것처럼 귀엽게 인사하는 초등학생에게, 나는 가볍게 한 손을 들어 인사를 건넸다. 그리고 바로 고개를 돌렸다.

딱히 친한 사이는 아니다.

이 초등학생의 사매(야샤진 아이)와는 약간 악연이 있다. 내가 일방적으로 의식하는 걸지도 모르지만 말이다.

이 녀석의 스승에게도 빚을 달아 놨다.

나와 진진이 제위전 제1국에서 보드 해설로 게릴라 출연을 한 덕분에, 4단 승단을 한 백설공주에게 뛰어갈 수 있었잖아? 고맙게 여기라고~.

하지만 히나츠루 아이와는 딱히 얽힌 적이 없다.

대국을 한 적이 있다. 여류명적 리그 2차전에서 붙었고, 내가 완승했다. 손쉽게 이기고 말았다.

장기를 둘 때도 집중하지 못하는 기색이었고, 감상전 때도 건성이었다. 그래서 딱히 인상에 남지는 않았다.

그리고 그다음에도 지면서 리그 초반에 3연패를 했다. 일찌감치 도전권 경쟁에서 탈락한 것이다.

"뭐, 그것도 어쩔 수 없나⋯⋯."

키요타키 일문은 겨우 석 달 사이에 천국에서 지옥으로 곤두박질쳤는걸⋯⋯.

사상 첫 여성 프로 기사가 된 《나니와의 백설공주》 소라 긴코.

사상 최연소 2관을 달성한 《서쪽의 마왕》 쿠즈류 야이치.

사상 최연소 여류기사가 되어서 타이틀 도전까지 한 《코베의 신데렐라》 야샤진 아이.

　그리고 사상 최연소로 여류명적 리그에 입성한 히나츠루 아이.

　비정상적일 정도로 엄청난 진격에 나라 전체가 들끓었고, 공전절후의 장기 붐이 일었다. 소라 긴코는 TV 방송에 출연하지 않아서 대신에 칸토의 프로 기사와 여류기사가 TV와 라디오 방송에 마구 나갔다. 이건 그야말로 장기 버블이었다.

　"그건 장난 아니었죠. 여류 장기계는 진짜 대박이었잖아~. 덕분에 재미 톡톡히 봤다니까요."

　버블 당시를 떠올린 나는 양손을 맞댔다. 감사하옵니다!

　일본 전체의 여자애가 소라 긴코를 동경해서 일제히 장기를 시작했으니까. 여류기사의 주가가 급상승했다.

　'여류기전을 더 늘리자!', '하지만 기사의 숫자가 부족해!', '그럼 연수회를 늘리는 거야!' 같은 느낌으로 어마어마하게 잘 나갔다. 여류기사가 TV에 나오지 않는 날이 없을 지경이었다.

　그날까지는 말이다.

　『백설공주 실종』.

　세간에서 그렇게 불리는 소라 긴코의 실종극은 매일같이 방송과 인터넷을 시끄럽게 했다. 장기계에서는 『긴코 쇼크』라고 부르지만 말이야.

　여류기사계는 너무나도 간단히 무너지고 말았다.

　현상 유지 정도가 아니었다. 완전히 붕괴했다. 여섯 개의 타이틀을 유지하는 것도 곤란한 상황에 부닥쳤다.

소라 긴코가 타이틀전에 나올 예정이었던 여왕전과 여류옥좌전은 진행이 멈췄다. 소문에 따르면 스폰서가 계약 위반을 주장했으며, 스폰서를 관두는 정도가 아니라 연맹에 손해 배상마저 청구했다고 한다. 다른 여류 타이틀도 비슷했다.

　츠키미츠 세이이치 회장을 비롯한 이사회 멤버는 새로운 스폰서를 찾고자 동분서주했다. 내 스승도 이사인데, 최근에는 연락도 안 된다.

　이럴 때는 여류 타이틀 보유자 여러분이 기둥 역할을 해야겠지만, 샤칸도 선생님이 여러모로 힘쓰고 있긴 해도 료는 완전히 넋이 나간 상태이고, 마치는 칸사이에 있어서 뭘 하는지 알 수 없는 데다, 사이노카미 이카는 기행이 더 심해지고 있었다. 네 명 중에서 세 명이 아무짝에도 쓸모없다니, 끝장이네.

　그리고 그 모든 원망은 키요타키 일문으로 향했다.

　특히 칸토의 기사는 자신들과 전혀 상관없는(이라고 생각하는) 장소에서 벌어진 일 탓에 장기계가 엉망이 됐다면 분통을 터뜨리고 있다.

　그리고 분노란 것은 보통 약자를 향하기 마련이다.

　《서쪽의 마왕》과 《코베의 신데렐라》는 너무 강해서 어찌할 수가 없으니, 표적이 된 사람이 바로…… 히나츠루 아이.

　험담과 무시. 폭력을 휘두르지는 않지만, 여학교 뺨치는 집단 괴롭힘이 장기회관에서 벌어지고 있다. 현재진행형으로.

　솔직히 말해서 초등학생이 이런 분위기 속에서 용케 장기를 둔다는 생각이 들었다.

개막전에서 료에게 진 건, 실력으로 패배했을 것이다.

하지만 나에게 진 것은 실력 탓이 아닐지도 모른다. 실력을 전혀 발휘하지 못했으니까. 나는 이긴 후에 다른 여류기사에게 '고마워!', '역시 뭘 좀 안다니깐!' 같은 소리를 들었다. 뭐, 그때는 미소를 지어 보이면서 '응~.' 하고 대꾸했다.

웃긴다니깐.

아무튼, 이 초등학생과 친하게 이야기하는 모습을 다른 장기 관계자가 보면 곤란해진다. 센다가야역은 돌을 던지면 장기 관계자가 맞는다고 해도 과언이 아닌 장소거든. 게다가 지금은 여류명적 리그에서 도전권을 다투는 라이벌 사이다.

"친하게 지낼 이유도 없잖아…… 아."

플랫폼에 들어온 전철에 탔다. 초등학생 또한 다른 차량에 탑승했다.

그 후로 한동안 전철 안에서 흔들리다가 환승하기 위해 내린 후, 인파의 흐름에 따라 플랫폼을 걷다 보니——.

앞에서 걷고 있는 조그마한 등이 눈에 들어왔다.

"저기."

생각보다 앞서서 몸이 움직였다.

무심코 뛰어간 나는 그 등을 향해 말했다.

"왜 그러세요?"

초등학생은 어리둥절한 표정으로 나를 돌아보았다.

"너, 잘못 내린 거 아니니? 시나가와역에서 신오사카로 가는 신칸센(고속철도)을 타야——."

"아뇨. 제대로 내렸어요."

"그래? 그럼 됐어."

나는 시선을 돌린 후, 그대로 초등학생보다 앞서 나가며 걸음을 옮겼다. 시야에 들어오지 않으면 신경 쓰이지 않을 테니까!

그리고 다른 전철로 환승한 후, 스마트폰으로 연맹 홈페이지에서 최신 정보를 검색했다.

역시 있었다.

『히나츠루 아이 여류 초단, 칸토로 소속 변경.』

뭐, 젊은 여류기사에게는 흔한 일이긴 해. 진학이나 부모의 업무 때문에 소속을 바꾸는 게 말이야.

길었던 머리카락을 싹둑 잘라서 이미지 체인지를 한 것도, 이해는 돼.

그리고 쇠락하는 일문과 일찌감치 연을 끊은 것도 현명한 선택이라고 생각하거든?

"응~, 이해해~. 그렇게 머리를 굴려 가며 살 수밖에 없는 게 우리 여류기사인걸. 응~."

홈페이지에 실린 사진 속에서 환하게 웃고 있는, 아직 머리카락이 길던 시절의 초등학생을 향해 나는 마음속으로 말을 건넸다.

귀엽고 젊은 데다, 지금은 성적이 좋지 않지만 장기에도 재능이 있잖아. 분명 다른 스승을 금방 찾을 수 있을 거야! 칸토의 유력 일문의 지원을 받아서 빨리 집단 괴롭힘에서 벗어나면 좋겠네. 그렇게 되면 나도 친하게 지내줄게.

마음속으로 그렇게 중얼거리면서, 나는 전철에서 내렸다.

그리고 역을 나선 후, 노을이 지는 길을 걸으며 집으로 향했다.

도쿄에서도 손꼽히는 학생가라 젊은이가 많으며, 치안도 나쁘지 않다.

내 집은 다니는 대학 근처에 있는 아파트다.

마침 그곳에 살고 있던 프로 기사가 자택용과 연구용으로 집을 두 채 빌렸기에, 연구용 집에서 지내고 있다.

햇빛이 잘 드는 원룸이니까, 꽤 좋은 매물이라고 생각해. 뭐, 내가 빌린 건 아니지만 말이야(웃음).

"장기도 이겼으니까, 가는 길에 맛있는 거라도 살까~?"

때로는 집주인한테 점수를 따둬야겠지! 하고 생각하며 가벼운 발걸음으로 걷고 있을 때——.

또각, 또각, 또각.

저벅, 저벅, 저벅.

응.

실은 계속 들려왔어요. 역을 나섰을 때부터 쭉, 귀에 익은 조그마한 발소리가…….

"……."

뒤돌아보니, 그곳에는 초등학생이 있었다.

"야."

"왜 그러세요?"

"너, 나를 쫓아오는 거야?"

"아닌데요? 저도 이쪽 방면에서 살고 있어요."

"그래?"

초등학생이? 대학생이 사는 동네에? 우리 대학의 산하 초등학교는 다른 데 있거든? 길 잘못 든 거 아니야? 해 주고 싶은 말이 꽤 있었지만, 그냥 무시하자고 생각하며 아파트까지 걸어갔다.

또각, 또각, 또각.

저벅, 저벅, 저벅.

발소리는 아까와 마찬가지로 내 뒤를 계속 쫓아왔다. 요괴처럼 말이다.

그리고 내가 사는 아파트 앞에서 멈췄다.

"장난 작작 쳐, 초딩! 너, 설마 여기 산다는 소리를 하려는 건 아니겠지?!"

"맞는데요?"

"그딴 우연이 있을 것 같아?! 서, 설마…… 여류명적 리그에서 진 게 분해서, 내가 어디 사는지 알아내고 밤중에 기습이라도 하려는 거 아니야?!"

그런 식으로 말다툼을 벌이고 있을 때, 마침 그 자리에——.

"아! 어서 오렴."

오토록 문이 열리더니, 집주인이 모습을 드러냈다. 상쾌한 인사를 건네면서 말이다.

"진진!"

"나타기리 선생님!"

동시에 이름을 부른 사실에 짜증이 나면서도, 나는 집주인에게 —— 나타기리 8단에게 호소했다.

"내 말 좀 들어봐, 진진! 이 녀석, 장기회관에서부터 쭉 나를 쫓아왔어! 게다가 자기가 이 아파트에 산다는 기분 나쁜 소리까지 늘어놓──."

"맞는데?"

"엥?"

"연구용 집에서는 오늘부터 아이 양이 살기로 되어 있거든. 그러니 타마요 양은 나가 주지 않겠어?"

…………뭐어?

♟ 치리토리

"나, 지금 바로 도쿄로 갈 거야!!"

키요타키 집안에 들어선 나는 실내를 향해 큰 소리로 선언했다.

그리고 이곳까지 데려온 빈껍데기 상태인 사부님의 신발을 벗긴 후, 손을 잡아끌면서 다다미방으로 유도했다. 참고로 파워 스톤은 반품했다.

"새해 복 많이 받아, 야이치 군. 기운을 찾은 것 같아 안심이야."

부엌에서 얼굴을 쑥 내민 케이카 씨가 느긋한 어조로 새해 인사를 하더니…….

"어머. 어서와, 아빠. 꽤 깔끔해졌네?"

온몸에 치렁치렁 달았던 파워 스톤과 결별한 아버지의 모습을 그렇게 표현하더니, "저녁 다 됐어."라고 말하며 다시 부엌으로 들어가려 했다.

나는 당연히 발끈했다.

"'어머'는 무슨. 케이카 씨! 아이가…… 아이가 나타기리 씨의 집에 살기로 했다는 걸 알면서도 보낸 거야?!"

"응."

태연하게 고개를 끄덕였다!

"왜 그렇게 중요한 것까지 나한테 비밀로 한 건데?! 알았으면 절대로 도쿄에 가는 걸 허락하지 않았을 거야!!!!"

"진정해, 야이치 군. 정확히는, 나타기리 선생님이 연구할 때 이용하는, 자택의 옆집에서 살기로——."

"그럼 더 위험하거든?! 완전 노는 방이잖아!!"

《쌍칼잡이》란 별명을 지닌 나타기리 진 8단이 젊은 프로나 장려회 회원 및 대학 장기부 부원(전원 남성)을 연구 명목으로 모아서 전부 따먹었다는 소문은 장기계에 속한 사람이라면 누구라도 알고 있다. 상대가 이성애자라도 상관없다. 나는 연구회 권유를 받았다는 아유무의 정조를 진심으로 걱정하고 있다.

아이를 건드리지는 않더라도, 그런 문란한 환경에서 마음이 깨끗한 초등학생을 살게 하는 건 당치도 않다!

"프로 기사가 여자 초등학생을 자기 아파트에 살게 한다는 건 말도 안 되는 일이야! 용납될 수 없어!! 흑심이 있는 게 분명하다고!!"

"야이치 군, 그거 알아? 지금 자기 얼굴에 침을 왕창 뱉어대고 있거든?"

"나는 흑심이 없으니까 세이프!!"

세간에서 어떤 소문이 돌든, 신께서는 내가 로리콤이 아니라는 것을 안다!

"여자 초등학생을 내제자로 삼고, 그 애의 친구인 여자 초등학생들이 자기 집에서 묵으며 연구회를 가졌으며, 그중 한 명과 '아내로 삼아 줄게.' 란 약속을 했을 뿐인걸! 어디에 흑심이 있냔 말이야!"

"첫수부터 전부 아웃이야……."

"아무튼 지금 바로 도쿄로 갈 거야! 아이를 구출해야 해!!"

"진정하라고 했잖아!!"

어찌 된 건지 네모난 철판 같은 것을 든 케이카 씨가 날뛰는 내 머리를 때렸다. 아얏!!

"나타기리 선생님은 A급 기사잖아. 지방 출신이라 고생도 많이 하셨어. 그런 멋진 분께서 아이를 맡아 주셨잖니? 칸토에서 스승 역할을 대신해 주겠다는 말까지 하셨어!"

"스승 역할을 대신해?"

나는 코웃음을 쳤다.

"흥! 그 사람, 이제까지 제자를 들인 적이 없잖아! 가벼운 마음으로 스승 같은 소리를 하지 말아줬으면 좋겠네!!"

"그래. 가벼운 마음이 아니야. 그야말로 인생을 건 선택일걸?"

"윽……!!"

케이카 씨가 딱 잘라 그렇게 말하자, 나는 동요했다.

"나타기리 선생님이 지금 어떤 상황인지, 야이치 군도 알잖아? 인생을 건 대승부를 한창 치르고 있어. 그런데 선생님은 약속대로 아이를 위해 방을 준비해 주신 거야. 야이치 군은 그럴 수 있어?"

"윽……."

나는 말문이 막혔다.

나타기리 씨와 같은 상황에 처한다면…… 나는 그렇게까지 할 수는 없을 것이다.

가정이 아니다. 실제로 나는 못 했으니까…… 그때마다 나는 아이를 방치했고, 상처 입혔다…….

케이카 씨의 공세는 이어졌다.

"애초에 야이치 군에게 참견할 자격이 있어? 억지로라도 잡을 수 있었을 텐데, 그러지 않았던 너한테 말이야."

"……."

확실히…… 나는 아이를 잡지 않았다.

마지막으로 둘이서 뒀던 그 장기가 천일수에 접어들었을 때, 다시 둔다는 선택권은…… 둘이서 다시 시작한다는 선택을 할 권리는 나에게 있었지만, 이렇게 말하고 말았다.

『이제 됐어. 그만 끝내자.』

그리고 나는, 아이에게서 돌아앉았다. 자신의 의지로 말이다.

스승 행세를 할 자격이 없는 건, 나타기리 씨가 아니라 나다. 알고 있다. 케이카 씨가 말하지 않아도 알지만……!!

"여류기사라고는 해도, 아이는 아직 초등학생이야. 도쿄에서 부모님과 떨어져서 산다니…… 걱정돼……. 가만히 있을 수가 없을 정도로……."

걱정되는 건 생활환경만이 아니다.

도쿄의 장기회관에서, 알지도 못하는 칸토의 기사와 여류기사들 사이에서, 아이가 고립되지 않았을지 걱정됐다.

아이의 실력과 재능을 의심하는 건 아니다.

오히려 강하고 젊고 재능이 있어서 걱정한다.

"야이치 군이 걱정하는 게 뭔지는 나도 알아."

케이카 씨는 안타까운 표정을 지으며 조용히 말했다.

"나도 현역 여류기사인걸. 칸토의 여류기사들이 아이를 어떤 눈으로 볼지, 잘 알아……. 나 자신이 싫어질 정도로……."

"윽……! 케이카 씨……."

젊고, 귀엽고, 장기에 뛰어난 재능을 지닌 초등학생 여자아이.

같은 일문인 케이카 씨조차도 질투할 수밖에 없었다.

그리고 사저를 곁에서 지켜봐 온 우리는 아이가 이제부터 어떤 고난에 직면하게 될지 누구보다 잘 알았다.

"그래서, 야. 선생님과는 나도 진지하게 이야기해 봤어. 그리고 아이를 어엿한 여류기사로 만드는 데 필요한 것이 있다고 판단했으니까 보낸 거야."

"확실히 연구가인 나타기리 씨라면, 아이의 약점인 서반을 강화해 줄 수 있겠지만……."

"그것도 중요해. 하지만 나와 나타기리 선생님은…… 씨와 함께 사는 것에 메리트가 있다고 생각해…… 그 두 사람이 서로를 보완해 준다면, 분명……."

"어? 케이카 씨? 무슨 이야기를——."

중간부터 목소리가 작아져서 잘 들리지 않았다.

"아무것도 아니야. 오히려 나는 네가 걱정돼……."

케이카 씨는 내 볼에 손을 대더니…….

"야이치 군, 말랐구나. 밥은 잘 챙겨 먹고 있어? 아이가 만들어 놓고 간 요리는 이제 바닥났지?"

"식욕이 없어. 뭘 먹어도 맛이 느껴지지 않는걸……."

"하지만 이거라면 먹을 수 있지 않아?"

케이카 씨는 네모난 철판을 얼굴 앞으로 들어 올렸다. 나는 그 모습을 보고 반사적으로 외쳤다.

"앗! 혹시——."

"응. 『*치리토리 전골』이야!"

수많은 오사카 명물 요리 중에서도 가장 기운이 나는 요리. 그것이 치리토리 전골이다.

"크으으으~~!! 뜨거워! 몸이 뜨거워져……!!"

네모난 철판 위에 산더미처럼 쌓인 부추와 숙주!

데굴데굴 굴러다니는 두툼한 내장!

마늘과 고추장으로 간을 해 매콤달콤한 그것들을 젓가락으로 한 움큼 집었다!

"응! 이거야, 이거! 이 탱글탱글한 내장이 맛있다니깐! THE 오사카의 맛이란 느낌이야!"

---

* 치리토리 전골(치리토리 나베) : 소 내장과 고추장을 넣어서 칼칼하게 만든 오사카의 찌개 요리. 사용하는 사각형 철판 그릇이 쓰레받이(치리토리)를 닮았다는 의미에서 이름이 붙었다는 설이 있다.

한겨울인데도 땀이 마구 났다! 샘솟는 파워! 몸속 깊은 곳이 뜨거워졌다……!

빈껍데기가 되었던 사부님도 땀을 흘리며 요리를 즐기고 있었다.

"케이카. 맥주 좀 더 도……."

"적당히 마셔. 오래간만에 마시는 거잖아."

케이카 씨는 사부님에게 쓴소리를 하면서도 시원한 맥주를 따라 줬다. 자기도 마시고 싶으니 말이다.

배부르게 먹고, 마셨다. 마무리 죽까지 깨끗하게 비웠다.

오래간만에 배가 불렀다.

"휴우. 반가운걸……. 이 맛, 이 느낌……."

신농제에 갔다가 돌아오면, 이 영양가 넘치는 전골 요리를 넷이서 먹는 게 정석이었다.

네모난 철판을 에워싸고 앉은, 네 식구.

딱 맞아떨어지는 그 느낌이 참 좋았다.

"손잡이가 달린 쪽에 앉으면 젓가락을 뻗기 힘드니까, 긴코는 다른 자리에 앉았어."

케이카 씨가 아무도 없는 않은 장소를 보면서 말하자…….

"마무리인 치즈 리소토에 소스를 하도 많이 넣어서, 철판 밖으로 소스가 넘치기도 했잖아!"

나도 추억을 이야기했다. 이 자리에 없는 누군가를 향해…….

오사카에서의 추억이 스며있는, 치리토리나베.

아이가 내 제자가 되어서 키요타키 집안에 모이는 사람이 다섯 명이 되자, 그 후로는 이 철판으로 요리를 하는 일이 없어졌다.

전골 냄비가 대량의 음식을 요리하기 편한 이유도 있지만……
케이카 씨한테도, 이 요리는 네 사람의 특별한 추억일 것이다.

"아빠도 약해졌네."

맥주가 들어간 컵을 쥔 채 잠든 사부님에게, 케이카 씨가 모포
를 걸쳐줬다.

"야이치 군, 오늘은 자고 갈 거지?"

"아니야. 가 볼게. 잘 먹었어."

"그래……. 화난 거야?"

"아니야. 할 일이 있거든."

나는 쓸쓸한 눈빛을 머금은 케이카 씨에게 거짓말했다. 되도록
상냥한 목소리로.

실은 지금 니시노미야에서 야샤진 아이와 같이 사니까……라
고는 말하기 어려웠다. 케이카 씨를 통해 사저에게 전해지는 것
도 무서웠고, 무엇보다——.

"아이를 데리러 가겠다고 떠들어 봤자, 이제는 둘이서 살았던
그 집으로 돌아갈 수 없어……."

사부님의 집을 나선 나는 홀로 밤길을 걸으면서 새하얀 입김과
함께 그런 말을 토했다.

춥디추운 밤이었다.

아무리 내가 난리를 피워도, 히나츠루 아이에게는 아무런 영향
도 주지 못한다.

그 사실이 나를 절망케 했다.

스쿠나히코나 신사에서 파워 스톤을 치렁치렁 단 사부님의 심정이 뼈저리게 이해됐다.

제자를 떠나보내는 것이, 이렇게 쓸쓸한 일이라는 것을……

"이제 아무것도 못 해……. 알아. 안다고. 하지만…… 확인할 수밖에 없잖아……"

하다못해 알고 싶다. 어떻게 지내는지만이라도…….

그리고 기도하고 싶다. 강해지기를. 건강해지기를. 행복해지기를.

"누구 없을까? 누군가……"

나와 친하고, 아이가 어떻게 지내는지 직접 확인할 수 있을 뿐만 아니라…… 긴코가 있는 곳과 동향도 파악할 수 있는 인물.

"츠키미츠 회장님과 비서인 오가 씨는 사부님에게 입막음을 당했을 테니, 물어봐도 소용없겠지? 샤칸도 선생님도 마찬가지일 테고, 아유무……는, 아이라면 몰라도 사저에 대해선 아는 게 없을 거야. 게다가 지금은 A급으로 올라갈지 말지가 걸린 고비에 서 있으니까, 개인적으로 폐를 끼치고 싶지 않아……"

나는 연말에 B급 2조 승급이 결정됐기에, 남은 시합의 승패는 중요하지 않다.

하지만 아유무가 있는 B급 1조는 『귀신 소굴』로 불리는 지옥이다. 소속 인원 전원과 붙어야 하니 대국도 많고, 명인이란 타이틀에 대한 그 녀석의 집착은 상상을 초월했다. 1초라도 정체되고 싶지 않아서 3단 리그도 1기 만에 통과했고, 순위전에서도 이제까지 연속 승급 중이었다…….

머릿속에 만든 리스트에는 차례차례 검은 줄이 그어졌다.

그리고 마지막으로 남은 인물이, 나를 향해 화사한 미소를 지었다.

"그 사람, 뿐인가."

그렇게 중얼거린 나는 스마트폰 이력에서 그 이름을 찾았다.

마지막 희망…… 아니, 나는 처음부터 이 사람밖에 없었다.

하지만. 그래서. 그 사람과 연락하는 게 무서웠다…… 유일한 승부수가 불발로 끝나면, 승부를 포기할 수밖에 없다.

떨리는 손가락으로 문장을 작성했다. 추위 탓이 아니라, 심장의 고동 탓에 손가락이 떨리고 있었다.

메일의 제목은, 이러했다.

『연구회 제안』.

받는 사람은──── 쿠구이 마치.

제2보

로쿠로바타마요

나타기리 진

◯ 난젠지의 결전

옭아매는 듯 말을 놀린다. 마치 사냥감을 잡은 거미 같았다.

——처음 접해선 의도를 파악하기 힘든 수인걸⋯⋯.

나는 공식전 수준의 수읽기에 들어갔다. 연구회에서는 모험이나 다름없는 수를 시도해 볼 경우가 많지만, 이것은 사전에 준비했다기보다 이 자리에서 떠올린 느낌의 수였다.

중반전.

서로의 연구에서 벗어나, 수읽기보다는 재능이나 감각으로 불리는 능력이 중요해지는 국면.

직감은『할 수 있다』.

정면 대결로 이길 수 있다고 판단했다. 나는 억지로 밀어붙이려 했지만——.

"윽?!"

옭아매는 듯한 장기말의 행동반경이 뜻밖일 정도로 강렬하게 그것을 저지했다. 예상 밖의 강도여서 나는 경악할 수밖에 없었다. 중반에서 프로와 힘겨루기를 할 수 있는 여류기사가, 이 사람 말고도 있을까?

"강해⋯⋯."

무심코 내가 중얼거린 말이 들린 건지, 장기판 너머의 상대가 요염한 미소를 머금은 것처럼 보였다. 상대가 걸친 전통 예복의 화사함이 더해지면서, 어마어마한 색기가 공간을 지배했다.

대국 중인데도…… 그 모습에, 마음이 빼앗길 뻔했다.

"우후후."

시선이 마주치자, 이번에는 상대가 진짜로 미소를 지었다.

위험한…… 너무나도 위험한 미소다. 뭐가 위험하냐면, 그 인물이 자신의 미소가 어떤 힘을 지녔는지 속속들이 파악하고 있다는 점이다.

빨려들 것만 같은 그 아름다운 미소에서 억지로 시선을 뗀 나는 장기판을 쳐다보았다.

이대로 가다간…… 머릿속이 상대의 미소에 점령당할 것 같았기에…….

"잠시 실례할게."

나는 그렇게 중얼거리면서 겉옷을 벗었다. 온몸에서 땀이 나고 있었다. 1월인데도 말이다.

자신을 옭아매려는 듯한 상대의 공세를, 하나씩 풀어 나갔다.

서로의 옷가지를 하나하나 벗겨내듯, 싸기를 공략했다. 조바심이 났다.

파도처럼 들이쳤다 나갔다 하면서, 그때마다 서로의 진형이 격렬하게 흔들렸다.

"아……."

누가 토한 건지 알 수 없는, 뜨거운 숨결. 흐물흐물 녹아내리고 있는 전황.

뇌에서 마약이 분비되는 것 같은 쾌락이 초읽기 상황에서 몇 번이나 엄습했다. 장기판 위의 모든 것을 탐닉하는 듯한 종반전.

서로의 숨결이 점점 거칠어졌다.

그리고 나는 결단을 내리며, 모아둔 모든 힘을 상대에게 방출했다……!!

"휴우…… 졌습니데이."

연구회 상대—— 쿠구이 마치 산성생화는 기나긴 한숨을 내쉰 후, 고개를 숙였다.

그리고 고개를 들더니……

"역시 용왕 씨와 장기를 두면 참 즐겁데이♡"

감상전을 마친 후, 쿠구이 씨는 다시 정중히 머리를 숙였다.

"일부러 난젠지까지 와달라고 해서 미안하데이."

"아뇨. 연구회를 제안한 건 저니까요."

나도 그렇게 말하며 고개를 숙였다. 전력을 다한 만큼, 지금도 흥분이 가시지 않는다……. 뜨거워.

난젠지.

교토에서 장기와 인연이 가장 깊은 장소가 어디냐면, 역시 이곳이리라. 20세기에 유명한 기사가 펼쳤던 대국은 『난젠지의 결전』으로 불리며 지금도 회자되고 있다.

"그건 그렇고, 난젠지 근처에 있는 요리집에서 연구회를 할 줄은 몰랐어요. 절간 방을 빌려서 할 줄……."

"난젠지처럼 스님들이 수행하는 곳에서는 여자 출입이 금지된 곳도 많데이."

"아, 맞다. 여자라면 그런 문제도 있겠네요."

장기 합숙은 절에서 하는 게 정석이며, 나도 초등학생 때는 쿠구이 씨와 그런 합숙에 참여한 적이 있다. 그래서 절에서 할 거라고 생각했던 것이다.

　"그리고 쿠구이 씨가 전통 예복 차림으로 와서 진짜 깜짝 놀랐어요! 연구회에 말이에요! 너무 기합을 넣은 거 아니에요?!"

　"우후후. 정월에는 행사가 많아서, 항상 이런 차림이데이!"

　여, 역시 옛 귀족 가문 출신…… 다른 동네에서 전통복 차림의 미인이 길을 걸으면 소란이 나겠지만, 정월의 교토에서라면 왠지 납득이 됐다.

　쿠구이 씨는 자리에서 일어나더니, 그 자리에서 몸을 빙글 돌렸다.

　"어떻노? 어울리나?"

　"네, 어울려요."

　"정말~! 입에 발린 소리 마라!"

　발끈한 교토 미인을 보니, 내 마음도 벌렁댔다. 귀엽네…….

　"내도…… 봐 줬으면 한데이."

　쭉 나를…… 아니, 내 장기를 봐온 사람이, 장난스러운 어조로 그렇게 말했다.

　어느새 밖에는 눈이 내리는 것 같았다. 쌓인 눈이 밖의 소리를 빨아들이면서, 진정한 정적이 방 안을 가득 채웠다.

　──적당한 타이밍, 인가?

　나는 벗은 겉옷을 다시 걸치면서, 자세를 똑바로 고쳤다.

　"사실…… 오늘, 연구회를 제안한 건…… 흑심이 있어서예요."

"호오~?"

뭔가를 가늠하듯 눈을 가늘게 뜬 쿠구이 씨의 분위기는 1초 전과 명백하게 달랐다.

이 자리에 있는 건 《유린의 마치》로 불리는, 또 한 명의 쿠구이 마치다.

"쿠구이 씨에게 부탁이 있어요."

"뭐꼬?"

"아이와 대국을 할 예정이죠? 여류명적 리그에서요. 그때…… 그 아이를 살펴보고 저에게 알려줬으면 해요. 잘 지내고 있는지…… 그리고 저기……."

"칸토에게 괴롭힘을 당하고 있는 건 아닌가, 말이제?"

"……."

"좋데이. 내도 아이가 신경 쓰인다 아이가. 그리고 아야노랑 샤를 양한테도 같은 부탁을 받았데이."

"그런가요……."

사다토 아야노 양은 쿠구이 씨의 사매다.

절친과 연이어 헤어지면서, 큰 충격을 받았을 것이다. 샤를 양도, 내 제자로서 연수회에 들어가려던 참인데…… 내 사정으로 중지된 상태다.

그것도 내가 책임지고 진행해야만 한다. 하지만 지금은———.

"근디 용왕 씨의 부탁은 그게 전부인 기가?"

"아뇨…… 하나 더 있어요."

쿠구이 씨는 내가 무슨 말을 할지 알면서 묻고 있었다.

그런데도 이런 태도를 취한다는 건…… 알고 있는 게 아닐까?! 나는 조바심을 억누르면서, 최대한 차분한 어조로 그 수를 뒀다. 타진(打診)의 한 수를 말이다.

"사저가 어디 있는지, 아나요?"

"유감이지만, 모른데이."

노타임으로 부정했다.

순식간에 눈앞이 시꺼멓게 변했다. 장기에서 졌을 때와는 비교도 안 될 만큼, 나 스스로도 놀랄 만큼 마음이 꺾였고…… 이대로는 몸을 일으키지 못할 것만 같았다.

"그런……가요…….."

그런 내 마음을 가지고 놀듯, 쿠구이 씨는 이렇게 말했다.

"하지만, 짚이는 곳이라면 몇 군데 있데이."

"윽!! 정말이야?!"

물에 빠진 자가 눈앞의 나무판자에 매달리듯, 나는 쿠구이 씨의 가녀린 어깨를 양손으로 움켜잡았다.

"정말이지?! 정말로 긴코가 어디에 있는지를──."

"아파……."

"앗! 죄, 죄송해요……. 무심코……."

쿠구이 씨는 내가 허둥지둥 뗀 손을 원망하듯 응시한다.

"어디까지나 짚이는 곳이데이. 확실치는 않지만, 가능성은 꽤 있다……고, 내가 예상할 뿐인 기다."

"그걸로 충분해요! 그걸로…… 그것만으로도, 충분…… 해요……!!"

밤하늘에서 별 하나를 겨우 발견했다. 그런 심정이었다.

드디어 앞으로 나아갈 수 있다. 방금 대답만으로…….

"하지만 여류명적 리그는 고비에 이르렀고, 봄에는 산성앵화 방어전도 있데이. 내도 사람을 찾는데 시간을 할애할 여유가 읍다……. 방금도 꽤나 아팠다 아이가."

"윽……."

"그러니 조건을 하나 제시하겠데이."

"조, 조건? 물론, 저기…… 제가 할 수 있는 일이라면 뭐든 할 생각인데……."

쿠구이 씨는 내 대답을 듣고 옆방과 이어진 장지문을 열었다.

"조건은—— 이거데이."

"윽?! 이, 이건……!!"

옆방에 준비된 것을 본 나는 몸이 달아오르는 느낌을 받았다.

그거에는…… 새하얗고, 폭신하며, 네모난 그것이 준비되어 있었다——.

♟ 처녀

그것은 마치…… 첫눈처럼 새하얗다.

하얗고 고운 그것이, 눈앞에서 흔들거리고 있었다.

나는 비단처럼 새하얀 그것에 손을 대고…… 마음껏 느꼈다.

뜨거워……!

그리고 부드럽다.

처음 맛본 관능…… 그야말로 어른의 계단을 한 칸 오른 순간이었다. 나는 참다못해 고함을 질렀다.

"탕두부 맛있어어어어어어~~~~~!!"

"난젠지하면 두부 요리다 아이가."

쿠구이 씨가 옆방에 준비해둔 것.

그것은── 두부가 잔뜩 들어있는 전골이었다.

"내는 탕두부를 참 좋아한데이. 좋아한다는 말로 부족할 정도라, 아예 사랑한다고 해도 과언이 아닐 기다~♡"

볼이 발그레해진 쿠구이 씨가 그런 고백을 했다.

나는 기쁨과 멋쩍음을 동시에 맛보고 있었다.

"이야~ 쿠구이 씨가 갑자기 옆방의 장지문을 열 때만 해도 분명 에로…… 대체 뭐가 시작되나 싶어 당황했다니까요!"

"우후후. 혼자서 전골을 먹는 건 부끄럽다 아이가. 용왕 씨가 연락해 줬을 때는 잘됐다 싶었데이."

그리고 소문으로만 들었던 교토 두부의 맛은…… 소문 이상이었다.

"두부가 딱히 맛있다고 생각해 본 적은 없었는데, 여기 두부는 맛이 참 달고 농후하네요……."

사부님의 집에서 먹었던 치리토리 전골도 맛있었지만, 이 탕두부를 맛보고 나니 그것이 싸구려처럼 느껴졌다.

"한겨울 교토는 쌀쌀하데이. 특히 눈이 내리는 이런 밤에는 따뜻한 탕두부가 딱이다 아이가. 게다가 교토에는 질 좋은 지하수와 수많은 절이 있데이."

"절? 절이 있으면 두부가 맛있어지기라도 하나요?"

"절하면 채식이제? 해산물이나 육류를 멀리하는 스님에게, 두부는 귀한 단백질 제공원인 기다. 즉, 오래된 절 근처에는——."

"마찬가지로 오래된 두부 가게가 많은 거구나! 아하~."

역사 속에서 갈고닦이는 것은 두부의 맛만이 아니다.

교토 특유의 『예법』도 고상해지고——.

"탕두부는 말이제? 너무 익히면 굳어버린데이. 부들부들하고 따근한 식감을 가장 즐길 수 있는 온도는…… 바로 지금! 70도!"

쿠구이 씨는 냄비의 두부가 보글…… 보글…… 희미하게 춤추기 시작한 절묘한 타이밍에 건졌다. 두부 요리에 꽤 엄격한 건지, 나는 냄비를 만지지도 못하게 했다.

뭐, 괜찮지만 말이야!

김 너머로 보이는 전통 예복 차림의 교토 미인을 보며 맛있는 두부를 먹기만 하면 되는 간단한 일이거든!

"자아. 맛보그라♪"

"잘 먹겠습니다~!"

두부가 담긴 그릇을 넘겨받은 후, 나무 수저로 두부를 떠서 날름 먹었다. 비전의 소스도 참 맛있었다.

"하아…… 맛있어. 진짜 끝내줘……."

부드러운 두부가 몸속으로 스며드는 감촉은 관능적이기까지 했다.

마치 온몸이 혀가 된 느낌이 들 만큼…… 맛있다.

"휴우…… 참 행복하데이♡"

쿠구이 씨는 요염한 목소리를 흘리더니…….

"아, 잠시 실례하께. 옷이 너무 두꺼워서 좀 덥네…… 휴우. 더워라……."

"윽?!"

쿠구이 씨가 기모노의 앞섶을 벌리며 안쪽을 향해 부채질을 하자, 나는 충격을 받았다.

가슴팍에 있는 풍만하고 밥공기 같은 탕두부가…… 타, 탕두부가……!

무심코 '더 먹어도 될까요?' 라고 말할 뻔한 순간, 쿠구이 씨가 입에 묻은 소스를 혀로 핥아 먹으면서 말했다.

"아까 하다 만 이야기 말인디……."

"마, 맞아요! 사저를 찾아주는 조건 말이죠? 제가 뭘 하면 되나요?"

설마 탕두부를 같이 먹는 것만으로 괜찮을 리가 없다.

"실은 말이제. 전부터 용왕 씨한티 부탁하고 싶은 게 있데이."

"부탁? 뭔데요?"

"처녀……."

"응?"

"내한테 용왕 씨의 처녀를 도!"

"네에……?"

쿠구이 씨는 비녀 하나로 긴 흑발을 정리하더니, 몸가짐을 단정히 하면서 조건을 입에 담았다.

너무나도 뜻밖인 조건을 말이다.

"기서를 내지 않겠습니까?"

"기서?"

처음 그 말을 들었을 때는 의미를 이해하지 못했다.

나는 입안에서 그 말을 몇 번이나 되풀이해 본 후에야, 겨우 의미를 이해했다.

"어? 기서? 어어?! 저, 저보고 장기책을 내라는 거예요?!"

"자격이라면 차고 넘칠 만큼 가지고 계시죠. 타이틀이 두 개나 있으며, 용왕 자리도 지켜냈으니까요. 처녀작을 낼 더할 나위 없는 타이밍이라고 생각합니다."

"뭐…… 그건 그래요."

타이틀을 두 개나 차지하면서 주목받고 있으며, 대국이 정리되어서 시간도 비교적으로 여유가 있다.

"하지만, 왜 이제까지 입 다물고 있었던 거죠? 작년의 더블 타이틀전 때는 거의 매주 만났잖아요."

"타이밍을 놓치지 않는 것도, 좋은 편집자의 조건이니까요."

장기 라이터인 『쿠구이』의 얼굴이 된 쿠구이 씨는 날카로운 어조로 설명했다.

"퍼뜩 생각난 타이밍에 말을 꺼내선 영원토록 3류일 겁니다. 항상 상대방을 살피면서, 출판 타이밍과 집필자의 타이밍이 기적적으로 맞물리는 순간에 말을 꺼낸다. 그것이 가능해야 비로소 어엿한 편집자라고 할 수 있죠. 제가 한 말이 아니라, 상사가 한 말이지만 말입니다."

"장기와 비슷하군요."

무심코 그렇게 말했다.

　장기도 자기가 기분 좋게 공격하기만 해선 강해질 수 없다. 항상 상대방의 입장에서 생각하는 게 중요했다.

　뭐, 장기는 상대방이 싫어할 짓을 하는 거지만! 성격이 더러워진다니깐.

　"그래서요? 어떤 책을 쓰면 되나요?"

　"편집부의 의향으로는, 쿠즈류 선생님의 고유 스킬을 살려서 여자 초등학생 취향의 입문서가 어떨까 합니다만——."

　"사양하겠어!!!!"

　대체 내 고유 스킬이 뭔데?! 『여자 초등학생 ◎』 같은 거냐?!

　"그렇게 말씀하실 줄 알았습니다. 저는 입문서보다, 쿠즈류 선생님만이 쓸 수 있는 전문적인 책을 희망합니다."

　"구체적으로는요?"

　"만들기 쉬운 건 실전집이겠죠. 이건 타이틀전의 장기 같은 유명한 대국, 본인이 애착을 느낀 장기 등을 해설해 주는 겁니다."

　흠흠.

　"다음은 전법서입니다. 최정상 기사가 집필한 전법서는 잘 팔리죠. 몰이비차 쪽에서는 오이시 9단의 『중비차 마에스트로』와 『사간비차 마에스트로』 같은 마에스트로 시리즈가 베스트셀러이며, 최근에는 칸나베 7단의 망루 서적에 특전으로 저자의 브로마이드를 첨부했더니 여성 팬 상대로 폭발적으로 팔려나갔습니다."

　아유무의 그 책의 구매층은 완전히 다른 쪽 것 같은데…….

"저는 쿠즈류 선생님의 전법서를 읽어 보고 싶군요!"

"하지만 제 특기 전법은 서로 걸기와 한 수 손해 각교환이니까요……."

각교환 타입의 장기는 수순이 복잡하며, 전략적으로 천일수를 노리는 수순을 항상 의식해야 한다. 복싱으로 치자면 클린치 전법이다.

수수하고 암기해야 하는 수순도 많으니까 장기 팬의 호응을 얻기는 힘들 것 같다.

"서로 걸기도 소프트(장기 소프트웨어)의 영향으로 정석화가 진행되고 있지만, 아직 프로 취향의 전법 같고……."

"확실히 아마추어에게는 너무 난해할지도 모르겠군요. 하지만 거꾸로 생각하면 전법서가 많지 않은 장르라고도 할 수 있습니다. 의외로 팔릴지도 모르죠."

"으음……."

"그럼, 쿠즈류 선생님은 어떤 기서가 팔릴 것 같습니까?"

"글쎄요. 예를 들자면——."

바로 그때, 문득…… 어떤 인물에게 들었던 말이 머릿속에 떠올랐다.

『쿠즈류 씨. 너는 소프트를 어떻게 이용하지?』

《트랜슬레이터》로 불리는 젊은 기사에게 들은 후로, 계속 마음에 걸렸던 말이다.

"역시 지금은 장기가 유행하고 있으니, 그쪽 관련 책은 어떨까 싶네요."

"바로 그겁니다!!"

어.

"대단한 아이디어군요! 사상 최연소 타이틀 보유자가 명인의 도전을 막아낸 원동력은 장기 AI의 활용이었다는 건 장기 팬만이 아니라 일반층에도 분명 먹힐 겁니다! 게다가 소프트에 정통한 오키토 요우 옥좌에게서 타이틀을 빼앗았다는 건, 현시점에서 소프트를 가장 잘 활용하고 있는 건 쿠즈류 선생님이란 걸 뜻하죠! 그런 선생님이 소프트에 관한 책을 쓴다면 장기계에 혁명이 일어날 거예요!!"

"그, 그……래요? 역시? 와~ 나는 장기만이 아니라 글에도 재능이 있었구나~!"

"참 쉬운 애데이."

"어? 잘못 들었나? 방금 저를 쉽다고 말하지 않았어요?"

"쉽게 아이디어를 내놓는 걸 보면 책도 날개 돋친 듯이 팔릴 듯한 예감이 듭니다, 라고 말했습니다."

"그렇죠?! 이야, 실은 제가 쓴 책이면 대박이 날 거라고 생각하긴 했어요! 그런데 이제까지 그런 의뢰가 없었다니까요……."

솔직하게 고백하자면……출판 동정을 차례차례 졸업하는 동료들을 시샘하며, 초조함을 느낀 나머지…… 연맹 매점에 깔린 아유무의 책을 다른 책으로 숨기기도 했다…….

"하지만 알아주는 사람은 있네요! 저도 첫 상대는 쿠구이 씨가 좋겠다고 생각했는데, 이렇게 제안해 줘서 정말 기뻐요!!"

"윽……! 야이…… 용왕 씨♡"

한순간 원래 모습으로 돌아간 쿠구이 씨도 기쁜지 미소를 보여 줬다.

하지만 또 금방 불안에 지배당했다. 책이라……

"저는 중졸이고…… 책도 별로 읽지는 않았는데, 잘 쓸 수 있을까요……?"

"괜찮습니다, 선생님."

쿠구이 씨는 내 무릎에 손을 올려놓더니, 상냥히 쓰다듬으며 말했다.

"그럴 때야말로 장기 라이터가 나설 때죠. 저처럼 장기와 출판, 양쪽에 정통한 사람이 『편집 협력』으로서 도움을 드릴 테니 안심하세요."

"네?! 관전기자는 그런 일도 하나요?"

"관전기자만으로 먹고 살 수 있는 라이터는 몇 안 되니까요. 보통은 중계 스태프와 겸업하거나, 다른 장르의 라이터 활동으로 돈을 벌죠."

"그리고 보니 쿠구이 씨도 타운 정보지의 라이터로도 활동하고 있죠?"

"실은 오늘도 『연인과 함께 찾는 난젠지 특집!』이란 기획의 취재를 겸하고 있습니다."

빈틈이 없네.

"그런데, 그 편집 협력은 프로 기사의 직필 작업에서 어느 부분을 도와주나요?"

"프로 선생님이 말한 내용을 정리해서 문장으로 만들고, 도면을 그리며, 해설도 쓸 뿐만 아니라, 필요에 따라서는 수순도 보충합니다."

"그래서야 완전 대필——."

"편집 협력입니다."

"아니, 대필 작——."

"편집 협력."

"펴……편집 협력……."

"네. 편집 협력."

미인 장기 라이터 겸 편집자의 압력에 굴복하고 말았다.

더러운 어른에 한 걸음 더 다가서고 말았어…….

"명인의 전법서 집필을 도운 라이터는 그걸로 집을 장만했다고 하더군요."

"그 책도요?!"

수행 시절에 사저, 아유무와 함께 종이가 닳도록 읽은 책이다.

'그렇게 바쁜 명인이 책까지 쓰다니, 역시 신이야!'라고 생각했는데, 그런 꼼수가…….

"매우 바쁜 최정상 기사가 책의 내용을 직접 전부 쓰려고 한다면, 몇 년이 걸릴지 알 수 없죠. 책 내용이 좋더라도 타이틀을 잃은 후에 내면 '하지만 이 녀석은 졌잖아.' 같은 소리나 듣습니다. 애초에 출판까지 시간이 너무 걸리면 전법의 유행도 변하고마니까요. 그래서 타이밍이 중요합니다."

쿠구이 씨는 거기까지 말한 후, 약간 머뭇거리며 말을 이었다.

"그리고…… 괜한 참견일지도 모르지만, 쿠즈류 선생님은 소라 양 말고도 다른 생각을 하는 편이 좋을 것 같습니다. 열중할 수 있는 다른 일이 있는 편이 좋지 않을까요."

"윽……! 그게 무슨 뜻이죠?"

"예전과 달리 미간에 주름이 생겼습니다. 그리고 미소도 어색하군요. 오늘까지 웃을 일이 없었던 것 같은데……."

아아…… 이 사람은 정말, 나를 세세하게 살피고 있구나…….

"왜…… 그렇게까지 저를 신경 써 주는 거죠? 다들 제 곁을 떠나거나, 저를 괴물이라고 부르는데……왜 쿠구이 씨만은, 저를…… 인간으로 봐 주는 거예요?"

"쭉 지켜봤으니까요. 쿠즈류 야이치라는 소년을. 그리고——."

쿠구이 씨는 내 마음에 외통수순을 걸었다.

"소라 양은 모르겠습니다만, 히나츠루 아이 양에게는 당신의 책을 꼭 전해 주겠습니다. 그 아이에게 가르쳐 주지 못한 게 있다면, 그 책에 담으면 되죠. 안 그렇습니까?"

"그건…… 최강의 작업 멘트군요."

"결정타는 진짜 마지막까지 숨겨두는 법입니다. 장기와 마찬가지죠."

그렇게 말한 내 첫 담당 편집자는 상냥한 미소를 머금었다.

"그것이, 좋은 편집자의 조건이니까요."

⌂ 정신과 시간의 방

"목적이 뭐야?"

나는 진진을 집안으로 끌고 들어간 후, 그렇게 따졌다.

다짜고짜 쳐들어온 꼬맹이…… 히나츠루 아이는 일단 내 집 (그건 양보 못 해!)에 대기시켰다. '얌전히 앉아서 기다리고 있어.' 라고 딱 잘라서 말해뒀다.

"방금 말한 대로야. 아이 양은 내 연구 파트너거든. 그 애가 칸토로 이적하고 싶다 해서 내가 거두기로 했지."

"연구 파트너?"

어이없네.

A급 기사가 초등학생, 그것도 여자애를 대등한 파트너로 삼았다는 이야기는 들어본 적 없거든?!

"명인의 연구 파트너이기도 했던 기사가 여자 초등학생한테 뭘 배우는데? 나 같은 대학생이라면 몰라도, 초등학생 따위를 길러도 건질 건 없잖아?"

"그러고 보니 때때로 깜빡하는데…… 타마요 양은 대학에 다녔지? 어느 학부였더라?"

"정경, 정치경제야."

우리 W대학에서 가장 들어가기 어렵다고 일컬어지는 학부다.

참고로 나는 일반 입시로 들어갔으며, 공부도 평범하게 잘한다. 공부도 잘하면서 놀 줄 아는 애 타입이다. 이걸 밝히면 다들 놀라고, 남자들은 머리 좋은 여자를 싫어하기 때문에 내 입으로 말하지는 않아. 진진은 그런 걸 신경 안 쓰니까 이렇게 농담거리로 삼지만 말이야.

"그럼 경제학 용어로 『립프로그(Leapfrog)』라는 걸 알겠지?"

"후진국이 단숨에 성장해서 선진국을 따라잡거나 추월하는 현상 말이지? IT분야에서 최근 자주 들어."

"그래. 명인이 제창한 『고속도로 이론』도 그 일종이지. 선구자가 닦은 길 위를 달리면서, 후배들은 더 빠르게 성장할 수 있는 거야."

"하지만 진진의 세대는 결국 명인을 뛰어넘지 못했잖아."

"맞아. 실적으로는 아직이지."

진진은 '아직' 이라는 말에 힘을 주면서 말하더니, 미소를 유지한 채 말을 이었다.

"하지만 『스테이지 스킵』으로 불리는 현상이 일어나면, 아무리 명인이라도 시대에 뒤처지고 말 거야."

"스킵?"

"구체적으로 설명하자면, 집전화가 보급되지 않은 신흥국에서 휴대전화가 폭발적으로 보급되는 것 같은 현상이야."

"아하…… 역사가 짧고 선택지가 따로 없어서 휴대전화 보급률이 선진국을 추월하는 거? 하고 싶은 말이 뭔지 얼추 알겠어."

집전화 단계(스테이지)를 스킵한다.

장기로 치자면, 사람에게 배우지 않고 바로 소프트와 두기 시작하는 느낌? 이번에 4단이 된 쿠누기 소타 군이 그렇단 이야기를 들은 적이 있다.

"게다가 추가로 전자 결제가 보급된다면 어떨까? 이건 새로운 기술의 창조라 할 수 있지."

"전자 결제 같은 일이, 장기에서도 일어난다는 거야?"

"글쎄? 그건 아직 알 수 없어."

"알 수 없다니——."

"설령 그런 기술이 태어나더라도, 나는 그 우수성을 눈치챌 수 없겠지."

눈치챌 수 없어?

그게, 무슨……?

"나는 스마트폰을 쓰지만, 앞으로 전자 결제가 아무리 보급되더라도 지갑을 들고 다니며 현금을 쓰겠지. '만약 스마트폰의 배터리가 나가면 곤란하니까.' 라면서 말이야."

"앗……!"

과거의 기술을 모르기 때문에, 지식의 축적이 없기 때문에, 후진국은 새로운 기술만을 베이스로 삼으며 빠르게 연구 사이클을 돌릴 수 있다.

결과적으로, 치명적인 오류도 범할 것이다.

하지만 그런 오류를 큰 문제로 여기지 않고, 새로운 환경에 적응한 기술을 창조할 것이며, 그것을 더욱 개량할 것이다. 압도적인 속도로 말이다.

"나는 서반 연구를 너무 과하게 했어. 아이 양처럼 과거를 의식하지 않고 새로운 기술만을 베이스로 삼으며 창조할 수는 없는 거야."

게임 체인지.

이제까지의 법칙과 지식이 전혀 통하지 않는 시대가 왔다고, 진진은 말하는 것이다.

"그리고 명인조차도, 거기에서는 벗어날 수 없지."

"어, 어째서 그렇게 단언하는 거야? 명인이라면, 이번에도 독자적인 방식으로 시대에 적응할 게——."

"그래. 명인은 소프트가 알려주는 수를 그대로 받아들이지 않고, 거기에 꼭 독자성을 더하지. 그래서——."

"그, 그래서……?"

"그래서 영원히 소프트를 완벽하게 활용하지 못해."

"……!!"

진진은 소름이 끼칠 만큼 차가운 표정을 지으며 말했다.

자신을 연구 파트너로 발탁해 준 은인의 약점을 말이다.

"아까 목적이 뭐냐고 물었지? 아이 양을 옆집에 살게 하는 목적 말이야."

진진은 차가운 눈빛을 머금은 채 이야기를 이어갔다.

"나한테는 메리트밖에 없다고 생각해. 아이 양의 연산력은 대부분의 프로 기사를 능가하거든. 종반력은 A급 기사에게 버금가거나 능가할 정도지."

농담하는 표정이 아니다.

하지만…… 말이 안 되거든?

프로 기사에게 이기는 여류기사의 존재는 부정하지 않는다. 사이노카미 이카라든가 말이다. 그 인간은 진짜 위험하다. 지금도 용왕전 6조에서 연승을 이어가고 있으며, 이대로 가면 결승 토너먼트에도 올라갈 기세다.

하지만 그것은 가장 아래인 6조에 신인 기사나 추락할 대로 추락한 영감님들밖에 없어서다.

A급 기사는 명인을 제외하고 세상에서 가장 장기를 잘 두는 열 명이다.

그들보다 종반이 강한 여자 초등학생이 존재한다는 것을 믿으라는 거야?

말도 안 돼.

"오이시에게 들었는데, 아이 양의 머릿속에는 장기판이 열한 개나 존재하나 봐! 그 애는 지금도 그 열한 개의 장기판을 전부 가동시키고 있겠지. 만약, 완전히 새로운 기술이 생겨난다면…… 거기에 가장 먼저 도달하는 건——."

즉, 진진에게 그 꼬맹이는 개구리다.

우리 안에서 폴짝폴짝 뛰는 개구리.

그 개구리가 무언가를 만들어내면 자기 것으로 만든다. 아무것도 만들어내지 못할지라도, 곁에 두면 안심할 수 있다…….

"실제로 아이 양과 인터넷으로 연구회를 한 후로 공식전에서도 좋은 결과를 내고 있어……. 그 덕분에 이번 기회를 거머쥘 수 있었던 거야. 이기기 위해서라면 뭐든 하겠어."

오랜 연구 파트너조차 내팽개치며 앞으로 나아가려는 그 마음가짐에, 나는 전율했다. 『강함』에 대해 비정상적일 정도의 탐욕을 가지고 있었다.

"게다가 타마요 양도 옛날에는 '같이 장기를 둘 수 있는 애가 곁에 한 명 있으면 좋겠다.' 라고 말했잖아. 아이 양이라면 적당하지 않을까?"

"그런 소리는 하지 마……. 그건 누마즈에 살던 중학생 시절 이야기잖아?"

립프로그 같은 어려운 말을 써대서 확 와닿지 않았지만, 나는 진진의 말을 듣고 뭔가를 떠올렸다.

『정신과 시간의 방』.

드래곤볼에 나오는, 엄청난 수행을 할 수 있는 방이다.

바깥세상에서는 하루밖에 지나지 않았지만, 그 방에서는 1년 이나 수행할 수 있다.

게다가 중력도 열 배다. 공기도 희박하다. 수행 말고는 즐길 게 없다.

내가 사는 그 쾌적한 방을, 진진은 정신과 시간의 방으로 만들려는 것이다.

진짜 못 살겠네.

🔔 속죄

"너 말이야. 진짜로 여기서 살 거야?"

진진과의 이야기를 마치고(열쇠를 내놓고 나가라는 말을 들었지만, 딱 잘라 거절했다) 연구용 집으로 돌아간 나는 초등학생과 얼굴을 마주하며 그렇게 물었다.

그러고 보니 집안이 엄청 깨끗해졌네…….

요즘 너무 바빠서 정리나 청소를 할 시간이 없었는데, 지금은 엄청 깨끗하게 정리되어 있었다. 게다가 초등학생이 생활할 공간까지 마련되어 있었다……

"진짜로 여기서 살 생각이구나."

방구석에서 무릎을 모으고 앉아 있는 초등학생은 귀엽지만 한고집 하는 표정으로 나를 올려다보고 있었다.

얼마 전에 공식전에서 붙었을 때도 심약해 보였는데…… 지금은 꽤 만만치 않아 보였다.

"저기…… 기다리기만 하는 건 시간이 아까워서 청소했어요. 허락 없이 청소해서 죄송――."

"예전에 살던 집에서도 이랬어? 쿠즈류 선생님의 집에 찾아갔을 때 말이야."

"으……!"

초등학생은 흠칫하며 온몸을 굳혔다.

그리고 화난 듯한, 슬픈 듯한 눈길로 나를 올려다보았다.

흥! 눈빛 한번 좋네.

그렇게 네 본성을 드러내란 말이야.

"진진은 허락했을지도 모르지만, 나는 아직 너를 인정 못 해."

그렇다. 아직 인정할 수 없다.

확인해야만 하는 게, 있다.

"혹시 네가 진진의 제자가 될 생각이라면, 머리 잘못 굴렸어. 그 녀석은 A급 기사에 명인의 연구 파트너지만, 정치력은 꽝이거든. 명인이나 진진이나 그런 것과는 거리를 두고 있어. 애초에 제자를 받지 않아. 그러니까――."

"제 스승은 단 한 명뿐이에요."

망설임 없는 대답이었다.

조용하지만, 그 어떤 반론도 허락하지 않는 대답이었다. 무슨 말을 들어도, 무슨 짓을 당해도 흔들리지 않는 결의가 담긴 대답이다.

금 아래에 둔 보처럼 견고하기 그지없는 그것에 맥없이 튕겨 난 나는 거꾸로 마음이 흔들리기 시작했다.

"그……그럼 왜 그런 스승의 집에서 나온 거야? 아니, 내제자였던 것 자체가 이상하긴 한가……. 그 집에서 나온 건, 이해가 돼. 하지만 칸토로 이적할 필요는 없지 않아?"

도망친 거 아니었어?

혼자만 안전한 장소로 가려고 한 거 아니었어? 다른 누군가에게 보호받을 생각 아니었어?

네가 무슨 말을 하든 주위에서는 그렇게 볼 테고, 거기에 휘말리면 나와 진진도 괜한 오해를 살 게 뻔하다. 그러니 다가오지 마라. 빨리 나가라.

그렇게 대놓고 말하는 건 좀 그렇기에, 나는 돌려서 말했다.

더러운 어른이거든.

"솔직히 말해 민폐야. 나는 인생 첫 타이틀 도전까지 한 걸음 앞두고 있어. 너도 여류명적 리그에 진출한 라이벌이잖아? 그런 너와 같이 살아서 주위로부터 이상한 오해를 사는 건 딱 사양할래."

"하지만 로쿠로바 선생님과의 대국은 이미 끝났고…… 제가 졌으니까……."

"네 경쟁 상대와의 대국은 아직 남아 있잖아. 영향이 전혀 없을 거라고 단언할 수 있어?"

"그건······."

리그전은 승패를 합산해서 결판이 난다. 예를 들어, 이 녀석이 의도적으로 져서 도전자 경쟁에 영향을 주는 것도 가능하다.

마음만 먹으면 짜고 치는 짓거리를 할 수도 있는 것이다.

그런 걸 방지하기 위해, 최종전은 일제 대국으로 치러지지만.

"한마디 덧붙이자면──."

초등학생이 입을 다물자, 나는 인정사정없이 공격을 이어갔다.

"진진은 지금, 4년 만에 타이틀 도전 중이야. 『반왕(盤王)』타이틀에 말이지. 상대가 누구인지 알아?"

"명인, 이세요."

"그래. 7대 타이틀 중에 네 개를 보유한 그 신에게 두 번째 도전 중인 거야. 지난번에는 한 번도 못 이기고 깨졌지만, 이번에는 잘 싸우고 있어······. 그러니 지금은 집중하게 해 주고 싶어. 자기 자신에게 말이야."

"폐가 된다는 건······알아요."

입술을 깨물면 고개를 숙인 초등학생이 쥐어 짜낸 듯한 목소리로 말했다.

"하지만! 여기 와도 된다고 말씀하신 건 나타기리 선생님──."

"초등학생이 의지하는데 어떻게 거절하겠어. 진진은 기본적으로 사람이 참 좋거든."

그 점은 누구보다도 내가 잘 안다.

그 녀석이 자신에게 아무런 득이 되지 않는데도 흑심도 없이 여자애에게 방을 내주거나 장기를 가르쳐 주는 녀석이라는 것을 말이다.

아까 들은 립프로그 이야기도 나는 믿지 않는다.

장기계에 혁명을 일으키는 초등학생이 있다는 말은, 쿠누기 소타 4단 때문에 좀 믿음이 가지만…….

여류기사가 혁명을 일으키는 일은 절대로 없으리라는 것을 알기 때문이다.

"저는…….''

쭉 고개를 숙이고 있던 초등학생은 주먹을 꼭 쥐었다.

치마에 주름이 생길 정도로, 무릎 언저리를 오른손으로 움켜쥔 모습을 본 나는 무심코 주의를 줄 뻔 했다.

"어이. 너, 주름이——."

말을 이으려다, 퍼뜩 눈치챘다.

센다가야역에서 봤을 때도, 이 애의 치마 오른쪽 무릎 부분에는 깊은 주름이 생겨 있었다.

그리고 나는 그런 주름을 먼 옛날에 본 적이 있다.

——소라 긴코와 똑같아.

나는 그 애가 처음으로 여류기전에…… 여왕전에 나왔을 때, 일제 예선에서 붙었다. 그것이 유일한 공식전이다.

그때, 소라 긴코는 초등학교 5학년이었다.

지금, 눈앞에 앉아 있는 히나츠루 아이와 같은——.

"저는, 강해져야만 해요."

"으⋯⋯."

그 대답조차 똑같았다.

당시 이미 장려회에 들어가 있던 긴코에게, 인기로도 장기로도 왕창 깨진 나는 감상전에서 무심코 물어봤다.

'왜 여류기전 따위에 나온 거야?' 라고.

그때 그 애가 했던 것과 똑같은 대답을 히나츠루 아이가 입에 담자, 나는 소라 긴코와 눈앞의 초등학생을 포개서 봤다.

그래서⋯⋯거듭 물었다. 이 애라면 가르쳐 줄지도 모르니까.

그때, 물어보지 못했던 것을⋯⋯.

"강해져서, 어쩔 건데?"

"⋯⋯."

그 소녀는, 오른손으로 치마를 꼭 움켜쥐었다.

그리고──.

"모르겠어요. 모르겠⋯⋯지만."

조그마한 입에서 흘러나온 목소리는 자신 없는 듯이 떨렸고, 귀를 기울이지 않으면 들리지 않을 만큼 작았다.

하지만 그 대답은 내 가슴을 꿰뚫었다.

"강해지면 분명, 길이 열릴 테니까요."

초등학생은 짤막한 그 대답을 입에 담더니, 양손으로 바닥을 짚었다.

"그러니까 여기 있게 해 주세요! 이기적인 소리를 한다는 건 알아요! 제대로 된 대답이 아니라는 것도 알아요! 하지만…… 하지만……!!"

——아니, 대답이 됐어.

이마가 바닥에 닿을 만큼 고개를 숙이며 몇 번이고 "부탁드려요!"라고 거듭 말하는 초등학생을 보면서, 나는 나 자신도 놀랄 만큼 납득했다.

분명 소라 긴코도 똑같이 말했을 것이다. 그런 생각이 들었다.

그와 동시에 눈앞에서 무릎을 꿇고 있는 이 초등학생이 현재 어떤 상황이며, 어떤 환경에 처해있는지도 방금 대답을 통해 이해했다.

왜냐하면 이곳은, 장기계는…… 편하게 강해질 수 있는 세상이 절대로 아닌 것이다.

강해져야만 열리는 길.

——그건 가장 힘든 길이잖아.

겨우 열 살? 아니면 열한 살? 그런 여자애가…… 그 고난을 이해하고, 그런데도 그 길을 나아가려 한다. 비틀비틀, 금방이라도 쓰러질 것처럼 불안한 발걸음으로…….

일문에 대한 비난을 저 자그마한 몸으로 받아내면서 말이다.

"길이 열린다……."

실은, 이미 눈치채고 있었다.

이 애는 도망친 것이 아니다.

우산이 되어 줄 사람이 없는 칸토에서, 폭우처럼 쏟아지는 악의에 흠뻑 젖은 채로 방황하다…… 이곳에 도달한 것이다. 그렇게 예쁘게 길렀던 머리카락을 자른 의미를 눈치채지 못했을 여류기사는 단 한 명도 없다. 나도 포함해서 말이다.

갑자기 자기 자신이 한심하게 느껴졌다.

여류명적 리그에서 이 애와 붙었을 때, 나는 평범하게 장기를 둬서 이겼다.

상대가 약해졌다는 것을 알면서도 전력을 다해 싸우는 건 잘못된 짓이 아니다. 우리는 팬에게 기보를 보여주고 돈을 버니까, 봐주면서 싸우는 건 있을 수 없는 일다.

하지만 말이야?

하지만 대국 전에, 선배로서 '괜찮아?'라고 말을 걸어줄 수는 있지 않았을까?

괜히 친해지지 않으려고 선을 그었다? 그럴지도 몰라.

하지만 이긴 후에 다른 여류기사가 이 애를 헐뜯는 소리를 했을 때, '그런 말은 하지 말자.' 하고 말할 수 있었잖아? 나는 뭘 했지? 주위로부터 고립되는 게 무서워서, 대충 맞춰주며 실실 웃었잖아?

"쓰레기네."

소라 긴코의 인기로 득을 봤으면서, 다들 그 애가 있어서 타이틀을 딸 수 없다며 몰래 험담을 했다.

그 애가 너무 강한 탓에 여왕전과 여류옥좌전에서 의욕이 안 나고, 그 탓에 여류기계 전체의 인기가 떨어진다며, 자기들의 못난 실력에는 눈을 감은 채 주장했다.

긴코가 프로가 된 후에도 여류 타이틀을 계속 유지한다는 결정이 내려졌을 때 '확 죽어버리면 좋을 텐데.' 같은 소리까지 다들 아무렇지 않게 했다.

그래서 그 애가 사이노카미 이카에게 져서 휴장을 하게 됐을 때, 겉으로는 걱정하는 척하면서도 실은 다들 기뻐했다.

하지만 소라 긴코라는 브랜드가 사라지자, 남은 여류기사만으로는 타이틀전을 유지하는 것조차 불가능하다는 현실에 직면하면서 당황했다. 그리고 그것조차도 자기가 아니라 다른 누군가의 탓으로 돌렸다.

그리고 지금, 내 앞에는 소라 긴코와 같은 일문의 어린애가 고개를 숙이고 있다. 머리를 조아리고 있다.

저기…… 그만해.

진짜로 고개를 숙여야 할 사람은…… 우리란 말이야.

──속죄.

그런 말이 뇌리에 떠올랐다.

"뭐, 됐어. 어차피 미움받는 건 나도 매한가지인걸."

"네?"

고개를 숙인 채 시선만으로 나를 쳐다본 초등학생이, 의아하다는 투로 그렇게 말했다.

자랑은 아니지만 나는 같은 여자들에게 철저하게 미움받고 있다고 자부한다. 긴코가 나타나기 전에는 내가 인기 넘버원이었거든.

그러니, 이 애를 받아들여서 가장 피해가 적은 건 나일지도 모른다.

게다가 내가 대응하면 진진도 자기 일에 집중할 수 있을 거야.

"내가 원주민이니까, 집안일은 전부 네가 해."

되도록 위엄이 담긴 목소리로, 나는 선고했다.

"물론 내가 하는 말에는 절대복종. 그게 조건이야."

"윽?! 그 말은──."

"대답은?"

미어캣처럼 벌떡 일어난 초등학생에게, 나는 곧 엄격한 목소리로 말했다. 어리광을 받아줄 생각은 없다.

"아, 네! 여기서 지내게만 해 주신다면, 뭐든 다 할게요!!"

"호오~? 방금, 뭐든 다 한다고 말했지?"

"상식 범위에서 부탁드려요!!"

기왕 할 거면 철저하게 하자. 이제부터 시작될 공동생활에 관한 계획을, 나는 고속으로 짜기 시작했다. 하고 싶은 일이라면 산더미처럼 준비되어 있으니 말이다.

◠ 아이 아가씨, 통금을 정하다

"다녀오셨군요, 사부님! 어디 갔다 온 거야?"

난젠지에서 명물인 탕두부를 즐기고, 처녀작 간행이라는 일을 얻어서 좋은 기분으로 귀가하니, 만면에 미소를 지은 제자가 현관에서 나를 맞이했다.

아아…… 생각나네…….

그러고 보니 있었어. 히나츠루 아이와 동거하던 시절에도, 이런 상황이⋯⋯.

당시를 떠올린 나는 눈빛이나 목소리가 흔들리지 않도록 조심하면서 대답했다.

"여, 연구회를⋯⋯."

"그래. 연구회였구나."

야샤진 아이는 만면에 미소를 지으며 고개를 깊이 끄덕이더니, 천사처럼 귀엽게 고개를 갸웃거렸다.

"그래서? 귀가가 참 늦었는데, 대체 어디까지 다녀온 거야?"

"교⋯⋯ 교토⋯⋯."

"교토! 참 먼 곳까지 다녀왔네. 타이틀이 두 개나 있는 사부님이 일부러 교토까지 찾아가다니, 대체 얼마나 고명한 기사와 연구회를 한 거야?"

"저기⋯⋯ 쿠, 쿠구이 씨와 연구회를 했는데, 이 시기의 교토는 탕두부가 제격이라고 해서 연구회는 탕두부가 유명한 요리집에서 했어. 마침 거기에는 다다미방도 있었거든. 그리고──."

"옆방에 이부자리가 준비되어 있었구나."

"아니거든?! 장기 두고 밥만 먹었다고!!!!"

나 자신도 한순간 그걸 의심했던 만큼, 괜히 목청을 높여서 아이의 말을 부정했다.

"정말이야?"

"저⋯⋯정말이라고!"

거짓말은 안 했다. 그리고 사실이다. 거짓말은 아니니, 사실인 것이다…….

"…………."

아이는 팔짱을 끼며 나를 힐끔힐끔 쳐다보더니, 얼굴을 내밀어 체취를 맡아본 후(나한테서는 딱히 아무 냄새도 안 날 것이다. 오히려 아이한테서 좋은 향기가 났다), 팔짱을 풀며 이렇게 말했다.

"뭐, 좋아. 집 밖에서 두집살림을 하는 건 허락해 줄게."

"저기, 두집살림이라니……."

초등학생의 입에서 나올 표현이 아니고, 쿠구이 씨와는 장기 연구회를 했을 뿐이고, 애초에 너와 나는 부부나 연인이 아니라 스승과 제자에 지나지 않거든?

"나도 속박당하는 건 싫어. 우리 둘 다 사적인 일보다 공적인 일을 우선하는 타입이니까, 아이나 소라 긴코처럼 질투하지는 않겠어."

아이는 진지하기 그지없는 목소리로 딴죽 날릴 곳이 넘쳐흐르는 소리를 하더니, 손가락으로 나를 딱 가리키며 선언했다.

"하지만! 외박은 대국이나 일 등으로 꼭 필요할 때만 해. 그럴 때가 아니면 집에 와서 저녁을 먹는 거야. 통금 시간은…… 그래. 늦어도 9시까지가 좋겠네."

"뭐어어엇?! 여자 중학생도 아니고 9시?!"

이래서는 키요타키 사부님의 집에서 살 때보다 엄격하다.

"내가 통금 시간을 정한다면 몰라도! 왜 네가 스승인 내 통금 시간을 정하는 건데?! 누가 제자인 거냐고!"

"저기 좀 봐."

아이는 턱으로 집 안쪽을 가리켰다.

그러자…… 불이 꺼진 부엌에서, 대량의 요리 앞에서 작은 목소리로 혼잣말을 중얼거리고 있는 메이드의 모습이…….

"기껏 차렸는데…… 기껏 차렸는데…… 잔뜩 만들었는데…… 따뜻할 때 먹어 줬으면 했는데…… 기껏 차렸는데, 모처럼, 모처럼, 모처럼, 모처럼……."

"우왓~! 죄송해요, 아키라 씨! 먹을게요, 먹을게요, 전부 맛있게 먹을게요!!"

그런고로 이제부터 제 통금 시간은 9시입니다.

제3보

하나다치 아자미 (과거)

하나다치 아자미 (현재)

©shirabii

♟ 프로 여류기사

"꼬맹이. 오늘부터 나를 스승으로 여기며 내 말에 무조건 따라. 스승이 검은색이라고 말하면 흰색도 검은색인 거야."

본격적인 동거를 시작하게 된 날의 아침 식사 자리.

나는 히나츠루 아이가 만든 아침식사(진짜 맛있음)를 먹으면서, 엄숙한 어조로 선언했다.

하지만 이 꼬맹이는 불만을 느낀 것 같았다.

"저, 저기…… 여기서 지내게 해 주신 건 감사하지만, 제 스승은 한 명뿐……."

"여자 장기꾼이 대도시에서 혼자 살아가는 법을 가르쳐 주겠다는 거야! 감사히 배워둬."

나를 《연구회 크러셔》라고 헐뜯는 사람도 있지만, 실은 그것보다 더 마음에 든 별명이 있다. 《프로 여류기사》다.

뭐, 이것도 험담이긴 해. 『프로 여친』 같은 느낌이거든. 디스당하고 있다는 건 알아.

하지만 아까도 말했다시피, 나는 꽤 마음에 들었다.

"오늘은 이제부터 기업의 장기부에 지도를 하러 갈 거야. 토요일이니까 너는 학교 안 가지? 집 잘 보고 있어."

중년 남자의 취향에 맞춰 평소보다 화장을 옅게 하고, 가슴팍이 살짝 트인 옷을 걸친 나는 꼬맹이에게 명령을 내렸다.

"그리고 물건이 올 거니까 받아둬."

"물건⋯⋯인가요? 어떤――."

"배달 식재료야. 나만큼 바쁘면, 그렇게 해서 쇼핑에 드는 시간을 줄여. 저녁은 그걸로 만들어."

"슈퍼에 가서 사면 더 쌀 텐데요? 제가 장을 보러――."

"괜한 짓 안 해도 돼."

반론을 허락하지 않는 어조로 그렇게 말한 후, 못 박듯 한 마디 덧붙였다.

"식재료는 내가 수배할 테니까, 너는 그걸로 보기 좋게 요리를 하는 거야. 오케이?"

"네. 알았어요."

꼬맹이는 불만 섞인 표정을 지으면서도 순순히 고개를 끄덕였다. 좋았어.

"아. 만든 요리는 꼭 사진을 찍어둬☆"

"네? 사진을 찍어서 어디 쓰는데요?"

"인스타나 트위터에 올릴 거야. 집안일을 한다는 어필&사이 좋음 어필&둘 다 남자 없음 어필. 기본이잖아?"

"그런 게 어떤 의미가 있는데요?"

"부적이야. 디지털 부적."

이걸 거르지 않고 하면 남의 원한이나 질투로부터 수호받을 수 있다. 우와~. 나, 디지털 무당이네.

"그게 인기 끌면 다음에는 요리 동영상을 찍어서 올릴 거야. 그럼 다녀올게!"

"아! 이건 엄청난 수네요~! 공식전에서 써먹어 볼까☆"

오늘 내가 할 일은 대기업 장기부 지도 대국이다.

이건 내가 다니는 대학의 장기부 졸업생 선배를 통해 얻은 일거리다. 부원 전원은 학생 장기계에서 활약한 사람들이라, 여류기사보다 강하기도 하다.

물론 공백기가 있으니 제대로 붙으면 지지 않겠지만, 뭐…… 세상일이란 다 그렇고 그런 거잖아?

"로쿠로바 선생님. 바쁘신 와중에 와 주셔서 감사합니다."

지도 대국이 끝난 후, 나를 둘러싸고 식사회를 가졌다.

대기업 회사원은 웬만한 프로 기사보다 경제적으로 여유가 있으며, 무엇보다 생활이 안정되어 있어서 여유가 있다.

다들 싱글벙글 웃으면서 내 요즘 활약을 칭찬했고, 지도 대국의 사례금 또한 평소보다 더 챙겨 줬다.

"공식전 10연승. 여류명적 리그에서도 1등으로 독주 중이지 않습니까. 드디어 첫 타이틀 보유도 멀지 않았군요."

"아뇨! 아직 멀었어요……."

"우리 대학 출신의 프로 기사와 여류기사는 많습니다. 명인도 두 명이나 배출했지만, 여류기사 쪽에서는 타이틀 도전자조차 없죠. 첫 여류 타이틀 도전…… 아니, 타이틀 보유자의 탄생을 기대하고 있어요."

"감사합니다~☆ 기대에 부응할 수 있게, 타마용도 힘낼게요!"

명목상, 나는 『선생님』이다.

장기를 『가르치고』 돈을 받으며, 선생의 활약을 학생들이 『응원』해 준다.

하지만 실은 그렇지 않다는 것을, 나도, 이 사람들도 안다.

이게 여류기사가 하는 일이에요☆

『일을 마치고 귀가해 보니…… 어머나! 룸메이트인 히나츠루 아이땅이 만든 딜리셔스 요리가! 여초딩이 장기도 잘 두는데다 요리도 프로급이라니, 완전 최강!!』

귀가해서 화장을 지우기 전에 찍은 투샷을 첨부한 트윗은 겨우 5분 만에 『좋아요』를 1만 개나 받았다.

"대박! 팔로워 증가, 대애애애애애박!!"

목욕을 하고 초등학생이 만든 요리를 먹으면서 한 손에 든 스마트폰으로 SNS 반응을 확인했다. 폭풍처럼 답글이 달리고 있었으며, 장기 소식 정리 사이트에도 기사가 올라갔다.

"우와…… 세상에는 로리콤 천지네. 오늘 팔로우한 녀석들은 전부 콩밥이나 먹었으면 좋겠어. 이 녀석들은 남김없이 운영 측에 신고해버려야지☆"

"하지 마세요! 그중에 사부님이 있으면 어쩌려고 그래요~!"

일본식 앞치마 차림으로 설거지를 하던 꼬맹이가 광속으로 다가오더니, 내 손가락을 양손으로 꼭 잡았다.

"어라? 쿠즈류 선생님이 SNS를 하는 거야?"

"안 해요……. 하지만 사부님은 작고 귀여운 여자애를 체크하는데 항상 여념이 없으니까…… 작고 귀여운 애를 금방 발견하는 재능도 지니셨고요……."

"다재다능하네. 그리고 제자인 너도 스승을 완전히 신용하진 못하나 보구나……."

뭐, 기사 중에는 계정은 안 만들고 다른 사람을 감시만 하는 사람이 많잖아. 이렇게 확산하다 보면, 언젠가는 쿠즈류 선생님의 눈에 들어가게 될지도 몰라.

아무튼, 예상을 뛰어넘는 반향이네요~.

동거 보고&요리 사진만으로 이렇게 반향이 뜨거우니, 요리 영상을 올리면 대박이 날 게 틀림없다. 그것 말고도 아이디어가 수북하게 있다.

"화장 영상 같은 것도 찍어 볼까. 너의 그 목각인형 같은 얼굴을 날라리 같은 느낌으로 코디한 사진을 찍어서 올리면, 여자들한테 점수 딸 수 있을 것 같지 않아?"

"로쿠로바 선생님은 여자들한테 미움 많이 받을 것 같네요~."

"이미 아는 사실이니까 끄떡없거든요~. 그리고 미움받는 정도가 딱 좋아. 여자들끼리 싸우는 직업을 가지고 있는걸."

"……!"

퍼뜩 놀란 표정으로 쳐다보는 초등학생의 시선을 무시한 나는 손가락을 접으며 하고 싶은 기획을 헤아려 봤다.

"요리 영상~. 화장 영상~. 게임 실황~. 그리고——."

"장기 영상은 안 찍나요?!"

"장기라~. 노력에 비해 재생수가 별로거든. 한물갔어~."

"로쿠로바 선생님은 여류기사 맞으시죠……?"

"인터넷 장기를 생중계하면 반응이 좋지만, 일하고 지쳐서 돌아온 후에 인터넷으로 속기 장기를 두는 건 피곤하거든. 너도 본격적으로 일하게 되면 이해가 될 거야."

"그럼 장기 묘수풀이 빨리 풀기 대결은 어때요?"

"수수해!"

"으으……."

여류기사가 꼼짝도 하지 않으며 장기 묘수풀이를 쳐다보다가 '풀었어요!' 하고 말한 후에 수순을 읊어주는 영상? 너무 마니악해. 아, 그래도 마니악한 편이 먹히려나? 그런가? 로리콤들의 습성은 잘 모르겠어~.

"참고로 그걸 하더라도, 문제는 뭘 쓸 건데? 장기 묘수풀이에는 저작권이 있잖아? 저작권에서 자유로운 에도 시대의 작품을 쓸까? 하지만 유명한 녀석은 답을 아는 사람도 많을 텐데……."

"저기…… 문제라면, 여기 있는데요……."

초등학생은 자기 태블릿을 천천히 내밀었다.

"우왓?! 이, 이게 뭐야……?"

화면에 표시된 것은———.

"쌍옥…… 아니, 이건 실전의 종반? 그런 것치고는 말 배치가 너무 엉망인데……."

"이런 문제가 5만 개 정도 있어요. 저작권 해제된 거고요."

"오만……?!"

어째서 그런 파일을 가지고 있는 건데?!

"됐어! 장기를 두기만 해도 피곤한데, 장기 묘수풀이 같은 걸 보기만 해도 토할 것 같아!"

"로쿠로바 선생님이 피곤하면, 제가 장기를 둘까요? 유튜버는 초등학교에서도 인기라서, 좀 관심이 있거든요……."

『여초딩이 장기로 아저씨들 대량 학살』 같은 영상이라도 찍을 거야?

뭐, 장기 관련 영상을 올렸다 하면 '겉멋만 들었네.', '장기를 얕보지 마.' 라고 몰매를 맞는 나로서는, 관심을 보여주는 것만으로도 고맙지만 말이야.

이게 세대 차이라는 건가?

"으음…… 확실히 나도 네가 인터넷 장기를 두는 걸 실시간으로 방송하면 얼마나 대박이 날지 흥미 있긴 하거든? 좋아, 지금 바로 찍자☆"

"결단이 너무 빠른 거 아니에요?!"

"영상 소재가 없어서 곤란하던 참이거든. 이런 고민을 하는 시간이 아까워~. 자, 내가 사 온 잠옷으로 갈아입어."

귀가하는 길에 사 온 세트 잠옷(복슬복슬한 느낌의 인형탈 같은 녀석)을 입고, 스마트폰을 삼각대에 세팅한 후, 방도 방송용으로 변신시켰다.

"이 배치에 어떤 의미가 있나요?"

초등학생은 내 지시에 따라 눈부시게 빛나는 유니콘 굿즈 같은 것을 놓으면서 고개를 갸웃거렸다.

의미……? 의미, 라…….

"인터넷을 보는 사람은 화면에 비친 모든 것에서 의미나 배경 같은 걸 찾으려고 하는 습성이 있어. 서양 회화의 심벌이나 알레

고리처럼 말이야."

"어…… 어?"

이해한 건지 못한 건지 모르겠네.

겨우 5분 만에 준비 완료. 익숙하거든요.

"시간이 길어지면 보는 사람이 지겨워하니까 제한시간 3분 설정으로 해. 그럼 네가 질 때까지 방송할까."

"첫 대국에서 지면 어떻게 하죠?"

"『뜻밖의 결말?! 여류기사지만 인터넷 장기로 한 번도 못 이겨서 엉엉 울었습니다』라는 제목으로 올릴 거야."

──이렇게 말해 두면 엉성한 장기를 두지 않을 거야.

그런 가벼운 마음으로 한 말이었다.

"방송 중에는 나를 『타마용 선생님』이라고 불러. 그럼 시작하자～."

"아…… 네!"

세트로 산 잠옷 차림인 우리는 침대 위에 앉았다. 초등학생은 불안한 듯이, 이제부터 장기를 둘 태블릿을 꼭 끌어안았다. 백점만점짜리 여동생 캐릭터 탄생～.

나도 바로 『타마용』으로 의식을 전환하며──.

"안녕안녕～☆ 타마용 채널, 오늘 밤은 게릴라 생방송이야! 룸메이트인 초딩 여류기사가 인터넷 장기에 도전해요～☆"

"히, 히나츠루 아이예요! 잘 부탁드려요!!"

혀가 꼬인 것 같지만, 그 풋풋한 느낌이 로리콤에게 잘 먹힌 것 같다.

사전 고지 없이 방송을 시작한 1분 만에 동접 1만이 넘었다.

게다가 적선도 10만이나 들어왔다. 짤랑짤랑~ 소리가 멎을 줄 몰랐다. 얘는 돈이 열리는 나무인데요.

"아이땅이 질 때까지 방송할 거야~! 다들…… 무슨 뜻인지 알지?"

『첫 대국에서 끝내려는 거네요!』, 『타마용, 악랄해』, 『후배를 자근자근 밟아주려는 거네』

SNS에서 화제가 되고 있는 초등학생 여류기사가 인터넷 장기에 강림하자, 강호들도 속속 대전을 신청했다.

"어이쿠! 처음부터 레이팅 상위인 『불덩이』 씨와 매칭! 첫 대국부터 히나츠루 여류 초단에게 시련이 찾아온 느낌?! 아이땅, 파이팅이야!!"

"어버버버버……."

오타쿠들이 기뻐하게 애니메이션 캐릭터의 말버릇을 섞으며 분위기를 띄웠지만, 꼬맹이는 여유가 없는지 전혀 눈치채지 못했다. 어쩌면 그 애니메이션 자체를 알지 못하는 걸지도 모른다.

『불덩이』는 인터넷 장기계에서 유명인이며, 그 이름처럼 불같은 공세를 계속 펼쳐대는 성가신 상대다.

제한시간이 짧은 장기에도 익숙해서 프로나 여류도 쓰러뜨렸으며, 이런 생방송에서 기사와 싸우는 것에 집념을 불태우기 때문에 공격적인 장기를 두면서도 매우 끈질겼다.

그런 『불덩이』를 히나츠루 아이는 제한시간을 50초 쓰고 진짜 불덩이로 만들어버렸다.

"휴우…… 긴장했어요!"

진짜로 긴장한 사람은 그런 장기를 안 둘 거란 태클이 1만 건 정도 날아올 듯한, 완벽한 장기였다.

대뜸 날아차기를 먹이듯이 비차를 내주면서 시작한 초등학생의 장기는 거의 노타임으로 이어졌으며, 단 한 수도 흐트러지지 않았다.

비차를 딴 후로 상대는 단 한 번도 공세를 펼치지 못했고, 마지막에는 옥이 대피할 곳이 없는 형태로 게임 오버. 투료조차 하지 못했다.

"대~단해~! 역시 여류명적 리그에 사상 최연소로 올라온 사람답게, 아이땅은 귀신같은 장기를 두네! 진심인 여류기사와 싸워 보고 싶은 사람은 도전해 줘~."

인터넷 장기계의 유명인이 패배하자, 상황을 지켜보고 있던 강호들이 연이어 도전했다.

그중에는 프로 기사라는 소문이 도는 계정이나, 내가 아는 여류기사의 부계정도 있었지만——.

"만세~!! 10연승 달성! 아이땅, 강해강해강해!!"

외통수순을 절대로 놓치지 않는다.

그것만이 아니다. 응수는 더 정확했다. 자신의 옥이 잡힐 수순은 미리 회피했다. 그것을 노타임으로 해냈다. 열 번의 대국 동안, 2분 이상 제한시간을 사용한 장기는 단 한 번도 없었다.

1초 동안 대체 얼마나 수를 읽는 거야……?

점점 등골이 오싹해졌다. 잠옷은 식은땀에 흠뻑 젖었다.

"대단해~! 아이땅, 정말 강하네~!!"

이길 때마다 후원이 들어왔다. 시청자도 늘었다. 장기 방송의 범주를 넘어서기 시작한 반향이었기에, 점점 무서워졌다. 정신을 차리고 보니 방 안이 후끈후끈했다…… 하지만 식은땀이 멎지를 않았다.

20연승 달성.

"어이어이……."

도중부터 시청자도 질렀다. 나는 핏기가 가셨다.

그리고 30연승을 넘었을 즈음── 갑자기 『그것』이 나타나기 시작했다.

"어? 이 계정은……."

방어를 무시한 듯한 말 배치. 딱 봐도 안 쓰는 부계정이라는 것을 알 수 있는, 대충 지은 이름. 그리고 비정상적일 만큼 뛰어난 기력. 특히 중반에서 종반까지는, 마치 사람이 바뀐 것처럼 정확한 수를 뒀다…….

틀림없다. 이 녀석은 소프트 장기꾼이다.

초등학생도 뭔가를 눈치챈 것 같았다.

"윽?! ……이렇게……."

분위기가 변하더니, 처음으로 시간을 썼다. 5초 동안이나 생각에 잠겼다.

프로나 여류기사가 소프트 장기꾼과 조우했을 때, 기본적으로 쓸 대응은 하나뿐이다.

되도록 정중히 져 주는 것이다.

『이 녀석, 소프트 쓰네』하고 지적하는 건 하수들이 하는 짓이다. 이런 짓을 하는 녀석은 반론 영상 같은 걸 올려서 조회수를 올리려고 한다. 하지만 패배를 피할 수는 없으니, 최대한 꼴사나운 모습을 보이지 않으려고 노력할 뿐이다.

——이런 녀석들 때문에 생방송을 하기 싫은 거야.

생방송에서 소프트 장기꾼과 붙게 된다면, 사고가 터졌단 생각으로 '강하네요~.'라고 웃으면서 투표한다. 사람마다 대처법은 다르지만, 나는 그렇게 한다.

방송에서는 이런 비참한 모습도 드러난다. 무참하게 지는 모습을 인터넷에서 보이면 동업자에게서 신용을 잃고, 오랜 장기 팬도 떠나간다.

어중간한 각오로는 할 수 없고, 그런 녀석은 금방 관둔다.

——그러니까…… 강한 결의가 필요해. 신용을 잃더라도 손에 넣고 싶은 무언가가 필요한 거야.

약간 심술궂은 마음으로 상황을 지켜봤다.

——어디 보자. 이 초등학생은 어떻게 대응하려나?

초등학생답게, 대답은 단순했다.

심플하게 계속 두들겨 팼다.

"이렇게이렇게이렇게이렇게이렇게이렇게이렇게이렇게이렇게이렇게이렇게이렇게이렇게이렇게!"

게다가 기어를 더 올렸다.

——더, 더, 빨라지는 거야?!

고속으로 디스플레이 전체를 살피는 안구의 움직임을 보면, 수읽기의 속도와 양이 범상치 않다는 것을 시각적으로 알 수 있다. 얘 좀 보게. 정상이 아니네? 인간을 초월한 거 아니야?

상대도 강했다. 수를 두는 속도와 독특한 수순을 보면 소프트 장기꾼임을 알 수 있다. 매일같이 소프트에게 장기를 배우는 우리 같은 젊은 기사는 상대가 얼마나 강한지 몸에 새겨져 있다.

그런 소프트 선생님을…… 이 녀석은 두들겨 패고 있다. 차례차례 패 죽이고 있다.

아니다. 오히려…….

──이, 이 녀석…… 소프트를 상대할 때가 더 강한 거 아니야?! 그게 말이 돼?!

그렇게 쌓이고 쌓인 승리 횟수는──.

"오……오십……연승……?"

화면에 표시된 숫자를 몇 번이나 확인했지만, 숫자는 바뀌지 않았다.

50승 0패.

『이거, 생방송 맞지?』, 『여류가 50연승? 짠 거 아니야?』, 『시간도 거의 안 쓴 게 부자연스러워』, 『소프트 쓴 거지?』, 『타마용이 중간부터 말이 없는 것도 수상해』.

시청자도 반신반의하는 것 같았다. 생방송인데 말이다.

그럴 만도 해.

눈앞에서 보고 있는 나도 믿기지 않는걸.

"너무 악랄하잖아……. 얘는, 대체 뭐야……."

믿기지 않는다…… 하지만 이렇게 두 눈으로 봤으니, 믿을 수밖에 없다.

어젯밤에 진진이 했던 말을……

──종반력으로 A급 기사를 능가하는, 여자 초등학생.

그리고 립프로그 이야기.

도전과 실패와 성공을 고속으로 반복하는 개구리.

──우리의 하루는, 얘의 며칠에 해당하는 거야?

같은 시간 축에서 사는 것 같지 않았다.

그런 괴물과 같은 방에서 생활하게 됐다는 사실에…… 온몸이 떨렸다. 저런 괴물과 앞으로 쭉 같은 세상에서 싸울 거란 사실에, 진땀이 멎지를 않았다…….

──이런 애와 같이 살면서 머리가 이상해지지 않는 인간이, 있을까?

딱 한 명, 있다.

《서쪽의 마왕》.

한 마리가 아니라 두 마리 개구리가 함께 살던 방은 리얼『정신과 시간의 방』이었을 것이다.

거기서 보낸 하루는 분명……나와 진진의 1년이거나, 혹은 그이상──.

"로쿠로바 선생님."

호칭을 조심하란 말을 잊은 건지, 태블릿 앞에 무릎을 꿇고 앉은 괴물이 말했다.

"방금 장기, 최단 외통수순을 놓쳤어요. 그러니까 다시 대국을 둬도 될까요?"

"……."

더는 보고 싶지 않았다.

이런 걸 계속 봤다간……두 번 다시 장기를 두지 못하게 될 듯한 느낌이, 들었으니까…….

『초등학생은 이만 잘 시간이야! 미안해!』

그런 이유로 중단된 이 영상은, 타마용 채널 사상 첫 100만 재생을 기록했다.

🏠 A급 기사의 하루

나타기리 진 8단의 하루는 이른 아침의 조깅으로 시작돼요.

"얼마나 뛰나요?"

"한 5킬로미터?"

"넷?!"

5킬로미터?! 매일 그렇게 뛰나요?!

저는…… 초등학교에서 숨이 턱에 찰 때까지 뛰었을 때도 3킬로미터 정도였는데…… 게다가 배까지 아팠어요…….

운동복을 입은 로쿠로바 선생님은 스트레칭을 하면서 그렇게 말씀하셨어요.

"게다가 진진은 엄청 빠르거든. 우리는 천천히 가자."

"죄, 죄송해요, 로쿠로바 선생님……. 제가 같이 뛰고 싶다고 말한 바람에, 선생님까지 이렇게 이른 아침에 달리게——."

"괜찮아~. 나도 여유가 있으면 뛰거든. 오늘은 우연히 뛸 수 있는 날일 뿐이야.”

처음에는 셋이서 같이 뛰었지만, 곧 쑥쑥 앞서나간 나타기리 선생님은 시야에서 사라졌어요!

오사카와 다르게, 도쿄에는 가파른 언덕이 잔뜩 있어요.

그래서 뛰는 것도 힘들──.

“허억…… 허억…….”

“턱 내밀지 마! 이상한 자세로 뛰면 근육이 상해. 천천히 뛰어도 되니까, 바른 자세로 뛰려고 노력해 봐.”

“로, 로쿠로바 선생니임…… 조, 조금만…… 처, 천천히…… 하아하아…….”

“너, 장기 묘수풀이를 푸는 건 엄청 빠르지만 발은 느리네. 장기 기사는 의외로 체력 승부니까, 이참에 단련하는 편이 좋을 거야.”

“바……발이 빠른, 것과…… 장기……가, 관계가, 있……나요……?”

“있어. 특히 여류기사는 말이야.”

“……?”

무슨 관계가 있는 걸까요?

자세한 이야기를 듣고 싶지만, 힘들어서 그럴 수가 없어요!

결국 저는 한 시간이나 걸려서 겨우 3킬로미터를 뛰었어요. 그런데도 다리는 후들거리고, 가슴은 터질 것만 같아요…….

5킬로미터나 달렸는데도 멀쩡해 보이는 나타기리 선생님은 참 대단하다고 생각해요!

"그저 일과 삼아 매일 했을 뿐이야. 내가 갓 4단이 됐을 때는 장기연맹에서 마라톤 대회도 주최했지."

"마라톤 대회?! 정말요?!"

"후후! 믿기지 않을 거야! 경품은 매점에서 파는 장기 서적이었지. 너무 비싸서 살 엄두도 못 냈던 고가의 대국집 전권을 받아서 기뻤다니깐!"

나타기리 선생님은 조깅 후에 가볍게 근력 운동을 하면서, 제가 모르는 이야기를 이것저것 들려주셨어요.

참고로 마라톤 대회가 어떻게 됐냐면——.

"내가 3년 연속으로 우승하면서, 없어졌지. '어차피 나타기리가 이길 테니 종료!' 같은 느낌이었어. 하지만 다들 전날에 밤새도록 술 마신 후에 달리느라 길가에서 토했거든. 센다가야 자치회에서 항의가 들어와서 중단됐다는 게 사실 아니려나?"

우와아…….

"어떤 것으로든 모든 기사 중에서 1등을 하는 게 기뻤고, 자신감을 가질 수 있었어. 그래서 지금도 이렇게 계속 뛰는 게 아닐까? 그것 말고는 1등상을 받은 적이 없거든."

"자신감, 인가요?"

"응…… 그래. 1등이 됐을 때의 감각을 잊지 않으려고 이렇게 뛰는 걸지도 모르겠는걸."

조깅을 마치고 샤워를 한 후, 나타기리 선생님은 능숙하게 아침 식사를 준비해 주셨어요. 제가 하겠다는 말을 꺼낼 틈도 없었어요.

"나는 젊은 남자들과 연구회를 가질 때가 많은데, 그 사람들은 먹는 것에 신경을 쓰지 않거든."

앞치마 차림인 나타기리 선생님은 마치 아침 정보 방송에서 탤런트가 요리를 만드는 장면을 그대로 가져온 것처럼 멋졌어요! 앞치마 차림에도 빈틈이 없네요…….

"하다못해 여기 왔을 때만이라도 영양이 많고 장기 두는 데 도움이 되는 식사를 해 줬으면 해. 긴 안목에서 본다면 그런 부분에서 차이가 벌어지거든!"

"대단하세요~!"

병에 있는 멋진 샐러드. 오곡밥. 요구르트와 과일. 전부 맛있어!

찬사를 보내는 저와는 반대로, 로쿠로바 선생님은 나타기리 선생님에게 항상 비판적이세요.

"먹을 걸로 낚는 것뿐이잖아. 흑심이 훤히 보이거든?"

"낚인 채 길러지고 있는 사람이 그런 말을 해도 설득력이 없다고 생각하는데요……."

"아앙? 요게 진짜. 이 병에 넣어서 오사카에 착불 택배로 보내 버린다?"

"후후! 하룻밤 만에 참 친해졌는걸☆"

나타기리 선생님은 즐거워 보여요. 하지만 저희는 딱히 친해지지 않았어요.

그리고 오전 9시가 되자, 드디어 장기 연구회가 시작됐어요.

"잘 부탁드립니다!"

"응. 잘 부탁해."

저의 선수로, 나타기리 선생님과의 대국이 시작됐어요. 로쿠로바 선생님이 "오늘은 웬일로 한가하니까." 하시면서 기록 담당을 맡아 주셔서, 공식전급의 본격적인 장기를 두게 됐어요.

솔직하게 말하자면 말이죠?

대국을 하기 전에는 조금 자신이 있었어요.

나타기리 선생님에게는 여류명적 리그 진출이 결정된 작년 여름 즈음부터 인터넷으로 장기를 배웠고, 처음에는 전혀 상대가 되지 못했지만 점점 익숙해지면서 때때로 한 방 먹일 수 있게 되자…….

──A급 기사한테도 이길 수 있어!

그런 자신감이 생겼기 때문에, 저는 혼자서 도쿄에 간다는 결단을 내릴 수 있었어요.

오사카에서 인터넷으로 장기를 배우는 것의 연장선 느낌으로, 도쿄에서의 동거도 시작한 거예요. 그러면 더 효율적으로 강해질 수 있을 거란, 단순한 생각으로…….

하지만 그것이 얼마나 어리숙한 생각인지, 금방 알게 됐어요.

"져……졌습니다…….."

"응. 이번 장기는 서반에서 무너졌으니 살펴볼 부분이 없네. 다음으로 넘어가자."

온갖 장기로 졌어요.

앉은비차도, 몰이비차도, 오이시 선생님에게 배운 후에 나름 대로 비장의 카드 삼아 숨겨뒀던 싱글벙글 중비차도 간단히 무너지고 말았어요.

거꾸로 나타기리 선생님이 싱글벙글 중비차를 채용한 대국에서는 도중까지 선생님과 같은 수순으로 대항했지만, 도중에 변화하면서 간단히 무너졌어요…….

왕복 따귀. 전혀 상대가 되지 못했어요.

"졌습니다……."

"응. 다음으로 넘어가자."

나타기리 선생님은 담담히 장기말을 원래 위치에 놓더니, 대국을 이어갔어요. 그 담담한 분위기에서도 위압감이 느껴졌어요.

인터넷 대국 때와는…… 전혀 달랐어요.

인터넷으로는 상대방의 표정이나 숨소리를 느낄 수 없으니, 형세 판단에 자신감을 가질 수 있었어요. 제가 '우세!'라고 생각하면 거침없이 수를 둘 수 있었죠.

하지만 이렇게 대면한 상태에서는 그럴 수가 없어요.

A급 기사가 자신 있게 수를 두는 모습을 보니…… 곧 '내가 불리한 걸까?!'라고 생각하며 마음이 꺾이고 말아요…….

"졌……습니다……."

전패. 그것도…… 전부, 완패였어요.

옆에서 지켜보고 있던 로쿠로바 선생님이 처음으로 입을 열었어요.

"너, 어제는 인터넷 장기에서 50연승을 했잖아. 빌어먹게 무시

무시한 종반력을 지녔으면서, 진진한테 한 방도 못 먹이는 건 의외야."

저도 의외…… 아니, 몇 방 먹일 마음이었어요…….

물론 그렇게 말할 수는 없어서 입을 다물고 있자, 로쿠로바 선생님이 또 질문을 던졌어요.

"쿠즈류 선생님과도 장기 뒀지? 이긴 적 없어?"

"맞장기로는, 한 번도 이긴 적 없어요……. 접장기로는 몇 번 이긴 적이 있고요. 하지만——."

"하지만? 뭐?"

"사부님보다, 강할……지도 몰라요."

사부님에게는 빈틈이 있었고, 직선적인 수읽기라면 이길 자신이 있었어요.

제가 상대보다 하나라도 나은 부분이 있다면, 백 번을 둬서 한 번 이길 자신이 있어요.

하지만——.

"나타기리 선생님은 빈틈이 전혀 없어요! 서반 지식에 조금이라도 구멍이 있다면, 그 점을 정확하게 찌르면서 단숨에 무너뜨려요…… 그렇다고 서반을 버텨내더라도, 둘 수 있는 수의 폭이 넓은 중반에서 간단히 역전당하고 말아요!"

정면에서 맞붙는다면, 이길 수가 없어요.

그러니 맞붙지 않고 종반에 가기 위해 공중전을 시도했어요.

제가 가장 자신이 있는, 서로 걸기로요.

하지만 그 서로 걸기로…… 제 자신감은 산산이 부서지고 말았어요…….

"외길을 따라 종반으로 바로 뛰어드는 장기를 둬도, 도중에 승부술이 잔뜩 튀어나오면서 어느새 역전당하고 말아요! 자기가 두려던 수를, 어찌 된 건지 두지 못하게 돼요……. 외통수까지 전부 읽었는데……!"

마치 마음을 조종당하는 느낌이에요.

몸을 단련하는 건…… 힘들지만, 성과를 알기 쉬워요. 단련한 성과는 달린 거리와 시간이라는 숫자로 확인할 수 있으니까요.

하지만…… 마음을 단련하는 건, 대체 어떻게 해야 하죠?

어떻게 하면 마음이 강해질까요……?

"그런 승부술은 마주 앉아 두면서 훔칠 수밖에 없지."

지방 출신이라 대국 상대가 적었던 나타기리 선생님은 젊은 시절에 저와 같은 경험을 했다고 해요.

기보를 봐도 전혀 강해 보이지 않는 베테랑 기사에게, 어찌 된 건지 대국을 하면 이기지 못하는 경험을 말이에요.

"그런 경험을 통해 조언하자면, 특정 인물과 장기를 실컷 두는 것보다 한 명이라도 더 많은 기사와 두며 다양한 버릇을 흡수하는 편이 나아. 내가 소개해 줘도 되겠지만…… 앞으로의 일을 생각하면 직접 연구 상대를 찾는 법도 익혀야겠지. 그것도 실력이니까 말이야."

"네……!!"

바로 대답하지 못한 것은…… 도쿄에서 저와 연구회를 해 줄 사람을 찾을 자신이 아직 없어서예요.

장려회에 들어간 칸나베 마리아는 부탁한다면 저와 장기를 둬 줄 거예요. 그 인연으로 그녀의 오빠인 갓 선생님에게 부탁을 할 수 있을지도 몰라요.

하지만 지금은, 그럴 수가 없어요.

저는 아직, 두 사람의 스승인 샤칸도 리나 여류명적에게의 도전을 포기하지 않았으니까요.

"꼬맹이. 너 아까 쿠즈류 선생님과 맞장기를 뒀다고 했는데."

로쿠로바 선생님은 기록한 기보를 가리키면서 의아하다는 표정을 지었어요.

"그럼 쿠즈류 선생님도, 너와 비슷한 서반을 두는 거야?"

"서반에 있어서 사부님은 더 느긋하다고 할까요, 그릇이 크다고 할까……."

"확실히 쿠즈류 선생님은 스스로 이상한 짓을 해서 불리해지기도 해. 평범하게 두면 더 많이 이겼을 텐데 말이야."

아, 그건 사부님한테는 장대한 생각이 있어서…… 으으음.

"하지만 타이틀을 지닌 건 야이치 군인만큼, 마지막에 이기는 건 역시 그야."

""……!""

"쿠즈류 야이치 용왕이 열여섯 살에 이미 지녔고, 지금의 나타기리 진 8단에게 없는 것. 그것을 찾지 못하는 한, 명인에게서 타이틀을 빼앗는 건 어려울 거야."

장기말을 원래 위치로 옮기면서, 도전자가 된 A급 기사는 말했어요.

"마지막 열쇠를 찾아야…… 하겠지?"

연구회를 마치자, 밤이 깊었어요.

저는 녹초가 됐지만…… 나타기리 선생님은 아직 기운이 남은 것 같았고, 오히려 장기를 둘 때보다 등이 꼿꼿해 보였어요.

"이제부터 반왕전을 위한 서반 연구를 하겠어. 소프트를 이용해서 말이지. 그다음에 장기 묘수풀이를 풀면 끝내도록 할까?"

"이, 이제부터 타이틀전 준비?! 인가요……?"

어째서 가장 중요한 것을 나중으로 미룬 건지 의아했어요.

나타기리 선생님의 대답은——.

"장기는 종반에 승부가 갈리잖니? 즉, 지칠 대로 지친 상태에서 가장 중요한 걸 해야만 하지. 그러기 위한 훈련을 하는 거야. 아무리 지쳐도, 긴장감을 유지하며 정밀한 수읽기를 할 수 있도록 말이야."

"……."

이렇게까지 철저하게 노력하고 있다는 사실에 충격을 받았어요. 말이 나오지 않을 정도예요.

겨우 하루.

하루 만에 저는 지칠 대로 지쳤고…… 다음 날에는 근육통 탓에, 제대로 앉을 수도 없었어요.

사부님과 보낸 시간은 저한테 참 행복한 나날이었어요. 항상 가슴 뛰는 즐거움으로 가득해서……피곤하다는 생각은 한순간도 하지 않았죠.

하지만, 그런 나날은 이제 끝났어요.

이제부터는 오로지 저 자신을 더욱 끌어올리는 나날이 시작되는 거예요.

필요한 것은 장기 기술만이 아니에요. 이 도쿄라는 마을에서, 기사로서 살아가기 위한 기술을 훔치기 위해, 저는 나타기리 선생님과 로쿠로바 선생님께 한동안 신세를 질 거예요. 쫓겨나지 않는다면…… 말이에요.

사부님.

아이는 지금, 도쿄에서 필사적으로 노력하고 있어요.

사부님도 분명…… 평소와 마찬가지로, 새로운 벽에 도전하고 있겠죠?

🔖 쿠즈류 노트

두 번째 서적 회의는 카모가와 부근에 있는 카페에서 했다.

"책의 제목은 단순하게 『쿠즈류 노트』가 어떨까요."

카모가와 명물 '겨울철에도 동일 간격으로 앉은 커플'을 볼 수 있는 그 카페는 예전에 내가 쿠구이 씨와 함께 잡지 특집 기사를 만들기 위해 찾았던 장소다.

둘이서 명물인 녹차 파르페를 '앙～♡'하면서 먹는 바보 커플 행세를 한다는 될 대로 되라 싶은 기획이었지만, 매우 호평이었다고 한다. 실린 잡지는 칸사이에서 날개 돋친 듯이 팔렸고, 그

잡지를 어찌 된 건지 구입한 사저와 아이한테 따끔한 벌을 받았던 것도 지금은 좋은 추억이다.

하지만 그런 달콤하면서도 아련한 기억에 잠길 여유는 없을 정도로 회의는 긴박했다.

"너무…… 단순하지 않나요?"

쿠구이 씨가 제안한 타이틀에, 나는 불만을 표시했다.

"확실히 제가 쓰려는 책은 특정 전법을 해설하는 게 아니니까 제목을 붙이기 어려울 거라고 생각해요. 하지만 말이죠? 그런 만큼 내용을 단적으로 표현하는 제목이어야만 누군가가 구매해줄 거라고 생각해요."

그것도 그럴 것이, 내 처녀작이자 혼신의 작품이다. 그것을 이렇게 단순한 제목으로 출판하는 건 허가할 수 없다!

쿠구이 씨는 이 반론을 예상했던 건지…….

"네. 그러니 부제목을 붙여서 보충할 겁니다. 출판업계에도, 장기에서의 『수순』 같은 것이 존재하니까요."

"부제목? 어떤 거죠?"

"여러 안이 있습니다만——."

쿠구이 씨는 메모장을 펼치면서 담담히 읽었다.

"편집장께서 추천하는 건 『쿠즈류 노트 ~11연패했던 내가 여자 초등학생을 내제자로 들였더니 놀랍게도 승승장구하고 초등학생한테도 인기를 얻게 됐다~』입니다."

"장기책을 내려는 것 맞죠?"

"장기책을 내려는 게 맞습니다. 왜 당연한 것을 묻는 거죠?"

쿠구이 씨는 놀란 듯한 표정으로 그렇게 되물었다.

놀란 건 나라고!

"방금 부제목에 장기라는 단어가 한 번도 안 나왔는데, 초등학생이라는 단어가 두 번이나 나와서 그렇죠!! 그 이전에, 편집장이 그걸 추천한 거예요?! 편집부에선 저를 어떤 인간으로 보는 거죠?! 대답 여하에 따라선 책이 아니라 고소장을 쓸 거라고요!"

"그냥 평범합니다. 평범한 로……프로 기사로 보죠."

"방금 로리콤이라고 말하려다 말았죠?"

참고로 여기서 말하는 『편집부』란 일본 장기연맹의 서적부를 가리키며, 센다가야 장기회관 지하 1층에 사무실이 있다. 즉, 칸토의 녀석들이 나를 어떻게 생각하는지를 방금 제목을 통해 알 수 있는 것이다…….

"일단, 다른 안도 가르쳐 주겠어요?"

"그럼 편집장이 두 번째로 추천한 『쿠즈류 노트 ~만약 여자 초등학생 내제자가 쓰레기 드래곤킹의 연구 노트를 읽는다면~』 줄여서 『만약드래』는 어떻습니까?"

"어떠냐고요? 아까 제목과 거의 차이가 없는 데다, 아까보다 무슨 책인지 더 알 수가 없거든요?"

게다가 작가를 대놓고 쓰레기라고 부르지 않았어?

"역시 부제목을 붙이는 게 아니라, 메인 제목을 바꾸는 편이 좋을 것 같은데——."

"그럼 『로리 노트』는 어떻습니까?"

로리 쪽을 남기는 거냐?!

"알았어요! 그냥 『쿠즈류 노트』로 하죠! 심플 이즈 베스트! 이게 베스트예요!!"

"네. 저는 처음부터 그렇게 생각했습니다."

"처음부터? ……앗."

올바른 결론에 도달했다는 듯한 쿠구이 씨의 태도를 본 나는 그제야 눈치챘다.

"그래. 이게 수순인 거군요?"

"우후후."

이 뛰어난 편집자는 후시미이나리 신사의 여우처럼 빙긋 웃었다.

"방금 그건 출판계의 정석인 '절대로 받아들여지지 않을 안을 내놔서, 유력한 안이 쉽게 통과되게 한다.'는 수순입니다."

"아하…… 아니, 제대로 당했네요! 제가 로리콤이라고 눈곱만큼도 생각하지 않으면서, 일부러 로리콤이라고 계속 부른 거군요!"

"그런 걸로 해두죠."

"하하하! 한 방 먹었어요!"

제목이 정해져서 기분이 편해진 나는 한 입도 먹지 않았던 파르페를 먹으려고 스푼을 향해 손을 뻗었지만——.

"자요."

먼저 스푼을 쥔 쿠구이 씨가 파르페를 떠서 내 입을 향해 내밀었다.

"어? 아니, 이건 좀……."

"담당 편집자니까요."

그래. 작가에게 음식을 먹여주는 것도 담당 편집자가 할 일이구나…… 하고 생각하면서 파르페를 먹었다. 달아…….

"이 가게, 다음에는 일 관련이 아니라 사적으로 오자고 이야기했었는데 또 일로 오고 말았군요."

"뭐, 그게 저희답다고도 할 수 있겠지만요."

쿠구이 씨와 내가 처음 만난 건 십 년 전 초등학생 명인전 때다.

준결승에서 지고 울던 쿠구이 씨에게 내가 말을 건넸다……고 한다. 실은 결승 직전의 긴장 탓에 거의 기억에 없었다.

『이제부터 내가 재미있는 장기를 보여줄 테니까 울음 그쳐.』

그런 소리를, 내가 했다……고 한다. 완전 헌팅이다.

학년은 2년 차이가 나지만 그 일을 계기로 친구가 됐으며, 오사카와 교토를 오가면서 장기를 뒀다. 때때로 츠키요미자카 씨도 함께했다.

하지만 그 관계는 곧 바뀌었다.

쿠구이 씨가 여류기사가 되면서 장려회 회원인 나는 공적인 자리에서 『선생님』으로 불러야 하게 됐지만――.

『오늘부터 관전기자인 쿠구이로서 활동하게 됐습니다.』

말투와 복장을 완전히 바뀐 소녀가 새로운 명함을 내밀며 한 말을 들은 순간에 받았던 충격은, 지금도 잊을 수 없다.

『그러니 쿠즈류 씨를 취재하게 해 주십시오.』

그 강렬한 눈빛에 압도당한 나머지…… 나는 그저, 고개를 끄덕였다.

"그때는 '여러 가지 일을 하네.' 같은 생각만 했지만…… 타이틀을 노리는 인재가 기자를 겸업한다는 것 때문에 비판을 받지 않았나요?"

"제 사부님은 그 방면으로도 이해심이 있으신 분이니까요. 오히려 제 등을 밀어주셨을 정도입니다."

"아…… 《노사(老師)》께서는 건강하신가요?"

"은퇴한 후로 더 건강해지셔서 곤란할 지경입니다. 원래 장기를 둘 때보다 관전기를 쓰는 걸 더 좋아하는 분이셨으니까요."

"아야노 양도 기자가 되고 싶다고 전부터 쭉 말했으니까요."

쿠구이 씨의 스승인 카야오쿠 7단은 장기 관련 서적을 대량으로 집필했으며, 그 방면으로 고명한 인물이다. 그래서 장기계에서는 《노사》라 불리며 존경받고 있다. 미워하는 사람에 대한 글은 엄청 나쁘게 쓰거든……. 나에 대해서는 꽤 오해하고 있는 것 같기도 했다.

"그건 그렇고, 쿠구이 씨의 연인이 될 남자는 참 행복하겠어요."

"네?!"

"매번 이렇게 좋은 가게에 데려와 주잖아요. 탕두부도 좋았고, 이 카페도 끝내줘요. 회의도 이렇게 즐거울 정도니까, 데이트라면 최고겠죠."

"후후…… 그럼 다음에는 꼭 사적인 일로 와야겠군요. 다음에는 꼭……."

긴 스푼을 혀에 댄 쿠구이 씨가 농담을 입에 담았다.

◯ 장기판에 이르기 전에

"기다려. 같이 가자."

제가 공식전을 치르기 위해 센다가야로 향하려 하자, 로쿠로바 선생님이 코트를 걸치며 저를 따라왔어요.

"네? 하지만…… 선생님은 오늘, 대국이 없지 않으세요?"

"대학도 봄방학이니까, 오늘은 연맹에서 부탁한 사인지에 사인하거나 잡지 인터뷰를 하기로 되어 있어. 인기 여류기사는 장기를 두는 것 말고도 할 일이 많거든."

그래서 둘이서 함께 집을 나섰어요.

오늘 저는 여류명적 리그 6회전을 치러요.

상대인 호로쿠 카즈미 여류 3단과는 오늘이 첫 대국이에요. 《군마의 폭탄》으로 불릴 만큼 파괴력이 넘치는 공격이 특징이며, A급 기사와 대국해서 이긴 적도 있다는 강호예요. 저는 오늘 후수니까, 응수를 할 거예요. 적절하게 응수할 수 있을까……? 그리고 보니 마이나비 여자 오픈의 챌린지 매치에서, 케이카 씨가 응수를 실수해서 졌어요. 그때의 장기는, 으음…….

"스톱."

대국 상대에 대해 생각하며 걷고 있을 때, 갑자기 로쿠로바 선생님이 저를 불러 세웠어요.

"신사에 들어가지 마."

"네?"

센다가야역에서 장기회관으로 이어지는 길에는 하토노모리하치만 신사가 있어요. 사부님, 그리고 여초연 멤버와 함께 참배한 적도 있는 제 추억의 장소예요.

"하지만 장기당도 있는 곳이니까, 참배라도 할까 해서——."

도쿄에서 대국이 있을 때는 항상 여기에 들렀으니까, 오늘도 그럴 생각이었는데…… 신사에 들어가면 안 된다고요? 왜요?

"갈 때도 올 때도 신사에 들어가지 마. 공원도 안 돼. 되도록 사람이 많고 밝은 장소를 걸어. 한마디 덧붙이자면, 혼자서 행동하지 마."

"아니……."

공식전은 기본적으로 평일에 치르니, 매번 누군가와 함께 행동하는 건 불가능하거든요?

왜 갑자기 따라와서 그런 무리한 말을 하는 걸까요?

게다가…… 안 그래도 초등학생이라고 얕보이고 있는데, 보호자가 항상 따라다닌다면 더 어린애 취급을 받을 거예요!

"하지만! 저는 혼자서 강해지려고 도쿄에 왔——."

"안녕~하세요~! 타마용이에요~☆"

제 분노는 간지럽지도 않은 것처럼 로쿠로바 선생님은 태연히 장기회관에 들어서더니, 우선 사무국에 얼굴을 비쳤어요.

칸사이 장기회관과는 비교도 되지 않을 만큼 넓은 공간이에요.

모르는 사람이 잔뜩 있어서, 항상 긴장한 저는 목소리가 나오지 않았어요. 일을 방해하지 않도록, 사무 수속이 있을 때 말고는 들어가지도 않았어요.

로쿠로바 선생님은 직원 여러분 모두와 아무렇지 않게 인사를 나눴어요.

사무국 입구 쪽에서 아무 말 없이 그 모습을 보고 있을 때——.

"아, 맞다! 얘와 같이 살게 됐어요~."

쑤욱!

억지로 제 팔을 잡아당기더니, 직원 여러분 앞에 세웠어요.

"자, 인사해."

네엣?! 가, 갑자기요?!

"히, 히나츠루 아이예요! 저기…… 잘 부탁합니다……."

"그럼 이만, 얘 대국이 있으니 가 볼게요. 저도 일단 여류기사실에 다녀온 후에 사인하러 올게요~."

이곳에 머문 시간은 약 5분.

사무국을 나선 후, 로쿠로바 선생님은 저에게 명령했어요.

"인사는 진짜 중요해. 아까처럼 입 다물고 있지 말고, 네가 먼저 인사해. 그리고 연맹에 올 때마다 사무국에 들어서 인사를 하는 거야. 알았지?"

"하, 하지만…… 저는 어느 분이 관계자인지 모르는데……."

"그럼 전원에게 인사하면 되겠네. 쉽지?"

"……."

장기회관에는 장기를 두러 도장에 온 평범한 손님도 많아요. 그런 사람에게도 인사를 하라는 걸까요……?

다음으로 저희가 간 곳은 5층의 어둑어둑한 복도 가장 안쪽에 있는 조그마한 방이었어요.

로쿠로바 선생님은 『여류기사실』이라고 적힌 그 방에 들어갔어요.

"왜 그래? 빨리 들어와."

"하지만……."

"남의 집에 쳐들어와 놓고, 여류기사실은 무서워서 못 들어가겠어요~ 같은 거야? 너도 여류기사니까 여기를 쓸 자격이 있어. 들어와."

또 끌려 들어간 방 안을 둘러본 저는 놀랐어요.

"조, 좁고…… 물건이, 많네요."

"그냥 '더럽다'고 말해도 되거든?"

그 정도는 아닌데…….

"너, 여기에 처음 와 보는 거야? 그럼 이제까지 대국 전에는 어쨌는데?"

"그게……근처 가게에서, 시간을 보냈어요……."

"가게에서……너 같은 초등학생이 평일의 이런 시간대에 편의점이나 카페에 있으면 신고당할 거야!"

"시, 실은…… 경찰 아저씨에게……."

"잡힌 적이 있구나……."

"그때는 연맹 직원분에게 전화로 설명을 부탁드렸는데…… 경찰 아저씨가 장기회관까지 데려다 주셨어요. 경찰차로요."

"경찰차……."

"네……. 경찰차……."

'어쩌면 사부님이 타게 되지 않을까?' 라고 생각했지만, 설마 제가 먼저 타게 될 줄은 몰랐어요.

"어이가 없어서⋯⋯. 파출소에 끌려가서 부전패가 되면 어쩌려고 그래? 여류기전은 제한시간이 짧으니까, 지각만 해도 부전패거든? 안 그래도 그런 일을 겪으면 차분하게 대국을 치르지 못할 거잖아."

"⋯⋯."

실제로 그날의 장기는 졌으니까 반론할 수가 없어요.

실은 신사에 들르는 것도 장기회관에서는 제가 있을 곳이 없고, 밖을 돌아다니면 또 경찰 아저씨에게 붙잡힐지도 몰라서 그런 거예요⋯⋯.

로쿠로바 선생님은 거기까지 전부 파악한 것 같아요.

"돌아갈 때도 같이 가자. 대국이 빨리 끝나도 여류기사실에서 기다려."

이날의 장기는 호로쿠 선생님의 공격을 차근차근 받아낼 수 있었어요. 여류명적 리그에서 치른 여섯 대국 중에서 가장 좋은 내용이었다고 생각해요.

응수 장기는 마음이 진정되지 않았을 때 두기 어려워요.

저로서는 공격보다 훨씬 어려운 만큼, 그럴 수 있었던 것은 대국 전에 마음을 진정시킬 수 있었기 때문이라고 생각해요.

──로쿠로바 선생님은, 이 때문에 같이 와 주신 걸까?

그렇게 생각할 수밖에 없었어요.

──선생님에게 고맙습니다, 하고 말씀드려야지⋯⋯!

이것으로 3승 3패.

아직 탈락 위기를 벗어나지 못했지만…… 승률을 5할까지 끌어올린 덕분에, 이 리그에서 계속 싸워 나갈 자신감이 생겼어요! 아주…… 조금이지만요.

대국을 끝나고 나서는 감상전을 했고, 오늘 장기는 중계됐기 때문에 기자분과 간단하게 인터뷰를 했어요.

하지만 상대는 제한시간을 거의 쓰지 않는 분이어서, 로쿠로바 선생님을 한동안 여류기사실에서 기다리고 있었는데——.

"너, 히나츠루 아이…… 여류 초단이지?"

방에 들어온 이는 다른 여류기사 선생님이셨어요.

"잠시 나 좀 볼래? 할 이야기가 있어."

로쿠로바 선생님이 기사실에 온 것은 30분 후였어요.

"어? 네가 먼저 끝났구나."

"수고 많으셨어요!"

저는 자리에서 일어난 후, 선생님을 향해 고개를 숙였어요.

"저기…… 선생님 덕분에 오늘은 이겼어요! 고맙——."

"알아. 그런데 엘레베이터 쪽에서 여류기사 몇 명과 엇갈렸거든? 혹시 안에서 무슨 이야기 나눴어?"

"네?! 아, 그거요……. 저기, 선생님들이 저한테 말을 걸어 주셔서……."

"어떤 이야기였는데?"

"아…… 그게, 별건 아닌데……."

저는 말끝을 흐렸어요.

로쿠로바 선생님에게는 조금……말씀드리기 어려운 이야기였거든요.

"흐음~. 뭐, 딱히 상관없어!"

선생님은 그렇게 말씀하시더니, 그대로 방을 나가셨어요. 저도 허둥지둥 뒤를 따랐어요.

여류기전의 제한시간은 보통 한두 시간 정도예요.

그러니 시간을 전부 들인 후에 결판이 나더라도, 저녁 전에 결판이 나요. 아직 밖이 환한 시간대죠.

하지만 오늘은 그 뒤로도 시간이 흘렀기 때문에, 연맹 주위는 어둑어둑해졌어요.

──여기는, 이렇게 어두워지는구나.

칸사이 장기회관은 대로변에 있고 주위에 가게와 역도 있어서, 밤에도 밝아요.

하지만 신사가 있고 좁은 길이 얽혀 있는 센다가야는 근처에 역이 있는데도…… 혼자 걷기에는 좀 무서운 것 같아요.

그런 길을 걷고 있을 때──.

"어……?"

어라?

아까부터, 누군가가 따라오는 듯한……

"눈치챘어? 뒤돌아보지 말고 빠른 걸음으로 큰길까지 단숨에 가자…… 그리고 가게에 들어가서 따돌릴 거야."

"……?!"

로쿠로바 선생님이 걸음을 옮기면서 그렇게 말씀하시자, 저는 패닉에 빠졌어요.

그 후로는 아무 생각도 못 하고…… 필사적으로 선생님을 뒤따라가기만 했어요.

가게에 들어가자, 마음이 확 놓였어요. 그리고 뒤따라오던 사람을, 가게 안에서 확인했어요.

처음 보는 남자…….

스마트폰을 손에 쥐고 있었어요.

그 사람은 한동안 가게 앞을 어슬렁거렸지만…… 이윽고, 어딘가로 가버렸어요.

무릎을 떨며 아무 말도 못 하는 저에게, 로쿠로바 선생님은 말했어요.

"오늘 네가 둔 장기는 실시간으로 중계됐어. 대국장이 어디이고, 몇 시에 시작되어서 몇 시에 끝나는지 전 세계에 알려졌지. 그게 어떤 뜻인지, 알아?"

"네……?"

"얼마든지 매복이 가능하다는 거야."

"네?! 잠깐만요――."

설마, 그럴 리가…….

"선량한 팬일 가능성은 부정하지 않겠어. 팬 대부분은 그럴 테고, 실제로 그런 팬들이 있으므로 우리는 장기를 둘 수 있어. 그걸 착각하면 안 된다는 건, 네가 말 안 해도 알아."

로쿠로바 선생님은 가게를 나서고 "뭐, 혹시 모르니 말이야."

라면서 택시를 잡았어요.

그리고 차 안에서, 이런저런 이야기를 들려주셨어요.

모르는 남자가 여류기사에게 말을 건 에피소드였어요.

그중에는 자전거나 자동차로 쫓아온 사람도 있다고 해요…….

"선량한 팬일지라도, 모르는 남자가 장기와 상관없는 장소에서 말을 걸면 여자는 무서울 수밖에 없어. 상대방은 이쪽에 대해 이것저것 알더라도, 이쪽은 아무것도 모르거든."

"하, 하지만…… 방금 그 사람은, 말을 걸지 않았고…… 역시 착각한 걸지도——."

"말을 걸면 차라리 나을지도 몰라."

"네……?"

"말도 안 걸고, 계속 쫓아온다면? 내가 눈치채지 못했다면, 네 탓에 진진과 내가 사는 집까지 노출될지도 모르거든?"

"앗……!"

"도쿄에서 산다는 건 그런 거야. 자기가 자기 몸을 지킬 수밖에 없어. 그래서 오늘, 너와 함께 행동하겠다고 한 거야. 나 자신의 몸을 지키기 위해서 말이지."

너무나도 충격적인 하루가 끝나려 하고 있어요.

머릿속이 엉망진창이라 아무 생각도 할 수 없지만, 딱 하나 확실한 게 있어요.

——아무튼, 선생님에게 고맙다고, 말씀드려야 해요…….

자기를 위한 행동이었다는 건 빈말이고…… 분명 저를 위해 와주신 걸 테니까…….

택시에서 내리고 방 앞까지 온 저는 깊이 고개를 숙이면서 선생님에게 감사 인사를 드리려고 했어요.

"저기! 로쿠로바 선생님, 오늘 정말 감사했——."

"역시 너는 여류기사가 적성에 안 맞아."

"……?!"

저는 그 엄격한 말을 듣고 그 자리에서 굳어버렸어요.

"오늘 함께 돌아보고 알았어. 지금은 운 좋게 이기고 있을지도 모르지만, 이대로 가면 언젠가 이기지 못하게 돼. 빨리 오사카로 돌아가는 편이 나아. 이거, 진심으로 하는 말이야."

"어째서, 인가요……?"

"너는 장기판 앞에 앉기 전에, 이미 불리해져 있어."

"장기판…… 앞에 앉기, 전에…….."

"네 사매는 그런 부분에서는 빈틈이 없어."

"텐짱이……?"

"보디가드를 데리고 다니는 것을 비롯해, 재력으로 유리한 상황을 만드는 것을 나쁘게 여기지 않아. 대국은 장기판 위에서만 치르는 게 아니라는 사실을 아는 거야. 빈정 상하고, 부럽기도 하지만, 그렇다고 화가 나거나 불공평하다고 느끼지도 않아."

"로쿠로바 선생님은 화난 것처럼 보이지 않았어요."

"하지만 너는 공평이란 것을 착각하고 있어."

그저 담담히, 사실을 거듭 말하고 있어요.

제가 여류기사 실격이라는 사실을 말이에요.

그것은 혼나는 것보다 훨씬…… 괴로워요…….

"부자와 가난뱅이가 공평해? 그렇지 않아. 남자와 여자는 공평해? 그렇지 않아. '누구든 장기판 위에서 공평하다'는 말은 아름답지만, 아름답기만 할 뿐 아무런 의미도 없어."

"하, 하지만! 장기는 스포츠와 다르게 성별에 따른 차이가 없잖아요?! 소라 선생님이 프로 기사가 된 게 그 증거──."

"너, 생리 왔어?"

"생……."

"아직인가 보네. 그럼 이참에 가르쳐 줄게."

뜻밖의 발언이라 제가 아무 말도 못 하자…….

"사람에 따라 다르지만, 나는 생리 때면 장기 같은 건 눈에도 안 들어와. 배도 아프고, 정신적으로도 불안정해지고, 생각도 정리가 안 돼. 하지만 공식전은 치러야만 해. 생리는 여자에게 당연한 일이고, 병이 아니니까……라는 게 장기연맹의 높으신 분들의 생각이야."

선생님은 아까보다 더 담담한 어조로 설명해 주셨어요.

지식으로서는…… 남자와 여자가 다르다는 것을 저도 알아요. 하지만 그게 장기에 어떤 식으로 영향을 끼치는지는 이제까지 의식해 본 적조차 없어요.

저는 이제까지, 강해지기만 하면 길이 알아서 열릴 거라고 생각했어요.

노력하기만 하면 얼마든지 강해질 수 있을 줄 알았어요. 혹독한 환경에 몸을 두면, 그만큼 빨리 강해질 수 있다는 착각에 빠져 있었어요.

하지만 그것은 아무런 보증이나 증거도 없이…… 혼자서 멋대로, 그렇게 생각했을 뿐…….

로쿠로바 선생님은 그 정도는 훤히 꿰뚫어 보고 계셨고──.

"너는 자신이 쿠즈류 야이치처럼 될 수 있다고 생각할지도 모르지만, 절대로 될 수 없어."

제가 안고 있는 가장 소중한 희망을, 산산이 부쉈어요.

너무나도 간단히, 말만으로…….

"자신의 약한 면을 똑바로 보지도 못하는 인간이 그 부분을 고칠 수 있을 리가 없어. 너는 야샤진 아이보다 못해. 걔가 있는 한 여류 타이틀도 못 따. 남은 인생을 타이틀을 못 딴 2류 여류기사로 살다 끝나는 거야. 인기는 있지만 타이틀은 따지 못한 여류기사로 말이지."

차례차례 이어지는 강렬한 말은 마치 날카로운 비수 같았어요.

그 칼날에 찔릴 때마다, 제 마음에서 피가 흘러나왔어요.

아프고, 괴로워요.

하지만 신기하게도, 선생님을 향한 분노나 증오 같은 감정은 전혀 느껴지지 않았어요.

그것은 분명──.

그 말을 듣는 저보다도…… 로쿠로바 선생님이 더 괴로운 표정을 짓고 계시니까…….

"강하니 약하니, 재능이 있니 없니 같은 것 이전의 문제야. 너는 여류기사로서 당연히 해야 하는 걸 하지 않았어. 할 수 있는데도 안 했으니까, 더 질이 나빠."

할 수 있는데도 안 했다…….

"그래서 다들 너를 보면 짜증을 느끼는 것 아닐까?"

로쿠로바 선생님은 그렇게 말씀하시더니, 문을 열고 혼자 집에 들어가 버리셨고…….

저는 그 자리에 멍하니 서 있을 수밖에 없었어요.

한 걸음도 내디지 못할 만큼 충격을 받았기 때문이에요.

"……."

겨우 하루 만에 간파당하고 말 만큼 자기가 얄팍한 존재라는 것을, 눈치채고 만 거예요.

저는 아무것도 알지 못했어요.

사부님과 함께 지낼 때, 자신이 얼마나 보살핌을 받았는지를.

오사카에서 지낼 때, 주위에서 자신을 지켜줬다는 것을.

얄팍한 생각으로 사부님의 곁을 떠나, 나타기리 선생님과 로쿠로바 선생님에게 얼마나 폐를 끼치고 있는지를.

──이제는 한 걸음도, 앞으로 나아갈 수 없어.

마음이 꺾이려고 해요.

장기는 이겼는데, 마음이 꺾여서…… 한순간, 전부 내던져버리고 도쿄를 떠나고 싶어졌어요.

"그래도, 저는……!"

괴롭지만. 힘들지만.

그래도── 무엇을 하면 되는지, 이미 배웠으니까.

그리고 하나 더.

'할 수 있는 데도 안 했다'는, 말의 의미.

"나라면 할 수 있다…… 그런 말이죠?"

흘러내리려 하는 눈물을 손등으로 훔쳤어요.

그리고 억지로 미소를 지은 후, 저는 문을 활짝 열며 이렇게 인사했어요.

"히나츠루 아이, 다녀왔습니다~!!"

로쿠로바 선생님은 제 큰 목소리를 듣고 움찔하셨지만, 아무 일도 없었다는 듯이 이렇게 말씀해 주셨어요.

"어서 와."

그리고 약간 거북하다는 듯이 얼굴을 붉히며, "빨리 밥이나 해."라고 말씀하셨어요.

🔔 장기잖아

"……니다."

투료를 알리는 말을 제대로 하지 못한다는 사실을 눈치챈 건, 공식전에서 두 달 만에 연패를 했을 때였다.

10연승. 이후의 2연패.

"뭐…… 연속되는 건 언젠가 끊기기 마련이잖아☆ 연승도, 연패도 말이야."

감상전을 마치고 혼자가 된 나는 가벼운 투로 그렇게 중얼거렸다. 괜찮아…… 괜찮아…… 하고 되풀이해서 말하다 보면 진짜로 괜찮아진다고, 잘난 사람이 말했는걸☆

"그럴 리가 없잖아."

솔직히 말해서, 내가 진 상대는 둘 다 나보다 한 수 아래였다. 승리를 점쳤던 만큼 패배의 충격은 컸다. 리그표를 확인해야겠지만…… 도전권 경쟁의 선두를 빼앗겼을 가능성이 있다.

사무국에서 결과를 확인할 때까지 심장이 벌렁거렸다. 수험 때에 버금가거나, 혹은 그 이상으로…… 살아있는 것 같지 않다.

얼마 전까지, 내 눈앞에는 새하얀 결승선이 보였다.

나는 여류기사가 되고 처음으로, 결승점을 누구보다 먼저 통과할 생각이었는데——.

절망감 탓에 토할 것 같은 심정으로 성적표를 확인했다.

"아아………… 겨우겨우, 목이 붙었네……."

여류명적 리그는 오늘 대국으로 7회전이 전부 끝났다. 4승 3패의 성적을 기록한 나는 동률이 세 명 있기는 하지만, 아직 선두를 지키고 있었다.

○ 히나츠루 아이 여류 초단(4승 3패)

● 하나다치 아자미 여류4단(3승 4패)

초등학생은 타이틀 경험자를 상대로 당연한 듯이 이기며, 리그 4연승 중이다.

그리고 오늘 장기로 드디어 나와 어깨를 나란히 했다.

"타마요 양~! 여기야, 여기~!"

"고생 많으셨어요, 로쿠로바 선생님!"

센다가야의 세련된 이탈리아 요리점에 들어가자, 테이블석에 앉아 있던 두 사람이 동시에 나에게 말을 건넸다.

나는 안쪽에 앉은 후덕한 인상의 여성을 향해, 차렷 자세로 고개를 숙였다.

"오, 오래간만임닷! 초대해 주셔서 감사함닷!!"

그런 내 모습을 본 초등학생이 눈을 동그랗게 떴다.

"선생님? 저기……캐릭터가……."

"너는 초대 여왕 시절의 아자미 언니를 모르니까, 그런 물러 터진 태도를 보일 수 있는 거야……!"

이바라키 출신의 《가시나무 공주》는, 진짜 무섭다는 말로는 부족할 지경이었다.

첫 대국 감상전에서 엉엉 울었던 내가 하는 말이니 틀림없다.

『너, 장기가 장난이냐?』

그 후로는 감상전이 아니라 단순한 설교였다. 대국보다 더 길게 이어진 그것은 한밤중까지 이어졌고, 마지막에는 라멘 가게인 『홈켄』까지 가서 단둘이 카운터에 앉아 라멘을 먹으며 '쬐쏭함따……! 짱끼를 짱난으로 여겨서 쬐쏭함다……!!' 하고 눈물 콧물 질질 짜며 사과했던 중학생 시절의 나에게 이 언니는 아무말 없이 만두도 사 줬다.

당시의 아자미 언니에 비하면 츠키요미자카 료 따위는 그야말로 송사리다. 덕분에 나는 《공세의 대천사》를 상대로도 겁먹지 않고 싸울 수 있다.

나는 아자미 언니한테서 프로 의식을 배웠거든.

그래서 언니가 칸사이로 이적하고, 《나니와의 백설공주》의 탄생으로 칸토의 여류기계가 암흑기를 맞이했을 때부터, 나는 『타마요』이라는 뻔뻔하기 그지없는 캐릭터를 유지해 왔다.

나에게는 언니 같은 장기 재능이나 실력이 없다. 고결한 아름다움 같은 것과도 거리가 멀다. 그렇다면 자기만의 방법으로 여류기계를 띄울 수밖에 없다고 생각했다.

뭐, 타이틀이 없는 내가 무슨 말을 해 봤자 설득력이 없으니까, 이해해 주는 사람은 지금도 거의 없지만 말이야☆

"그나저나…… 이 초등학생과 언니가 대국 후에 같이 밥 먹을 정도로 친하다는 건 의외예요. 얼마 전까지 두 사람 다 칸사이 소속이었지만, 언니는 출산 휴가와 육아 휴가로 쉬었잖아요……."

"아이 양은 야이치 군과 야샤진 아이 양과 함께 오사카에 있는 우리 집에 놀러 온 적이 있어! 칸토로 이적했단 이야기를 듣고 걱정했는데…… 타마요가 같이 지낸다니 안심해도 되겠네."

"아니, 그렇지는……."

이미 초등학생한테 이런저런 이야기를 들은 것 같았다. 나한테 괴롭힘을 당했단 소리나 한 게 분명해!

"그런데, 왜 상위자인 아자미 언니가 칸토로 온 거예요? 보통은 이 꼬맹이가 오사카로 가서 대국을 하지 않나요?"

"남편의 순위전이 어제 칸토에서 있었거든. 시합과에 부탁해서 나도 칸토에서 대국하게 해달라고 했어. 이제부터 딸들을 데리고 신주쿠교엔에 간 남편과 합류해서 이바라키의 본가에 얼굴을 비출 예정이야."

"가족들과 꿈의 나라에도 간대요! 사~짱이 기뻐하겠네요."

"사~짱?"

"하나다치 선생님의 장녀예요! 이제 막 세 살이 됐는데, 참 귀엽다니까요!"

"흐음~! 그렇게 귀여운 거야?"

"네! 사부님은 한눈에 반했는지, 사~짱과 만난 다음 날에 '참 귀여웠어.'라고 열여섯 번이나 말했을 정도예요…… 그 사람은 어린 애일수록 좋아한다니까요……. 지금쯤이면 아이도 까맣게 잊고 더 어린 여자애를 귀여워하고 있을 게…… 틀림없어……. 모지리……!"

"흐음~."

무서워라. 더는 묻지 말아야지.

"그런데 언니, 남편분의 순위전은 어떻게 됐나요?"

"망했어. 상대는 승급 후보 필두인 칸나베 7단인걸. 남편 정도로는 상대가 못 돼. 걔는 진짜로 명인이 될지도 몰라."

한때 진진이 엄청나게 열을 쏟았던 젊은 기사다.

잠시 연구회를 가졌는데, 금방 차였다. 이유는 『A급에서 붙을 가능성이 있으니까』. 당시 B급 2조였던 열아홉 살의 젊은 기사가 A급 기사와의 연구회를 거절했고, 덤으로 그런 말까지 뱉은 것이다. 진진도 그 말에는 쓴웃음을 지었지만…….

아무래도 입만 산 애는 아닌 것 같네.

"그러니 샤칸도 선생님도 앞으로 몇 년 동안은 죽을힘을 다해 타이틀을 지킬 거라고 생각해."

"네?"

내가 이유를 몰라서 되묻자, 한순간 《가시나무 공주》의 얼굴로 되돌아간 언니가 말했다.

　"제자가 명인이 됐을 때, 자기도 여류명적이고 싶을 테니까."

　돌아가는 전철 안에서, 나는 쭉 기분이 개운치 않았다.

　『이쪽에서 대국이 있으니까, 끝나면 오래간만에 식사라도 안 할래? 아이 양과 셋서 말이야.』

　그런 연락을 받은 후로 불길한 예감이 들었다.

　내가 아는 《가시나무 공주》는 장기에 진 후에 그런 식으로 헤프게 웃는 인물이 아니있다.

　게다가 자기한테 이긴 상대와 사이좋게 밥을 먹다니…….

　그 《가시나무 공주》가 자상한 엄마가 될 거라고는 상상도 못 했고…… 저런 모습을 보니, 약간 배신당한 듯한 느낌이 들었다.

　그리고 동시에…… 다른 감정이, 가슴속에서 일렁였다.

　"야, 꼬맹이. 아자미 언니 말인데, 오늘 대국 중에 어땠——."

　옆에 앉아서 태블릿을 보는 초등학생에게 질문을 던지려던 나는, 그 화면이 눈에 들어오자 무심코 다른 말을 입에 담았다.

　"너…… 대국 마치고 돌아가는 전철 안에서, 장기 묘수풀이를 하는 거야?"

　"이건 기분전환이에요."

　"뭐? 어차피 장기잖아."

　"게다가 장기 묘수풀이는 머리가 지쳤을 때 하면 효과가 좋아요."

"그렇구나~☆ 그건 그래! 종반을 치르며 피곤해진 머리로 그 정도도 못 풀어서, 실전에서 아무 의미도 없는걸! ……그게 아니라!!"

무심코 전철 안에서 만담에 승차하고 말았다. 전철 승차 중이라서 말이야! 그런 말 하려던 게 아니거든?!

"기분전환이란 건 말이야. 아무 생각 없이 느긋하게 할 수 있는 거 아니야?"

"그럼…… 몰이비차를 둔다던가? 같은 건가요?"

"인마, 그 소리는 인류의 절반 이상을 적으로 돌리는 소리거든?!"

게다가 나를 포함해 여류기사 중 4분의 3은 몰이비파차야! 각 오는 된 거냐, 짜샤!

"그럼 기보 공부를——."

"그러니까! 그건! 장기잖아!!"

초등학생은 왜 내가 이렇게 떠드는 건지 모르겠다는 표정으로 멍하니 나를 응시했다.

역시 이 녀석은 여류기사가 적성에 맞지 않다고 생각한다.

『장기를 잘 두는 것과, 장기를 일로 삼는 건 전혀 달라.』

중학생 시절의 나에게 아자미 언니가 가르쳐 준 것이다.

장기는 『일』이며, 여류기사는 『직업』이다.

그러니 놀이의 연장선상으로 여기는 건 잘못됐다.

돈을 받는 만큼, 거기에는 책임이 발생한다.

그 책임이란, 즐겁지 않더라도 끝까지 해내야만 한다는 것을 뜻한다. 우리는 이기기 위해서 장기를 두지만, 한 번도 지지 않을 수 있는 건 백 명의 여류기사 중에서 딱 한 명뿐이다.

그 밖의 사람들에는 『없어도 된다』는 낙인이 찍힌다.

그러니 즐겁다고 여길 수 있는 순간이 존재한다면, 그 골인 지점은 딱 하나뿐이다.

누구에게도 지지 않았을 때.

즉……타이틀을 땄을 때.

"장기 묘수풀이가 5만 개 있다고 했지? 그건 누가 만든 거야? 그렇게 어마어마한 양의 장기 묘수풀이가 저작권 해제된 상태로 굴러다닌다면, 내 눈에도 들어왔을 거야."

"어떤 사람이 준 선물이에요."

얼굴만 봐도 그 『어떤 사람』이 누구인지 바로 알 수 있었다.

나도 이 녀석과 비슷한 나이일 때, 같은 경험을 한 적이 있다. 동경하는 프로 기사가 숙제로 준 장기 묘수풀이를 꿈속에서도 풀었다.

그 사람이 준 장기 묘수풀이를, 나도 저런 표정으로 풀었을 것이다. 러브레터를 받은 것처럼 들뜬 표정으로…….

하지만 당시의 나를 만나게 된다면, 해 주고 싶은 말이 있다.

그거, 어차피 장기잖아.

◻ 골

"나타기리 선생님, 한 시간 남으셨습니다."

"그래. 고마워."

기록 담당에게 고맙다고 말한 후, 나는 다시 정면을 봤다.

그러자 머리를 쥐어뜯으면서 장기판만 보는 명인이…… 아니, 지금은 반왕이라고 불러야겠지.

이번 선승제 승부에서 이 사람에 대해 새롭게 발견한 것이 있다.

――진정으로 궁지에 몰렸을 때, 당신은 이렇게 괴로워하는군요.

10년 넘게, 함께 연구회를 가졌다.

그런데도 모르는 점이 있다는 사실이 놀라웠다.

하지만 그게 당연한 걸지도 모른다.

4년 전의 제위전에서는 한 번도 이기지 못하고 연패로 끝났다.

"후후…… 아이 양에게 그렇게 잘난 척했으면서, 제가 상대의 위대함에 삼켜졌을 줄이야……."

이 사람의 일거수일투족에 흠칫했다.

이 사람이 두는 수는, 전부 최선일 거라고 생각했다.

이 사람의 손이 떨릴 때, 상대는 틀림없이 질 거라고 생각했다.

하지만 그렇지 않다는 것을 컴퓨터가 알려줬다. 절대 불가침이었던 신의 장기를 컴퓨터가 채점해 줬다.

그리고 이 사람이 장기판에서 펼치는 마술 이상의 장기를, 나는 이미 몇 번이나 봤다.

――초등학생 여자아이도, 이것보단 더 잘 둔답니다.

반왕은 매우 괴로워 보였다. 몸부림을 치며, 반쯤 열린 입에서 신음이 흘러나왔다.

꼴사납다고 생각했다.

──지금…… 편하게 해드리죠.

"나타기리 선생님, 50분 남으셨습니다."

"그래."

나는 말 받침을 향해 손을 뻗은 후, 거기 있던 장기말을 쥐었다.

그리고 상대의 고통을 덜어주기 위해, 칼날을 휘둘렀다.

절대로 닿지 않을 거라 여겼던── 신의 목덜미를 향해.

"요즘 타마용 잘나가네! 유튜브 채널 구독자도 순식간에 늘었고, 이벤트에도 엄청 얼굴을 비추잖아!"

"아하하☆ 감사합니다~."

토치기에서 치러진 반왕전 제3국.

그 보드 해설장에서, 나와 초등학생은 지도 대국을 하러 왔다.

콜라보 방송의 위력은 절대적이어서, 이렇게 단둘이 지도 대국을 하니 손님들이 차례차례 몰려왔다. 대신 보드 해설 쪽은 한산해졌지만 말이다.

"모레도 여류명적 리그 대국이 있는데, 이벤트에서 지도 대국을 하는구나. 인기 참 많네!"

"아뇨아뇨☆ 이것도 중요한 일이니까──."

"그래서 연패하는 거 아니야? 유튜브 같은 거나 하면서 노니까 말이야."

"그런 걸까요~☆ 아하하하~."

나는 미소를 지으면서 맞장구를 쳤다. 메마른 미소였다.

아까부터 나한테 말을 거는 건 지도 대국 단골이다.

기력은 아마 2단 수준이며, 항상 맞장기로 덤볐다. 오늘은 내가 아니라 초등학생한테 지도를 받고 있지만, 그런데도 나한테 말을 걸었다.

"이 초등학생은 앞날이 창창하겠지만, 타마용은 이번이 마지막 기회일지도 모르잖아?! 좀 더 열심히 장기 공부를 해야지! 타마용을 생각해서 하는 말이야!"

이 손님은 딱히 비아냥거리는 게 아니다.

본인은 유익한 조언을 한다 생각하지. 이게 응원이야.

그러니 화내면 안 돼. 이렇게 웃으면서 "네~☆" 하고 힘차게 대답해 줘서, 기분 좋게 장기를 두고 돌아가게 하는 거야. 그러면 또 와 주거든.

내 미소를 보고 기분이 좋아진 손님은 더 큰 목소리로 이야기를 늘어놨다.

"그건 그렇고, 그 명인이 나오는 타이틀전인데 손님이 영 없네. 뭐, 상대가 나타기리니까 손님도 안 올 만도 해! 옛날에는 미남 기사로 인기를 끌었지만, 지금은 칸나베 아유무와 시노쿠보 타이시 같은 젊고 강한 미남이 있잖아. 역시 《나니와의 백설공주》가 실종된 게 장기계에 큰 타격이었나 보네! 한 번 졌다고 사라져버리는 녀석은 장려회에 다시 들어가서 굴러야 한다 싶지만, 여류기사에게 진 게 진짜 충격———."

따악.

"장군이에요."

초등학생이 딱딱한 소리가 나게 장기말을 뒀다.

손님은 장기판을 향해 얼굴을 내밀었다.

"장군인가······. 흠흠, 그래. 혹시 '어설픈 장군은 쉬느니만 못하다.' 라는 격언을 아니? 즉, 실속 없는 장군은 한 수 내주는 거나 마찬가지──."

"무슨 소리를 하는 거예요. 이미 끝났어요."

"네?"

어이, 꼬맹이. 설마······.

"이미 결판이 났는데요? 눈치 못 챈 거예요? 겨우 열아홉 수잖아요. 이렇게이렇게이렇게이렇게이렇게이렇게이렇게이렇게이렇게이렇게이렇게이렇게이렇게이렇게이렇게이렇게이렇게이렇게이렇게, 자, 끝! 이렇게 간단한 외통수는 유튜버도 1초면 꿰뚫으읍?!"

"자, 스톱. 입다물어."

"우으읍! 우으ㅇㅇㅇㅇㅇ읍!!"

나는 날뛰는 초등학생의 입을 양손으로 막은 후, 미안한 표정을 지으며 사과했다.

"죄송해요~☆ 이 애는 장기 묘수풀이를 좋아하거든요! 게다가 꼬맹이라서 자기 종반력을 자랑하고 싶어해요~! 하지만 아직 열한 살밖에 안 된 애니까, 넓은 마음으로 봐주세요. 네~?"

"아······아니야. 음. 외, 외통수는 외통수니까 말이야······."

손님은 여우한테 홀린 듯한 표정으로 자리에서 일어났다. 마치 마술처럼 자기 옥을 잡힌 탓에 분노보다 경악이 앞선 표정이다.

어디 보자.

이제 손님 상대로 건방지게 군 이 초등학생한테 어떤 처분을 내려 줄까…….

"나를 위해 화내 준 건 기뻐……같은 소리를 할 줄 알았냐, 이 딸딸아!"

"우그그그극! 우극~!!"

"응, 응, 알아. 열 받지? 하지만 저런 사람도 장기를 좋아해. 그러니 장기를 싫어하게 될 짓을 하면 안 되는 거야."

"하지만!!"

내 손을 뿌리친 초등학생이 고함을 질렀다.

"하지만 로쿠로바 선생님은 강하잖아요! 저는 선생님한테 졌거든요?! 그걸 저 사람한테 똑똑히 알려주는 게──."

" '그딴 소리는 타이틀이나 따고 해.' 같은 말이나 들을 뿐이야. 알지? 그리고 저런 소리를 하는 손님은 저 사람 말고도 썩어 넘칠 정도로 많아."

"오늘 이벤트도 사무국의 부탁으로…… 손님이 얼마 안 되니까, 행사장 측의 요청으로 '인기 있는 여류기사가 나와 주지 않으면 곤란하다' 고 하니까, 로쿠로바 선생님은 이틀 후에 중요한 장기를 둬야 하는데도, 나타기리 선생님의 타이틀전 분위기를 띄우려고──."

바로 그때였다.

『여기서 반왕이 투료를 했군요. 도전자인 나타기리 8단이 2승을 거두면서, 첫 타이틀까지 1승만을 남겼습니다!』

보드 해설장에서 들려온 그 소식에, 왠지 가슴이 술렁거렸다.

"타이틀을 따야만 해. 그래야 겨우……."

"겨우……?"

반왕전 제3국은 진진의 압승이었다.

대국이 빨리 끝났기 때문에 두 대국자가 보드 해설장에 얼굴을 비추기로 했는데…… 나는 다음 이벤트에 대비해 휴식을 취해야 했기에, 그 무대를 보지 않았다.

"단순히 각오가 부족한 거야. 장기로 먹고살겠단 각오가."

지도 대국을 마지고 다음 이벤트까지의 휴식 시간. 나는 친한 여류기사와 단둘이서 늦은 점심 삼아 도시락을 먹고 있었다.

"일부러 손님의 체면을 구기는 짓거리를 하지 뭐야. 아무리 화가 나도 말이 안 되잖아. 그런 짓은 들키지 않게 몰래 하란 말이야! 외통수를 일부러 놓치며 자근자근 짓밟아 준다던가!"

"그걸 초등학생에게 바라는 거야말로 너무하지 않을까?"

"평범한 꼬맹이라면 그렇겠지만, 이미 여류기사가 됐잖아."

내 푸념을 들어주고 있는 건 코이지 린 여류 4단.

『린린』이란 애칭으로 팬들의 사랑을 받는 인기인이다. 나와 학년이 같아서, 이렇게 친하게 지낸다. 속내를 털어놓을 수 있는 유일한 여류기사다.

그런 린린은 누구에게도 사랑받는 타입이며, 나와 상성이 나쁜 츠키요미자카 료와도 사이가 좋다.

"린린도 초등학생 때 여류기사가 됐으니까, 알 거 아니야. 그 녀석이 얼마나 여류기사 의식이 부족한지 말이야."

"나는…… 부모님이 엄격했잖아."

내가 볼 때, 여류기사는 두 종류로 나뉜다.

『부모가 엄격한 타입』과 『남들이 떠받드는 타입』이다.

린린은 전형적으로 부모가 엄격한 타입이며, 아마추어 강호였던 아버지에게 억지로 장기 교육을 받았다. 나는 직접 보지 못했지만, 대회에서 지면 남들 앞에서 큰 소리로 독설을 퍼부었다고 한다. 다음 대전 상대가 린린이 불쌍해서 일부러 져 줄 만큼.

부모가 그렇게 엄격한데도 장려회에 가지 않은 건, 가쿠메키 츠바사라는 엄청난 천재가 같은 세대에 있어서다.

사상 첫 여자 초등학생 명인이 되어서 장려회에 들어간 《불멸의 츠바사》와 자기 딸을 비교하면서, 이 문제 많은 아버지는 이렇게 말했다고 한다.

『네 재능으로는 그 아이를 절대로 못 이긴다. 그러니 너는 여류기사가 되어라.』

나라면 장기 때려치웠을 거야.

"우리 부모의 입버릇은 '한 번이라도 타이틀을 따면 인생이 바뀐다.' 였거든…… 그래서 재능이 없단 소리를 들었을 때는 분했어."

"린린이 대단한 건, 그 후로도 계속 노력해서 여류 타이틀을 딴 거잖아."

"타이밍이 좋았어. '가쿠메키 츠바사와 츠키요미자카 료가 장려회에 있는 사이에 딴 가짜 타이틀' 이란 말을 들었다니깐."

"그렇지는……."

"그리고 틀린 말은 아니야."

린린은 개운한 표정으로 말했다.

"딱 한 번 땄을 뿐이지만, 덕분에 단숨에 여류 3단이 됐어. 그리고 승수를 모아서 이 나이에 여류 4단이야. 부모와 떨어져서 혼자 살 수 있고, 중압감에서도 해방되어서 승리에 집착하지 않으며 좋아하는 전법을 자유롭게 채용할 수 있는걸."

——타이틀을 딴 적이 있는 사람은 여유가 있네.

금메달을 딴 스포츠 선수가 일찌감치 은퇴하고 연예인이 되어서 멋지게 활약하는 것과 비슷할지도 모른다.

그런 린린의 즉위식은 전설이 됐다.

전통 예복 차림으로 무대에 선 린린은 식이 시작된 후부터 계속 엉엉 울었다. 주위 사람들도 덩달아 울면서, 매우 감동적인 식이 됐다.

도중까지는 말이다.

『왜 우시는 건지 알려주시겠습니까?』

사회자가 묻자, 린린은 이렇게 답했다.

『이제…… 더는, 아빠한테 혼나면서 장기를 둘 필요 없다고 생각하니, 마음이 놓여서…….』

그 아빠도 즉위식에 당연히 참석했기에, 그 자리에 있던 사람들 모두가 완전히 질리고 말았다.

나는 린린 같은 아버지는 절대로 가지고 싶지 않고, 우리 아빠는 미남에 나를 매우 사랑해 주니 정말 최고지만…… 그래도 누군가가 빨리 가르쳐 줬으면 했다.

'한 번도 타이틀을 따지 못하면 인생이 괴롭기만 하다'는 사실을 말이다.

이렇게 같이 도시락을 먹고 있지만…….

실은 린린이 죽도록 부러워!!

타이틀 따고 싶어!! 골인하고 싶어!!

그러면 나도 린린처럼 사람들에게 사랑받는 존재가 될 수 있어!! 자유롭게, 편하게, 마음 내키는 대로 살아갈 수 있어……!!

그런 린린도 타이틀을 다음 방어전에서 잃은 후로는 기회다운 기회를 거머쥐지 못했다.

——그렇다면 동갑인 나에게 남은 기회는?

대학 동기들이 차례차례 대기업 취직을 확정하는 가운데, 나는 여류기사의 길을 선택했다.

타이틀이라는 간판을 얻는다면 앞으로도 나는 동기들과 친구로 지내고, 장기를 계속 좋아할 수 있다.

하지만 이대로 일개 여류기사로 끝난다면…… 언젠가 그 결단을 후회하게 될 것 같다…….

진진이 첫 타이틀 차지에 1승만 남긴 것조차 샘났다.

타인의 행복을 진심으로 축복해 주지 못하는 자신이…… 비참했다.

——사실은 아자미 언니도, 부러웠어.

출산은 장기에서 장기간 떨어져 지내는 것을 뜻한다.

게다가 아이를 낳을 수 있는 연령과 기사의 절정기는 겹친다.

출산 휴가와 육아 휴가 제도는 있지만, 그것은 부전패가 되지 않는 것을 뜻할 뿐이다. 누군가가 대신 장기를 둬서 돈이나 승수를 벌어주는 것도 아니다.

──그러니 결혼하더라도 아이를 낳는다는 결단을 내릴 수 있는 여류기사는…….

초대 여왕이라는 최고의 골에 도달했기에 《가시나무 공주》는 그런 결단을 내릴 수 있었다고 생각한다. 그리고 타이틀을 잃으면서 장기와 일단락을 지을 수 있었다.

한편, 샤칸도 리나 여류명적은 결혼도, 출산도 하지 않았다.

"행복할까? 타이틀을 쭉 가지고 있다는 건…….."

"샤칸도 선생님? 확실히 힘들 것 같기는 해. 사적인 부분을 희생하면서까지 장기에 모든 걸 바친다는 느낌이거든."

하지만…… 결혼 직전까지 간 적이 있단 이야기는, 칸토의 여류기사라면 누구라도 알고 있다.

상대는 아내를 여읜 기사이며, 아이가 한 명 있었다. 샤칸도 선생님은 꽤 긍정적이었다고 하는데…….

마찬가지로 타이틀을 계속 보유한 명인은 결혼해서 자식도 있다. 책도 많이 냈고 국민영예상도 받은 명인에게는 지위와 명예와 돈이 잔뜩 있다.

하지만 샤칸도 선생님은 홀몸이다. 그 차이는 대체 뭘까?

여류기사는 프로 기사에 비해 대국료도 적고, 대국도 적다.

요즘은 인원이 늘면서, 대국료도 점점 싸지고 있다. 그래서 생활을 유지하려면 대국 이외의 무언가로 돈을 벌 필요가 있다.

기록 담당 아르바이트. 이벤트 출연. 보드 해설 리스너. 지도 대국. 그리고 기업 장기부의 고문 등.

　하지만 장기계의 일은 한정되며, 자신이 돈을 벌려고 한다는 건…… 다른 누군가의 수입을 빼앗는 것을 의미한다.

　그것을 알면 일부러 지도 대국에 와 준 손님 얼굴에 먹칠하는 짓거리를 절대로 하지 않을걸?

　그렇게 해서 처음의 푸념으로 되돌아갔다.

　"역시 집안이 부자면 그런 애로 자라는 걸까? 지금은 우리 집에서 하숙하고 있지만, 언제든 고급 여관의 주인인 부모님에게 돌아가서 부족한 것 없는 삶을 살 수 있잖아~."

　"잘사는 집안 사람은 여유가 있어 보이긴 해. 마치라든지."

　"쿠구이 마치……."

　갑자기 언급된 그 이름이 왠지 현실미 없는 것처럼 들렸다.

　"신기한 사람이야. 상류층 아가씨에, 타이틀도 보유했고, 기자이기도 한……."

　나보다 어린데 이미 퀸 칭호도 있다.

　평범한 여류기사라면 인생을 몇 번 되풀이해도 도달할 수 없는, 압도적인 골에 들어섰다. 항상 여유로우며, 콤플렉스 같은 건 전혀 느껴지지 않는다.

　혹시 그 사람도, 나처럼 초조함이나 질투를 느낄까?

　푸념을 늘어놔도 기분이 개운해지지 않는 가운데, 나는 『타마용』이 되어서 행사장으로 돌아갔다.

다음 일은 사인회다.

사인지는 3천 엔. 직필 부채는 1만 엔. 이렇게 짭짤한 일거리도 흔치 않다. 추가 이벤트, 땡큐예요~☆

"아, 로쿠로바 선생님! 벌써 손님이 많이 기다리고 있어요!"

"그래그래. 인기 여류기사는 참 고생이 많네."

내 옆자리는 초등학생이다. 얘 앞의 줄도 엄청나게 기네……. 뭐, 이런 사인회는 인기가 비슷한 사람들끼리 붙이지 않으면 한쪽만 손님이 없어서 양쪽에게 거북하기 그지없는 공개처형처럼 되니까 이편이 낫긴 해.

"어……?"

문득, 옆에서 휘호를 쓰는 초등학생의 색지가 눈에 들어왔다.

샘이 날 정도로 달필로 쓴 글자는 손님의 요청에 따른 건지 『안녕 로리』, 『로리 모닝』처럼 '경찰 불러야 하는 거 아니야?' 싶은 휘호였다.

하지만 그것보다도…….

"윽! ……너, 그건——."

그 오른편 위에 찍혀 있는, 조그마한 도장에 시선이 빨려 들어갔다.

『무극(無極)』.

아무리 나아가도 궁극에 이르지 못한다.

즉…… 강함에는 끝이 없다, 는 말이다.

올곧고, 순수하게, 강함을 추구한다. 강해지기를 소망한다. 그 끝 없는 길을 영원히 나아가겠다는 결의.

하지만 그때, 나에게는 그 빨간 문자가, 이렇게 말하는 것처럼 보였다.

『골 따위는 없다』.

타이틀을 따면 편해질 수 있을 것으로 여겼다.

팬에게 얕잡아 보이는 일도 없어지고, 같은 여류기사에게도 인정받을 수 있으며…… 무엇보다 자신의 자존심이 채워질 거라고 여겼다.

그래서 타이틀을 딴 후의 인생을 상상하며, 그것만을 위해 노력해 왔다.

──하지만 그 노력은 뭘까?

살갑게 웃으면서 접대 장기로 손님을 확보하고, 써 준 색지의 숫자에 따라 받는 돈을 계산한다.

장기를 좋아하고, 좋아하니까 지면 분하며, 누구한테도 지지 않을 만큼 강해지기 위해 한 노력은…… 어느새 장기에 매달려 살아가기 위한 노력으로 바뀌었다.

──그건 좀 아니지 않아?

나는 그런 걸 위해 여류기사가 된 거야?

명인과 샤칸도 선생님과 진진이 그런 걸 위해 장기를 계속 뒀다는 거야?

절대로 아니야.

"그래. 각오가 부족한 건 나야……."

언제부터인가 나는, 진심이 되는 것을 두려워했다.

대국 직전에 다른 일을 잡은 것도 그래서다. 온 힘을 다해 진심으로 노력했는데도 해내지 못한다면⋯⋯ 도망칠 곳이 없다.

그래서 어긋난 노력을 하며, 최선을 다하는 척했고⋯⋯.

여류기사가 적성에 맞지 않는다고 잘난 듯이 설교한 상대에게 이렇게 중요한 것을 배우다니, 참 어처구니가 없다.

"꼬맹이. 그 낙관은 뭐야?"

"이거 말인가요? 여류기사가 됐을 때, 사부님과 상의해서 이걸로 정했어요."

로리콤, 제법이잖아! 역시 사상 최연소 타이틀 보유자. 평범한 로리콤과는 다르네.

"그거, 나 줘."

"네엣?!"

"괜찮잖아~! 새로 만들어. 아, 내가 쓰는 것과 교환하자."

참고로 내 것은 『내설매화려(耐雪梅花麗)』. 고난이 나를 더욱 아름답게 만든다, 같은 의미랄까?

"너는 두 글자. 나는 다섯 글자. 두 배가 넘잖아? 득 본 기분 아니야?"

"전혀 아니거든요?! 그리고 왜 교환할 필요가 있는데요?!"

"부채와 색지를 모으는 마니아가 있거든. 휘호를 바꾸거나 단위나 직함이 바뀔 때마다 사 줘!"

초등학생한테서 강탈한 도장을 색지에 찍으면서, 나는 회장 전체에 울려 퍼질 만큼 큰 소리로 외쳤다.

"자! 로쿠로바 타마요 여류 2단의 휘호를 손에 넣을 수 있는 건 오늘이 마지막일지도 몰라~! 다음에는 여류명적이라 쓸 거고, 내년에 타이틀을 잃어도 여류 3단이 되거든!"

"자신만만한 걸!", "타마용, 한 장 줘!", "나는 두 장 달라고!!"

손님들이 차례차례 몰려왔다. 이것으로 물러설 수 없게 됐는걸!

아까 지도 대국에서 잔소리를 해대던 사람은 부채와 색지를 둘 다 주문하더니⋯⋯

"오?!"

곧 눈치채 줬다.

"낙관이 바뀌었는걸! 이런걸 기대했다고!!"

"이런 걸?"

"타마용이 '죽을힘을 다해 강해지고 싶어!' 하고 말해 주지 않으면, 우리도 있는 힘껏 등을 밀어줄 수가 없거든!"

나는 옆에 있는 초등학생의 옆구리를 팔꿈치로 찔렀다.

"어때? 좋은 사람이지?"

"나쁜 사람은 아니라고 생각해요."

초등학생은 아직 납득이 안 된다는 표정으로 투덜대며 인정했다. 확실히 저 사람이 말을 좀 골라 줬으면 하긴 싶다.

하지만 응원해 주는 마음은 기뻤다.

팬의 성원을 기쁘게 여기는 건, 대체 얼마 만이지?

"이야~ 무극, 무극. 확실히 무극이긴 해. 네 동생한테도 복수해 주겠다고 선언했잖아. 팍팍 강해져야만 하긴 해."

"텐짱한테요?"

"응. 그 건방진 꼬맹이한테 말했거든. 마이나비 일제 예선에서 졌을 때…… 40년 후에 다시 붙어서, 약해진 너를 이기겠다고 말이지☆"

"로쿠로바 선생님은 40년이 지나도 텐짱에게 이기기 어려울 거 같은데요……."

"야, 말이 심하잖아!"

초등학생의 도톰한 볼에 먹으로 ○을 그려주면서 맹세했다. 진심으로 강해지기로…….

그리고 이틀 후에 치른 여류명적 리그 8회전에서, 나는 연패를 끊었다.

▲ 통조림

"못 쓰겠어요……."

다섯 번째 회의 자리에서, 나는 고개를 숙였다.

시가 나오야의 『암야행로』와 카와바타 야스나리의 『고도』에도 등장하고, 유명한 작가뿐만 아니라 신센구미도 찾았다고 하는 전통 있는 자라탕 가게.

교토에서는 『○나베(마루)』로 불리는 자라 자양강장 수프를 홀짝여도…… 글을 쓸 수가 없다.

참고로 세 번째 회의는 메이지 시대에 창업한 쇠고기 전골 가게, 네 번째 회의는 타이쇼 시대에 창업한 멧돼지 전골 가게. 양

쪽 다 음식점에 있는 방에서 회의를 했다.

"이런 소리를 해서 죄송해요. 회의 때마다 잘 얻어먹는데……."

"그 점은 개의치 마시길. 편집장이 '쿠즈류 선생님을 공략하기 위해서라면 돈을 아끼지 마라.' 라고 했으니까요."

그렇게 기대를 받고 있는데 이 꼴이다. 나 자신이 너무 한심했다……

"지금은 어디서 글을 쓰고 계시죠?"

"카페나 패밀리 레스토랑에서…… 환경을 바꾸면 글이 잘 써질지도 모른다고 생각했지만, 보는 눈이 있으면 남이 제 글을 보는 것 같아서 부끄러워진 나머지……."

점원이 등 뒤를 지나가거나 물을 따라주러 올 때마다 허둥지둥 화면을 숨기다 보니, 진도가 전혀 나가지 못했다.

컴퓨터가 공용이었던 내제자 시절이 생각났다. 야한 사진을 한창 검색하고 있을 때, 케이카 씨나 긴코가 방에 들어와서 허둥지둥 숨기던 나날…… 그리고 검색 이력으로 들통이 난 바람에 나중에 혼쭐이 났다. 긴코에게 '징글찌찌 야치치' 로 불렸다고 말하면, 어떤 사진을 검색했는지 대충 짐작이 될 것이다.

"집중이 안 된다면 자택에서 작업하는 건 어떨까요?"

"하지만 집에서도 집필에 전념할 수가 없다고나 할까……."

아키라 씨가 '선생? 집에 있는 걸 보면 한가하지? 그럼 장기를 가르쳐다오!' 하면서 끈질기게 굴었다. 그 사람, 야샤진 아이가 초등학교에 간 동안에는 한가하거든……

게다가──.

"쿠구이 씨와 회의를 한 직후에는 '이제 쓸 수 있겠어!' 같은 생각이 들면서, 머릿속에 구체적인 이미지도 왕창 떠올라요! 하지만 컴퓨터 앞에 앉아서 손을 움직이려고 하면…… 머릿속에 있는 말이 좀처럼 나오지 않는다고나 할까요……."

내가 소프트에 관한 책을 쓰자고 생각한 계기.

그것은 후타츠카 4단의 말이 마음에 걸려서다.

『소프트에 체계적인 생각 같은 게 있을 리가 없는데, 마치 그게 존재하는 것처럼 착각하며 자기 내면에 기묘한 감각을 길렀고……. 원래라면 망상으로 끝나야 하는 그것이, 어찌 된 건지 쿠즈류 야이치에게만은 승리를 안겨 주는 거야』.

그 인간이 나를 이카보다 더 비정상이라고 말했잖아……. 그렇다면 내 머릿속에 있는 걸 보여주자고 생각했는데…….

역시 이건 내 망상인 걸까……?

"머릿속에 있는 말, 이라고요?"

쿠구이 씨는 상 위의 냄비를 치우더니, 옆에 둔 가방에서 무언가를 꺼냈다.

"쿠즈류 선생님. 이런 방법은 어떨까요?"

"네?"

상 위에 천으로 된 장기판을 펼치더니, 장기말을 두면서 나에게 물었다.

"저라면 이 국면에서 이렇게 둘 텐데, 선생님 생각은 어떻죠?"

"아, 망루의 새로운 테마군요."

쿠구이 씨가 연구용으로 쓰는 듯한 천 장기판은 기모노 천 조각을 재활용한 건지 화사했다. 장기말도 오랫동안 써온 것인지 금방 손에 익었다.

"여기선 후수의 급전이 매우 강력해요. 소프트의 등장에 따라 망루의 전투 방식은 화승총이 보급되기 전과 후만큼 바뀌었는데, 이게 그 전형적인 형태죠. 아, 참고로 화승총은 대마를 가리키는데, 소프트의 망루는 대마의 가동률을 높이는 게 매우 능숙해요. 그리고 총포를 가진 후수를 상대로 선수가 어떻게 대항하냐면, 오른쪽 금을 쑥쑥 전진시켜서 금망루……로 만, 들, 지, 만! 거옥(居玉)인 채로 두며 입성을 시키지 않아요. 오른쪽 은도 방치하죠. 왜냐하면 이것도 대마의 가동 영역을 확보하기 위해서예요. 은이 움직이지 않으니 비차의 횡이동이 방해받지 않고, 옥의 주위를 싸지 않으니 각도 자유롭게 움직일 수 있죠. 프로의 공통 인식적으로는 선수의 진이 갖춰지기 어려우니 실전적으로는 후수가 유리하다고 여겨지지만, 요렇게요렇게요렇게하면, 짜잔! 선수도 둘 수 있죠? 저라면 선수가 유리하다고 생각해요."

"할 수 있지 않습니까."

"네?"

"요렇게요렇게요렇게요렇게란 부분은 좀 더 설명을 덧붙여야겠지만, 매우 재미있었습니다. 화승총이라는 비유도 쉽게 이해가 됐죠."

"방금 같은 느낌으로 쓰면 되나요?"

"네. 글자로 옮기면 그대로 써먹어도 될 것 같군요. 다음부터는 녹음해 두죠."

"하, 하지만 책에 쓰는 문장에는 좀 더 격조 높은 표현을——."

"읽기 쉬울수록 기서의 가치는 높아집니다. 수많은 사람이 읽을 테니 말이죠."

쿠구이 씨는 아이를 잘 타이르는 투로 말을 이었다.

"문학 작품이라면 표현을 신경 쓰는 것도 의미가 있겠습니다만, 장기 서적에서 신경을 써야 하는 건 어려운 부분을 간단히, 그리고 즐겁게 읽을 수 있도록 하는 겁니다. 글자를 잘 모르는 어린아이도 『쿠즈류 노트』를 읽어 줬으면 하니까요."

"앗⋯⋯!"

그 말이 맞다.

나도 명인이 쓴 전법서를 탐닉하듯 읽었지만, 당시에는 히라가나와 숫자만 알았다. 내용의 절반도 이해하지 못했을 것이다.

그런데도 페이지를 넘길 때마다 가슴이 뛰었으며, 빨리 여기에 쓰인 전법을 실전에서 체험해 보고 싶었⋯⋯.

——그런 책을, 나도 쓰는 거야!!

몇 분 전까지만 해도 글을 못 써서 고민했는데⋯⋯ 어느새 지금 바로 원고를 쓰고 싶단 생각이 들었다. 아이디어와 이미지가 넘쳐 흘러나오고 있었다. 뜨거워⋯⋯!!

이것이⋯⋯ 편집자의 힘인가⋯⋯?!

"이대로 부탁드립니다. 마감 전에는 완성할 수 있겠습니까?"

"아, 아니, 그게! 방금은 쿠구이 씨가 제 말을 잘 이끌어 줬다고나 할까, 혼자서는 아직 자신이 없다고나 할까⋯⋯."

"그럼⋯⋯ 방금처럼 제가 도와준다면 쓸 수 있겠습니까?"

"그, 그래요. 혼자 쓰는 것보다는, 훨씬 나을…… 하지만 그건 무리 아닐까요? 여류명적 리그도 후반에 이르렀고, 산성앵화 방어전 준비도 해야……."

"확실히 시간을 많이 할애할 수는 없겠죠. 하지만 방법이 딱 하나 있습니다."

쿠구이 씨가 말한, 그 방법이란——.

"통조림을 하죠."

"토, 통조림?"

"쿠즈류 선생님을 여관에 가둬놓고 집필 이외에는 못 하게 한 후, 방금처럼 제가 옆에서 집필을 돕겠습니다."

아, 그 통조림이구나. 인기 만화가나 작가가 출판사로부터 원고를 재촉받을 때, 최후의 수단으로 등장하는 것이다.

대단한걸. 나도 작가 대접을 받게 됐구나. 그런 생각에 가슴이 두근거렸지만——.

"응?! 어라?! 잠깐만요!"

엄청난 사실을 깨닫고 만 나는 얼굴이 새파랗게 질렸다.

"그, 그 말은…… 저와 쿠구이 씨가 단둘이서 같은 여관에 며칠이나 머문다는 건가요?!"

"단기간에 완성하려면 다른 방법이 없습니다."

저라면 걱정하지 마세요——라고, 쿠구이 씨가 말했다.

"그 점은 개의치 마시길. 편집장이 '쿠즈류 선생님을 공략하기 위해서라면 수단을 가리지 마라.' 라고 했으니까요."

"그런고로 한동안 어느 여관에서 통조림을 하게 되었사옵니다만……."

귀가 후, 내제자에게 즉시 자초지종을 보고했다.

검은색 레이스가 달린 네글리제 차림으로 스마트폰을 한 손에 든 채 쉬고 있던 아이가 나를 향해 시선을 돌렸다.

"어느 여관인데?"

"아, 그건 나도 몰라. 아마 교토에 있는 곳일 것 같은데…… 옛날에 작가들이 통조림을 했던 것 같은 낡은 여관이 아닐까 싶은데……."

"누구와 가는 거야? 혼자 가는 건 아니지?"

"펴……편집자님과……."

"…………."

아얏! 침묵과 시선이 너무 날카로워!!

아이는 아마 내가 누구와 기서를 만들고 있는지 안다. 이 통조림을 누가 제안한 건지도 안다.

당연히 이 통조림 여행이 에로해질 가능성도 눈치챘을 것이다.

일하러 가는 건데 왜 그러냐고? 왜냐하면 쿠구이 씨는 존재 자체가 에로하기 때문이다. 에로×온천 여관 = 검열삭제라는 공식이 성립하는 것이다.

아니, 뭐……나도 쿠구이 씨한테 통조림 이야기를 듣고 '위험하다'고 생각하긴 했거든? 마감이 아니라 이성이 말이야. 통조림 당하는 본인조차 자신을 신용하지 못하니, 아이가 나를 신용할 가능성은 제로 아니겠어? 아, 이거 외통수일지도……

"뭐, 좋아. 일이니까 어쩔 수 없어."

"뭐?! 정말이야……?"

"일하러 가는 거라며? 음란한 행위를 즐기려고 그 편집자란 사람과 여관에 틀어박히는 건 아니지?"

"아니에요, 아니에요, 엉큼한 생각 안 해요, 어디까지나 일하러 가요!!"

나는 고개를 가로세로로 열심히 저으면서 '일하러 가요!!'란 말을 되풀이했다.

"게다가 장기 타이틀전 때도 여류기사와 함께 온천여관에 묵잖아. 그런 걸 일일이 신경을 쓰면 한도 끝도 없고, 서로가 서먹해질 뿐이야."

아이는 그렇게 말하면서 머리카락을 쓸어 올렸다.

"나도 집을 비울 예정이었으니까, 타이밍으로도 딱 좋네."

"그러고 보니 너는 항상 어디서 뭘 하는 거야?"

같이 살게 된 후로 알게 됐는데, 아이는 집에 있는 시간이 극단적으로 짧다.

같은 초등학생인데도, 히나츠루 아이와는 전혀 다른 행동을 취했다. 동급생을 집에 불러서 시끌벅적하게 노는 일은 전혀 없는지라 내가 쓸쓸……아, 아니야! 저기…… 여자 초등학생인데 좀 쓸쓸하지 않으려나~? 같은 의미라고!

통금을 정했으면서도 자기가 어기는 일도 잦았고, 그 탓에 얼굴을 마주치는 일이 없어서 한집에서 산다는 느낌이 별로 들지 않아. 뭐, 집이 넓은 탓도 있겠지만 말이야.

"뭘 하냐고? 일이야. 당연하잖아?"

"초등학생이 일을 하는 건 당연한 일이 아니라고."

"시간이 있을 때, 가업을 이을 준비를 하고 있어. 여왕전과 여류옥좌전의 진행이 중단됐잖아. 자, 장기 수첩을 꺼내 봐."

"아, 응……."

아이는 스마트폰의 스케줄러에, 나는 장기 수첩에, 각자의 일정을 적었다.

그러고 있을 때, 아이가 갑자기 "훗." 하고 부드러운 미소를 머금었다.

"신기하네."

"응?"

"집 안에서 같이 지낼 때보다…… 이렇게 서로의 일정을 확인할 때가 같이 산다는 느낌이 들어."

"……!"

기습적으로 날아온 그 말과 미소에, 내 심장은 크게 뛰었다.

히나츠루 아이라면 쿠구이 씨와 단둘이서 통조림을 하는 것을 절대 허락하지 않을 것이다. 사저라면 허락하는 척하면서도 앙심을 품을 것이며, 장기로 쿠구이 씨에게 복수할 게 뻔하다.

하지만 야샤진 아이는…… 용서해 준 후, 내 마음에 목줄을 채웠다.

『신뢰』란 이름의 목줄을.

제4보

쿠즈류 야이치

쿠구이 마치

©shirabii

🏠 타임슬립

이 특급전철은 교토역 한쪽에 서 있었다.

"여기…… 맞는 거겠지?"

너무 구석이라서 약간 불안을 느끼면서, 나는 쿠구이 씨를 기다렸다. 그 사람이 약속 시간에 늦는 건 드문 일이다.

"설마 통조림을 하는 장소가 그런 곳일 줄은 몰랐어. 교토 시내일 줄 알았는데——."

바로 그때였다.

"용왕 씨~♡"

깡총. 깡총. 통통 튀는 듯한 발걸음으로 이쪽을 향해 뛰어오는 미녀에게, 나만이 아니라 교토역에 모인 사람들의 시선이 전부 몰렸다.

"주, 준비하는 데…… 헉헉…… 시간이 걸려서……."

늦게 등장한 쿠구이 씨는 흑발 롱헤어인데도 안경을 쓰고 있어서, 기사일 때와 기자일 때의 딱 중간 같은 느낌이었다.

"몸가짐을 신경 쓸 시간이 없어서…… 옷차림이 어중간해서 부끄럽데이……."

커다란 캐리어백을 두 개나 끌고 있는 쿠구이 씨는 몸에 찰싹 달라붙는 니트 스웨터를 입고 있었다. 가슴이 강조되어서 정말 여러모로 엄청났다.

"대단한…… 짐, 이군요…… 수, 수고 많으세요……."

나는 두 개의 거대한 짐(은유)을 힐끔 쳐다보면서 쿠구이 씨에게 그렇게 말했다.

흑발 롱헤어와 안경은 왜 이렇게 잘 어울리는 걸까? 그리고 니트 스웨터와 글래머라는 조합도 모든 남성을 돈사하게 만들려고 존재하는 게 아닐까?

색기가 옷을 입고 걸어 다니는 듯한 존재한테서 겨우겨우 눈을 떼며, 물었다.

"이, 이 전철 맞나요?"

"그라예. 선두 차량입니더."

캐리어백을 끌면서 선두 차량으로 향했다.

선두 차량의 앞쪽 절반만 우등석인 것 같으며, 쿠구이 씨는 거기를 잡은 것 같았다.

"텅텅 비었네……. 혹시 우리뿐이에요?"

"평일은 원래 그런 기다."

우등 차량을 전세 낸 거나 다름없는 상태지만, 예약한 좌석은 나란히 앉게 되어 있었다.

으음…….

이런 경우, 다른 사람이 없으면 떨어져서 앉아도…… 되겠지? 일단 일하러 가는 거고, 나는 여친도 있으니까…… 아직 차이지 않았다고 가정해서 말이지만…….

"쿠즈류 선생님."

왼손으로 안경을 올려 쓰며 기자 말투로 돌아온 쿠구이 씨는 내 옷을 잡아당겼다.

"우등 차량을 예약한 건 관광을 즐기기 위해서가 아닙니다. 쾌적한 환경에서 집필해서 한 글자라도 더 써 주셨으면 하는 거죠. 제가 옆자리에서 서포트할 테니, 자리로 가시죠."

"아, 네."

그리하여 나는 쿠구이 씨의 옆자리에 앉았다.

노트북 컴퓨터를 펼치며 일 준비를 하는 사이, 전철이 출발했다. 역시 신경 쓰여서 창밖을 힐끔 쳐다보자, 쿠구이 씨가 입을 열었다.

"사가노선은 처음 타보십니까?"

"아마도…… 그럴 거예요. 그쪽 지역에서는 타이틀전을 치른 적이 없거든요."

카메오카나 후쿠치야마처럼 교토 북쪽으로 가는 노선일 것이다.

"어릴 적에 사저와 둘이서 전철을 타고 여러 지방에 도장 깨기를 하러 간 적이 있지만, 오카야마나 히로시마 같은 방면이었고요. 그쪽에 수준이 높은 장기 도장이 있다고 해서요."

"슬슬 일에 집중하도록 할까요."

"아, 네."

신인 작가는 딸깍딸깍하는 소리를 내며 키보드를 두드렸다.

미인 편집자가 그 모습을 지그시 응시했다.

바로 옆에서 감시당하니 잠시도 긴장을 풀 수가 없다. 오탈자는 물론이고, 타이핑을 할 때의 이상한 버릇도 '효율이 나쁘다.'라며 엄격하게 지적했다. 어라? 이건 상상 이상의 고문 아니야?

한동안 일을 하면서, 진척 속도가 나빠지자——.

"집중력이 떨어진 것 같군요. 역에서 사온 도시락으로 영양 보충을 하죠."

"만세! 철도 도시락인가요? 어떤 종류——."

"스톱!"

들뜬 나를 날카로운 어조로 제지한 쿠구이 씨는 당치도 않은 말을 꺼냈다.

"제가 먹여 드릴 테니, 선생님은 그대로 작업을 계속하세요. 눈은 화면, 손은 키보드 위에 두시는 겁니다."

"네엣?! 그, 그건 좀——."

"자, 아~."

"아…… 아~……."

"손은 키보드."

"네."

밥을 우물우물. 차를 홀짝홀짝. 컴퓨터를 달깍딸깍.

마치 요양 시설에 온 것 같다. 때때로 "맛있습니까?" 하고 나를 쳐다보며 묻는 쿠구이 씨를 보니…… 왠지 데자뷔가 느껴졌다.

상대방도 같은 생각을 한 것 같았다.

"초등학생 명인전이 끝난 후, 내가 용왕 씨를 장기 합숙에 초대한 적이 있데이. 그때도 장기에 푹 빠진 용왕 씨에게 내가 옆에서 밥과 음료를 먹여 줬다 아이가. 후후후."

"아……."

그렇다. 생각났다.

식사 시간에도 장기를 두고 싶지만, 나온 밥이 김으로 감싸지 않은 주먹밥이라 손이 더러워지는 게 싫어서 먹지 않았다. 그러자 마치가 그것을 나에게 먹여줬다.

　그리운걸…….

　"그러고 보니 그런 일이 있었죠. 그때는 마치…… 쿠구이 씨처럼 정성껏 저를 돌봐주는 여자애가 신선했어요. 그래서 어리광을 부렸던 것 같아요."

　나는 당시의 일을 떠올리면서 구구절절한 목소리로 말했다.

　"제 주변에는…… 제가 돌보지 않으면 아무것도 못 하는 여자애만 있었으니까요……."

　"긴코와 료 말이제?"

　"이름을 언급할 수 없는 분들이에요."

　나는 입을 꾹 다물며 집필 작업에 전념했다. 괜한 소리를 늘어놓을 시간은 없는 것이다.

　딸깍딸깍딸깍딸깍…… 따악!

　적당한 부분까지 진도를 뺀 나는 방금 작성한 원고의 양을 보고 놀랐다.

　"두 시간 동안 꽤 많이 썼네요."

　"제 경험입니다만, 이동 중에는 일이 잘되는 법이죠."

　쿠구이 씨는 만족한 듯이 고개를 끄덕였다. 원고가 꽤 진행된 덕분에 기분이 좋아진 것 같았다.

　"저도…… 어떻게든 될 것 같은 느낌이 들어요! 여관에 도착하면 열심히 쓸게요!!"

"후후. 기대하겠습니다."

미인 편집자가 내 머리를 쓰다듬어줬다. 당근과 채찍의 활용이 절묘했다. 완전히 길들여지고 있는걸.

그런 생각을 하고 있을 때, 전철이 멈췄다.

"어라? 벌써 목적지에 도착한 건가요?"

"다음 역입니다. 하지만——."

안경을 벗은 쿠구이 씨가 원래 말투로 말했다.

"이 미야즈역에서부터는 반대 방향으로 달리는 기다. 몇 분이면 되니까 좌석을 돌릴 필요는 없데이."

그 말대로, 전철은 반대 방향으로 서서히 나아가기 시작했다.

이상한 기분이다.

"이렇게 뒤로 달리니까, 마치 타임슬립 하는 느낌이네요."

"타임슬립?"

"네. 경치도, 시간도, 전부 반대 방향으로 흘러가면서…… 정신을 차리고 보면 저희도 어린애로 되돌아가는 거죠."

일을 너무 많이 해서 피곤한 걸까?

집필 작업은 자신의 내면만을 응시하며, 과거의 기억을 불러일으키는 작업이기 때문일까?

"어린애로…… 되돌아간다……."

내가 갑자기 이상한 말을 한 바람에 당황한 건지, 쿠구이 씨는 작은 목소리로 말했다.

"용왕 씨는, 인생을 되돌리고 싶은 기가……?"

"글쎄요. 실수가 많은 인생이니까요. 요즘 들어서는 악수만 둔 것 같아요. 『스톱』 하고 외치고 싶어진다니까요. 하하하."

하지만 다시 살아도 결과는 똑같을 것 같았다.

세세한 부분은 달라질지도 모른다.

하지만 결국…… 긴코는 내 앞에서 사라지고, 히나츠루 아이와도 멀어질 것이다.

"장기도 그렇잖아요? 그 순간에 자신이 둘 수 있는 최선을 추구한 만큼, 다시 두더라도 똑같은 기보를 남기게 돼요. 항상 거의 비슷한 부분에서 실수하니까요."

"용왕 씨……."

쿠구이 씨는 안타까운 눈길로 내 얼굴을 응시했다.

그 시선을 견디다 못해, 이야기를 돌렸다.

"애초에 타임슬립 같은 건 할 수가 없으니까, 이런 이야기를 해 봤자 무의미하겠지만요. 죄송해요, 쿠구이 씨——."

"해 보까? 타임슬립."

"네?"

내 손에 자신의 손을 포개더니…….

그 여자애는 처음 만났던 시절처럼, 나를 이름으로 불렀다.

"도착했데이. ……야이치."

그 시절처럼, 약간 부끄러워하며…….

♟ 작업실 설치

"여기서 보이는 것이 일본 삼경 중 하나인 『아마노하시다테』

입니다."

"오오~~~!!"

눈 아래에 펼쳐진 절경에 시선을 빼앗겼다. 소나무 숲에 뒤덮인 새하얀 모래로 된 길이 바다 위를 달리고 있었다.

전철 여행의 종점은, 이곳―― 아마노하시다테.

마츠시마와 미야지마와 어깨를 나란히 하는 명승지다. 물론 나는 처음 와 봤다.

체크인까지 시간이 좀 있기 때문에, 역의 보관함에 짐을 맡기고 『아마노하시다테 뷰 랜드』라는 전망대로 향했다.

절경을 배경 삼아 내 사진을 찍으면서, 쿠구이 씨는 말했다.

"아마노하시다테의 별칭은 『비룡관(飛龍觀)』입니다. 이렇게 위에서 바라보면 하늘을 나는 용처럼 보이기 때문에 그렇게 불린다고 하는 군요."

"아하. 『쿠즈류 노트』를 쓰기에 딱 좋은 장소군요."

"후후. 언젠가 이것도 쿠즈류 야이치 전설 중 하나가 될지도 모르겠군요."

그건 그렇고 이 전망대는 커플이 잔뜩 있었다.

멋진 사진을 찍기 위해 커플 셀카를 찍는 연인들 사이에서, 압도적으로 아름다운 여자가 나 같은 평범한 남자를 일방적으로 촬영하는 상황은 좋든 싫든 눈길을 끌게 된다.

"저, 저희…… 엄청 튀지 않나요……?"

"책을 만들기 위해서는 사진도 중요합니다. 표지와 저자 프로필 사진에 쓰이죠. 이것도 일이에요."

쿠구이 씨는 세세한 포즈도 지시하면서 담담히 셔터를 눌렀다.

전철을 내리면서 나를 '야이치'라고 불렀을 때의, 어릴 적 면모는 이미 사라졌다.

어쩌면 환청이었을지도 모른다.

과거를 그리워하는 내 마음이, 잘못 들은 걸지도…….

"그건 그렇고 역 바로 뒤편에 전망 시설이 있다니, 역시 명승지답네요! 게다가 여기에는 지역 기념품 가게와 조그마한 유원지도 있어요."

"숙소도 여기서 도보로 3분 거리입니다."

시계를 쳐다본 쿠구이 씨가 나를 재촉했다.

"체크인 시간이 다 되었으니 이제 그만 가 볼까요."

"와아~! 시골 분위기가 나는 좋은 방이네요!"

쿠구이 씨가 확보한 것은 바닷가에 있는 전통여관이었다.

그 여관의 2층 모퉁이에 있는 다다미방이 내가 틀어박힐 방이다.

"창문을 통해 아마노하시다테를 볼 수 있다니, 최고예요! 여기서라면 얼마든지 원고를 쓸 수 있겠어요!!"

"그렇습니까. 그럼 바로 작업실을 설치하죠."

"자, 작업실?"

쿠구이 씨는 동요한 나를 방치하더니, 캐리어백을 열었다.

안에서 나온 것은 컴퓨터와 전원 코드, 천 테이프 등, 여행 중인 여자에게 어울리지 않는 공구들이었다.

이런 공구들을 챙기다 보면 지각할 수밖에 없고, 몸가짐을 신경 쓰는 것도 뒷전일 거야…… 같은 생각을 하고 있을 때, 쿠구이 씨가 그것들을 이용해 집필 환경을 척척 갖췄다.

"히익…… 순식간에 타이틀전 기자실처럼 됐네요……!"

"옛날에 통조림을 하던 작가들처럼, 종이와 만년필만으로 책을 쓰지는 않으니까요."

쿠구이 씨는 코드들을 정리하면서 설명했다.

"게다가 타이틀전이 치러지는 여관 중에는 이곳처럼 오래된 곳도 많습니다. 이 정도도 못 해서야 바둑이나 장기 기자는 할 수 없어요."

옛날부터 여러 여관에서 기자 활동을 한 쿠구이 씨가 있으니까 이렇게 오래된 여관에서 통조림을 할 수 있는 건가……. 뛰어난 담당자에게 도움을 받는 게 얼마나 행복한 일인지 다시금 실감했다.

"좋아~! 팍팍 써야지!!"

나도 내 노트북 컴퓨터를 책상 위에 둔 후, 바로 일을 시작했다.

"아, 그 전에 스마트폰을 충전하고 싶은데요. 어느 콘센트를 쓰면 될까요?"

"스마트폰은 집필에 방해가 되니, 제가 맡아 두겠습니다."

"네?! 하, 하지만 최신 기보를 조사하거나——."

"말씀해 주시면 제가 검색하겠습니다. 저희는 통조림을 하는 거니까요. 선생님께서는 외부와의 온갖 연락 수단을 차단해 주셨으면 합니다."

"하지만, 저기…… 여, 연락이 안 되면 걱정하는 사람이──."

"없을 텐데요? 내제자는 집에서 나갔고, 여친에게도 버림받았으니까요."

"으으으으……."

야샤진 아이와 함께 산다는 것은 비밀이라서 반론할 재료가 없다.

"누구 때문에 통조림을 하게 된 것이죠?"

"저, 저 때문이에요……."

"'쿠구이 씨와 함께가 아니면 글을 못 쓴다' 며 울며 매달린 사람은 누구였죠?"

"저…… 저……예요……."

"타이틀전을 치르러 왔다는 심정으로 집필에만 집중해 주실거죠?"(빙긋)

겸사겸사 지갑도 **빼앗겼다.**

어라?

잘 알지도 못하는 동네에서 이런 짓을 당하는 건…… 소프트 감금 아니야?

드디어 사태의 중대성을 인식하기 시작한 나를, 더욱 강렬한 충격이 덮쳤다.

"자, 다음은…… 그래요. 작업 공간을 확보하기 위해 벽장 안의 이불을 전부 치워야겠군요. 프런트 번호는──."

"잠깐만요! 그럼 어디서 자는데요?!"

"식사와 수면은 옆방에서 취할 예정입니다. 같은 방에서 작업과 휴식을 전부 취하면 느슨해질 테니까요."

응. 그러고 보니 옆방도 잡긴 했어.

당연하잖아. 아무리 일을 하러 왔다고는 해도 남녀가 단둘이서 왔는걸.

하지만 나는 당신이 그 방에 묵을 거라고 생각했거든?

"그, 그럼…… 쿠구이 씨는 어디서 묵을 건데요……?"

"저도 옆방에서 묵을 생각입니다."

그렇게 말한 쿠구이 씨는 안경을 벗더니, 다리 부분을 가볍게 입에 물며 속삭였다.

"참고로…… 이불은 한 채만 깔 겁니다."

"그, 그 말은……!"

"네. 선생님이 상상하시는 대로예요…….."

한숨 같은 그 목소리에, 내 뇌에서 상상이 작렬했다!

오래된 여관. 온천.

색기를 물씬 풍기는 미인 편집자와, 오래 알고 지낸 신인 작가.

같은 방에서 틀어박혀서 집필에 힘쓰는 두 사람.

하지만 작가는 슬럼프에 직면!

자극을 주기 위해, 말 그대로 몸과 마음을 바쳐 헌신하는, 색기의 화신——.

『선생님…… 오늘 밤에는 재우지 않을 거예요.』

그리고 두 사람은 그날 밤, 처음으로 이어진다…… 아마노하시다테처러어어엄!!

그런 건 망상에 지나지 않았다.

"쿠즈류 선생님이 깨어 있는 동안에 제가 수면을 취하고, 제가 깨어 있는 동안에는 쿠즈류 선생님도 깨어 있는 겁니다."

"그럼 나는 잘 시간이 없는 거 아니야?"

"그런데요?"

그, 그런데요……?

유능한 미인 편집자는 빙긋 웃더니, 감옥을 연상케 하는 집필 환경을 가리키며 말했다.

"원고가 완성될 때까지, 발 뻗고 잘 생각은 꿈도 꾸지 마세요. 선, 생, 님♡"

오늘 밤에는 재우지 않는다 정도의 사태가 아니었다.

이러단 죽겠어.

△ 합숙

"야이치. 일어나그라……."

눈을 뜨자 흑발 소녀가 불안한 눈으로 나를 응시하고 있었다.

여기는…… 어디지?

앗! 생각났다. 초등학생 명인전에서 알게 된 여자애의 제안으로, 장기 합숙을 왔지……. 여기는 합숙 장소인 교토에 있는 절 간이다.

한밤중에 나를 깨운 여자애의 이름은———.

"마치? 이 밤중에 무슨 일이야……."

"……줌……."

"응?"

"화장실, 같이 가도. 어두워서…… 무섭데이……."

"뭐엇?! 내, 내가……?!"

확실히 절은 어둡고, 낡아서, 귀신이 나올 것 같을 정도로 무섭다. 함께 가줬으면 하는 마음도, 이해가 됐다.

하지만…… 여, 여자애와 같이 화장실에, 가도 되는 거야?

"부탁이데이, 야이치…… 이대로 있다간, 내…… 흐흑……!"

"아, 알았어! 가 줄게!"

마치는 착하고 상냥하며 장기도 잘 두지만, 툭하면 울음을 터뜨리기 때문에 나는 항상 난처했다.

"같이 가 줄 테니까 울지 마. 응? 마치……."

몸을 배배 꼬며 금방이라도 울음을 터뜨리려 하는 마치와 함께 이부자리에서 빠져나온 후, 우리는 화장실로 향했다.

나는 앞장을 서며, 어두운 복도를 발소리를 죽인 채 걸었다.

마치는 내 옷자락을 꼭 움켜쥔 채, 뒤따라오고 있었다.

절간 화장실은 오래된 구식 화장실뿐이라서, 우리는 번갈아 거기서 볼일을 마쳤다. 마치가 "응…… 하앙……아……♡" 하며 기분 좋게 볼일을 보자, 나는 왠지 그 소리를 들으면 안 될 것 같아서 허둥지둥 귀를 막았다. 그래도 희미하게 들렸지만…….

그리고 내 이부자리로 돌아온 후…….

"야이치. 이 일은…… 둘만의 비밀로 해도."

마치는 자기 이부자리로 돌아가는 게 무섭다며, 내 이부자리에 숨어들며 그렇게 말했다.

또 비밀이 늘어났다고 생각했다.

애초에 이 합숙에 온 것도 긴코가 검사를 위해 입원하면서 내가 사부님의 집에 홀로 남게 되어서다.

『카야오쿠 선생님이 주최하는 합숙에 초대되다니, 대단하데이! 그 《노사》는 젊은이의 재능을 꿰뚫어 보고 별명을 붙여주는 게 특기다 아이가. 장래의 명인 후보라고 책에 적어 주게 실력을 제대로 어필하고 오그라.』

사부님은 기뻐하며 내 등을 밀어주셨지만, 케이카 씨는 표정을 굳혔다.

『하지만 야이치 군. 이 일은 긴코한테는 비밀로 하는 편이 좋을 거야.』

『어? 케이카 씨, 왜……?』

『그야 자기가 입원해서 지겨운 시간을 보내는 동안, 야이치 군만 즐거운 장기 합숙에 갔다는 걸 알면…… 긴코가 어쩔 것 같아?』

『ㅇㅇㅇㅇㅇㅇ……』

그런고로 이 합숙에 온 것은 철저하게 비밀에 붙이기로 했다.

이불 속에서 마치는 나에게 계속 속삭였다——.

"야이치? 벌써 잠든 기가? 나는…… 야이치에 대해, 더 알고 싶데이. 야이치가 좋아하는 장기말. 야이치가 좋아하는 전법. 야이치가 좋아하는 기사. 야이치가 좋아하는……."

"쿠즈류 선생님? 일어나세요. 쿠즈류 선생님!"

──헉?!

눈을 뜨자, 장기판 너머에서 몸을 쑥 내밀며 내 어깨를 흔드는 쿠구이 씨의 모습이 눈에 들어왔다.

그 모습은…… 방금까지 봤던 소녀의 모습과는 딴판이었다.

전체적으로 커졌다.

특히 가슴이 너무 커져서, 내 어깨를 흔들 때마다 가슴이 너무 출렁출렁──.

"죄, 죄죄죄, 죄송해요!! 안 봤어요, 안 잤어요, 안 봤어요, 안 잤어요!!!!"

"자지 말라는 건 아닙니다. 그저 작업만 계속해 주시면 되죠."

무리예요.

"그리고 제 가슴을 봐서 작업이 조금이라도 더 잘 될 것 같다면, 얼마든지 보여드릴 테니 말씀해 주십시오. 오른쪽을 보겠습니까? 왼쪽을 보겠습니까? 아니면 양쪽 다?"

"노……농담하는 거죠? 하하하……."

잠이 완전히 깼다. 자아. 일하자, 일!

쿠구이 씨와 같은 방에서 통조림을 하게 되면서 작업 효율은 비약적으로 향상됐다.

이 뛰어난 편집자는 내가 혼자서 쓴 원고를 읽어보더니…….

"쿠즈류 선생님의 머릿속에 있는 특수한 감각에 이름을 붙이는 것부터 시작할까요."

그렇게 직필의 방향성을 제시했다.

"감각에 이름을 붙인다고요? 그게 구체적으로 무슨……?"

"예를 들어『여자아이에게만 흥분한다』는 감각에『로리콤』이라는 이름을 붙이면, 이해가 잘 되죠? 그런 느낌입니다."

"납득은 되지만 납득할 수 없어……."

화승총에 비유했던 대마의『가동성』외에도, 싸기의『상대성』과『가소성』, 말이 지니는 가치의『가변성』, 앉은비차와 몰이비차의『이형태성(二形態性)』등, 쿠구이 씨는 카피라이터로서도 유능함을 과시했다. 역시 《나니와의 백설공주》란 이름을 지은 사람다워…….

내 망상에 지나지 않았던 수순들이 순식간에 라벨링되었고, 현실세계에서 통용되는 전법으로 승화되어갔다.

실제로 장기판을 사이에 두고 대화와 장기를 구사하며, 쿠구이 씨는 내 머릿속에서 아이디어를 짜냈다.

예를 들어『의외성』이란 페이지를 만들 때는 이런 식으로 진행했다.

"우리 같은 프로 기사는 장기말의 행동 범위를 감각적으로 파악할 수 있지만, 그건 완벽하지 않아요. 머릿속 장기판을 움직여서 시각적으로 사고하는 만큼, 역시『맹점』은 존재해요. 하지만 소프트는 그 부분을 보완해 주죠."

"인간이 이상하다고 느끼는 평가가 나왔을 경우, 그런 부분을 소프트의 실수로 단정하는 것이 아니라 거꾸로 더욱 심도 있게 조사해 본다는 건가요?"

"네. 상대는 연구하지 않았을 경우가 많고, 애초에 맹점이어서 심도 깊게 살펴본 경험조차 없는 국면이 이어지니까 중반 이후도 정확한 수를 둘 가능성이 매우 낮아요. 이쪽에서 일방적으로 두들겨 팰 수 있는 거죠."

"쿠즈류 선생님의 실전을 예로 들자면, 이 장기려나요?"

"그래요! 이 수순을 선택한 것은 바로 그런 발상에 따라——."

쿠구이 씨의 머릿속에는 내가 둔 장기가 비유가 아니라 전부 들어 있다.

공식전에서 둔 장기는 물론이고, 감상전에서 거론된 변화와 발언한 나조차 잊은 수순도 말이다.

——관전기자이기 때문일까.

나는 아이와 한집에서 살았다. 하지만 내제자조차도 들어서지 못하는 장소가 있다.

공식전의 대국실.

그곳에서 나와 가장 오래 함께한 사람은…… 아이도, 사저도, 대국 상대도 아니라, 관전기자로서 항상 내 곁에 있었던—— 쿠구이 마치.

아이를 가르칠 때나 사저와의 연구회에서 건성으로 장기를 둔 적은 없다. 그저 공식전에 비하면 진지하지 못한 것도 사실이다. 실전에서만 발휘되는 살기가 있는 것이다.

『한 번의 실전은 천 번의 연습 장기를 웃돈다.』

장기만이 아니라 모든 승부의 세계에도 적용되는 말이다.

게다가 타이틀전이면 그 진지함은 일반적인 공식전과 차원이 다르다.

명인을 비롯해, 타이틀 보유자는 누구나 그 폐쇄 공간에서만 보여주는 극한의 승부술을 지녔다. 격투 게임의 초필살기 같은 것이다.

그것은 연습 장기를 1만 번 둬도 도달할 수 없는 세상이다.

쿠구이 씨는 내가 최근에 치른 타이틀전 대부분에서 기자 혹은 기록 담당으로서 대국실에 들어와 있었다. 게다가 타이틀전 상대는 소프트의 화신 같은 오키토 선생님이었다.

──내 감각을 받아들일 밑바탕은 있다는 건가.

그리고 난젠지에서 둔 장기에서는 쿠구이 씨가 『의외성』이 있는 국면의 중반에서도 놀라울 정도로 정확한 수로 응수할 수 있다는 것을 증명했다.

"저기…… 쿠구이 씨? 저도 질문 좀 해도 될까요?"

"뭔가요? 제가 고른 국면에 문제가 있습니까?"

"아, 아뇨! 장기 이야기가 아니라──."

일 도중에 이런 걸 묻는다고 화내지 않을까?

하지만 너무 신경이 쓰였기에, 과감하게 질문을 던졌다.

"저는 옛날에 쿠구이 씨를 『마치』라고 이름으로 불렀던 적이 있잖아요? 쿠구이 씨도 저를 『야이치』라고 이름으로 불러 줬고요."

"으…… ."

"아까 꿈속에서 어린 시절의 쿠구이 씨가 나왔어요. 그래서 좀 신경이 쓰였거든요. 언제부터 저희가 서로를 성으로 부르게 된 건지를요."

그 울보였던 마치와, 지금의 똑 부러지는 쿠구이 씨.

그 두 사람이 동일 인물이라는 게 와닿지 않아서, 계속 신경이 쓰였다.

"초등학생 명인전이 끝난 후, 여름 방학 첫날에 칸사이 장기회관에 료와 함께 놀러 간 적이 있데이. 기억하나?"

쿠구이 씨는 장기말을 옮기면서 이야기를 시작했다.

"아…… 그런 적이 있었죠. 제가 도중에 집에 갔잖아요. 왜 그랬더라? 사저가 무슨 말을 했던 것 같은데……?"

"그때, 긴코와 승부를 했데이. 료와 내를 동시에 상대하겠다고 한 기다."

어……?

" '내가 이기면 두 번 다시 칸사이 장기회관에 오지 마.' 라고 했데이. 료는 그 조건을 받아들였지만, 내는 다른 조건으로 해달라고 부탁한 기다. 연수회에 들어가기로 되어 있었다 아이가."

장기판 위에는 망루 91수로 불리는 옛날 정석이 나타났다.

그것은 당시에 그 애가 애용하던 정석이다.

"그리고 긴코는 장기로 이긴 후, 이렇게 말한 기다."

압도적 우세였던 후수가 최후에 돈사한다고 하는 충격적인 기보를 보여준 후, 쿠구이 씨는 내 질문에 답했다.

" '다시는 야이치라고 부르지 마.' ……라고."

그렇게 말한 순간, 쿠구이 씨는 금방이라도 울음을 터뜨릴 듯한 표정을 지었다.

그때 그 소녀와 딱 포개져 보여서——.

"그런 약속을 강요한 건가요? 긴…… 사저가요?"

"그날부터 한 번도, 내는 긴코한테 이기지 못했다 아이가."

장기판을 슬픈 듯이 쳐다보고 있는 그 여자애는…… 이윽고 고개를 들더니, 내 눈을 쳐다보며 미소지었다.

"하지만, 지금이라면 이길 수 있을 것 같은 느낌이 든데이. 쿠즈류 노트 덕분일 기다."

🔔 아마노하시다테 신사

"기나긴 진흙탕 길처럼 보이네요……."

실제로 아마노하시다테를 걸어 보니, 놀랍게도 5분 만에 질렸다.

"위에서 보면 그렇게 아름답고 환상적이지만, 직접 걸어 보니 소나무 사이의 진흙탕 길이 쭉 이어지고 있을 뿐이라…… 상상 이상으로 기분이 다운되요……."

"그라나? 내는 즐겁데이!"

모처럼 관광지에 왔으니 하다못해 한 시간만이라도 관광하고 싶다는 내 애원을, 쿠구이 씨는 내키지 않아 하면서도 받아줬다.

하지만 밖에 나오자 태도가 돌변했다.

처음에 간 치온인이란 절에서도 텐션이 하늘을 찔렀다. 부채 모양을 한 신기한 점괘 제비를 뽑고(뽑은 점괘는 확인한 후에 경내에 있는 소나무 가지에 묶는다), 머리가 좋아진다는 연기를 쐬었으며(나한테도 잔뜩 쐬라는 말을 들었다. 바보라서?), 아마노하시다테로 이어지는 회선교라는 기묘한 다리에서는 꺅꺅 호들

갑을 떨면서 마구 사진을 찍어댔을 뿐만 아니라(배가 통과할 수 있도록 회전하는 것 같다), 도중에 있는 찻집에서는 명물인 『바지락 덮밥』을 즐겼다(참 맛있었다).

그리고 지금, 길가에서 발견한 비석? 같은 것을 보더니, 나에게 카메라를 떠넘기며…….

"용왕 씨! 이거! 이거랑 내 사진을 찍어도!"

"이게 뭔가요? 비석이 두 개 나란히 있는데…….'"

"요사노 텟칸과 아키코의 가비(歌碑)데이!"

텐션이 치솟은 것 같네…….

가비 앞에서 기념사진을 찍은 후, "앗?! 저, 저건 이와미 쥬타로가 벴다는 바위!!" 하면서 지면에 굴러다니는 바위를 반짝이는 눈으로 응시했다.

모, 모르겠어…… 역사 마니아인 걸까?

사매인 아야노 양과 좀 닮았는걸……라고 생각했을 때, 내 앞에서 즐거운 발걸음으로 걷고 있는 쿠구이 씨가 텐션이 상승한 이유를 말해 줬다.

"사실 내는 졸업 논문으로 요사노 아키코에 관해 쓸 생각이데이. 그래서 그 사람과 인연이 있는 이 아마노하시다테는 꼭 와 보고 싶었던 기다!"

"졸업 논문? 장기 관전기에 관한 내용이 아니고요?"

"그건 일이데이. 모처럼 대학에서 공부하고 있으니, 사회에 나가서는 배울 일이 없는 것을 이참에 배우고 싶은 기다."

성실한 사람이네.

"요사노 아키코라면 그 사람이죠? 그, 그, 그러니까…… 금 밑의 보, 바위보다 단단하다?"

"『님이여 죽지 말지어다』 말이가?"

학식 부족한 중졸이라 미안해.

"그것도 유명하지만, 내는 데뷔 가집인 『헝클어진 머리칼』을 더 좋아한데이."

"아! 그거라면 들어본 적 있어요. 내용은 모르지만……."

"섹스에 관한 시가인 기다."

"우왓!"

나는 아무것도 없는 진흙탕 길에서 고꾸라지고 말았다.

세, 세세세세……섹……!

"머리카락이 헝클어질 만큼 격렬한 섹스를 한 후를 상상한 게 『헝클어진 머리칼』의 시가다 아이가. 수록된 시가는 그거 말고도 참 야릇한 게 많은디…… 후후후. 처음 읽었을 때는 내도 가슴이 뛰었데이♡"

메이지 시대에 스무 살 여자가 그런 시가를 발표했으니, 세간으로부터 큰 비난을 받은 것 같았다.

게다가──.

"아키코는 이곳, 아마노하시타테 인근에 집이 있는 선배 가인(歌人) 요사노 텟칸과 불륜 관계가 되면서 결국 결혼에 성공하지만, 그런 행동도 세간으로부터 비판받은 기다."

"약탈혼이라는 건가요……."

"실은 텟칸의 전처와 아키코는 당시에 사이가 그렇게 나쁘지 않았다는 것 같데이."

이야기를 들어보니, 오히려 텟칸에게 문제가 있는 것 같았다.

아키코와 재혼한 뒤에도 다른 여자에게 끌렸다고 하는데……왜 그런 쓰레기가 인기가 많은 걸까? 나는 전혀 모르겠어…….

"세간에서 비판을 받으면서도 남편을 뒷바라지했고, 아이를 잔뜩 낳아 길렀으며, 또한 가인으로서도 업적을 남긴다. 내한테 있어 이상적인 인물이데이."

"주위로부터 무슨 말을 듣더라도 자기가 믿는 길을 나아간 거군요. 확실히 대단하다고 생각해요."

실제로 그러는 건 어렵다.

장기만 하면 되는데, 장기판만 보면 되는데, 살다 보면 다른 것에 눈길이 가고 만다.

굴레, 라고 불러야 할까.

그런 것에서 해방되어서 장기만 보려고 프로가 됐는데…… 자신만의 힘으로는 어찌할 수 없는 것이 있다.

근처에 쿠구이 씨가 가장 가고 싶은 장소가 있다고 해서 이 지겨운 길을 다시 터벅터벅 걸었다.

"앗! 저기데이."

"저기인가요?"

조그마한 신사였다.

『아마노하시타테 신사』. 지역 이름이 붙은, 어디에나 있을 법한 신사지만——.

"어? 이 신사…… 좀 이상하지 않아요? 기둥문 위에 돌멩이가 잔뜩 있네요……?"

쿠구이 씨가 그 이유를 설명해 줬다.

"이 기둥문에 돌을 올려놓으면, 소원이 이뤄진다고 한데이."

"와아…… 그래서 이렇게 돌이 놓여 있는 거군요!"

기둥문만이 아니라, 주위를 둘러싼 담에도 돌이 놓여 있었다. 기둥문은 꽤 높은 장소에 있으니, 거기에 손이 닿지 않는 사람들이 타협한 것 같았다.

쿠구이 씨도 돌멩이를 들고 도전해 봤지만——.

"에잇……! 이얍……! 조, 조금만 더……."

아슬아슬하게 닿지 않았다.

그래도 눈요기로는 최고였다.

쿠구이 씨가 껑충껑충 뛸 때마다, 가슴이 출렁출렁하고 시간차로 상하 운동을 하니까요……. 진정한 3대 명승지는 여기 있었다(다른 두 곳은 케이카 씨와 로쿠로바 씨).

"어? 와 몸을 웅크리는데?"

"아, 무릎에 화살을 맞았거든요……."

화살을 맞은 건 다른 부위지만, 아무튼 지금은 몸을 일으킬 수가 없다.

"흐음~?"

쿠구이 씨는 몸을 웅크린 나를 향해 걸어오더니, 선 채로 지그시 내려다보며 말했다.

"누가 목말을 태워주면 닿을 것 같데이."

"목······."

목말······이라고?

"마침 눈앞에, 딱 타기 쉬운 어깨가 있다 아이가."

"······."

시선을 약간 들어보니······쿠구이 씨의, 가녀리면서도 육감미 넘치는 허벅지가 눈에 들어왔다.

저게······ 내 어깨에?!

쿠구이 씨는 몸을 웅크린 내 앞에서 몸을 숙이더니, 빙긋 웃으며 이렇게 말했다.

"목말, 태워줄 거제?"

"네······."

나는 몸을 웅크리고 참수당하는 죄인처럼 고개를 끄덕였다.

그런 내 목에──.

"영······차. 일어서도 된데이."

열기를 머금은 쿠구이 씨의 허벅지와······ 사, 사타구니 부분의 감촉이, 목덜미와 볼을 감쌌다. 우와······ 우와아아아아······!

아까 뛰면서 땀을 흘린 탓일까?

아주, 약간······ 촉촉하게 느껴지는데······.

"하응······!"

안 돼! 요염한 소리 내지 마! 균형 잃을 것 같다고! 겨우겨우 서 있는 거란 말이야!!

"야이치. 다리 좀, 잡아도."

"아, 넵!"

"꺄앗! 더, 더 꼭 잡아 주그라! 흔들거리니, 무섭데이……!"

"도, 돌멩이, 올려놨어요?"

"응."

내가 천천히 몸을 숙이자, 쿠구이 씨가 내 어깨에서 내려왔다. 나는 한동안 몸을 일으키지 못했다. 그거다. 무릎에 대미지가 온 거다.

귀 언저리부터 어깨까지가…… 뜨겁다.

"와 그라노? 내가 그래 무거웠나? 얼굴이 빨개졌데이……."

"아, 아니, 이건…… 좀…… 우, 운동을 했더니 더워서요! 하하하……."

"아! 그럼──."

쿠구이 씨는 그렇게 말하더니, 종종걸음으로 신사에서 조금 떨어진 곳으로 향했다.

거기에는 작은 우물이 있었다.

"순서가 반대가 됐는데, 원래는 참배 전에 이『이소시미즈』로 몸을 정화한데이!"

"이소……시미즈?"

"이즈미 시키부도 노래했던 영험한 샘인 기다. 사면이 바닷물인 곳에 있는데도 짠맛이 나지 않는 청정한 담수가 나서 옛날부터 귀중하게 여겨졌데이."

"듣고 보니 확실히 신기하네요. 바다 위에 있는 모래땅에 판 우물인데, 왜 이런 담수가 나오는 거죠?"

인터넷으로 검색해 보고 싶지만, 유감스럽게도 지갑과 스마트 폰을 유능한 미인 편집자에게 빼앗긴 탓에 그럴 수가 없다.

"그래서 이 이소시미즈에 닿으면 '진정한 모습으로 되돌아간 다'는 전설이 있데이."

"진정한 모습으로……?"

"돌아가 보긋나?"

"네?"

쿠구이 씨는 흐르는 이소시미즈로, 두 손을 정성 들여 씻었다. 정성 들여, 정성 들여…….

나무 사이로 흘러내리는 빛을 받아서 찬란히 빛나는 그 모습을 넋 놓고 쳐다보고 있을 때——.

"자아. 다음은 야이치 차례데이."

"으……!! ……으, 응……."

아직 일어서지 못하는 나에게, 쿠구이 씨는 양손으로 이소시미 즈를 떠서—— 뿌렸다!

"에잇."

"우왓?! 왜, 왜 얼굴에 뿌려?! 차, 차가워! 그만하라고!!"

"그렇지만 야이치한테는 별별 게 다 들러붙어 있다 아이가. 정 성 들여서 구석구석까지 씻어야 할 거데이."

"대, 대체 뭐가 들러붙어 있는데?!"

"나쁜 벌레가 잔뜩 붙어 있데이. 그리고 악령이라든가."

영험한 물로 나를 홀딱 젖게 한 후, 쿠구이 씨는 기대에 찬 눈빛 을 띠었다.

"내 이름을, 불러도."

"쿠구…… 마치, 씨."

"마치."

"마, 마…… 마치……."

"응!"

소녀처럼 순수한 미소를 머금은…… 마치.

그리고 작은 목소리로 중얼거렸다.

"드디어 되찾았데이……."

"되찾아? 뭘? 누구한테서?"

"비밀."

어째서지? 옛날처럼 이름으로 부를 뿐인데…… 죄를 짓는 느낌이 들어서 더 물어볼 수가 없었다.

나는 자리에서 일어난 후, 그 죄책감에서 눈을 돌리려는 듯이 이야기를 이어갔다.

"그, 그런데 마치는 어떤 소원을 빌었어요? 역시 여류명적전 도전자가 되게 해달라고 한 거예요?"

"땡~. 틀렸데이."

"그럼 여류명적을 획득해서 여류 2관이 되게 해달라고?"

"힌트. 야이치와 관련이 있데이."

"나와?"

나는 멈춰 서서 잠시 생각했다.

답은 금방 찾았다. 간단하니 말이다.

"아하…… 맞아요. 그러려고 아마노하시다테까지 왔죠."

쿠구이 씨…… 아니, 마치의 소원.

그것은 바로!

"제 처녀작이 대히트하게 해달라고 빈 거죠?! 맞죠? 네?!"

"비밀이데이. 후후후♡"

"잠깐만! 너, 너무하잖아요! 목말까지 태워 줬으니까, 가르쳐 달라고요!"

"아하하하하! 내 잡아 보그라~♡"

마치는 소녀처럼 웃으면서 소나무 숲을 빠져나가더니, 새하얀 모래사장으로 도망쳤다.

나도 웃으면서 쫓아갔다. 어릴 적으로 돌아간 것처럼, 둘이서 술래잡기를 했다.

"야이치. 내 소원은 아직 말 못 하지만……."

마치는 바닷가에서 나를 돌아보더니…….

"『헝클어진 머리칼』에 수록된 시가 중에서 내가 가장 좋아하는 시가를 가르쳐 주께."

그리고 양손을 가슴에 대더니—— 그 시가를 읊었다.

"가슴속 맑은물 넘쳐흘러 탁해졌네. 너도 죄인 나도 죄인."

마치의 입술에서 새어 나온 시가는, 파도 소리와 함께 바람을 타고 내 귀에 전해졌다.

처음에는, 아름다운 시라고 생각했다.

하지만…… 탁해져? 죄인……?

그런 말이 섞여 있는 게 의외였다.

어떤 의미인지 조사해 보고 싶지만…… 스마트폰을 몰수당한 탓에 그럴 수가 없었고——.

찰칵.

"……?"

멀뚱멀뚱 서 있는 내 얼굴을 카메라로 찍은 마치가 장난스러운 말투로 이렇게 말했다.

"야이치가 원래대로 돌아온 기념사진이데이."

아마노하시다테를 완전히 건너자 선착장이 있었고, 거기서 배를 타고 여관으로 돌아왔다.

우리는 배를 기다리는 동안에 아무 말도 하지 않았지만…… 마치는 정화한 손으로 내 옷을 움켜잡고 있었다.

그 합숙 날 밤처럼…….

⌂ 마지막 열쇠

수증기 너머로 보이는 멋진 남자에게, 나는 미소를 지으며 인사를 건넸다.

"안녕. 가게 주인이라고 가장 먼저 목욕탕을 이용하나 보지? 좋겠는걸!"

"나타기리, 너……."

"후후♡ 와버렸어!"

갑자기 장려회 동기가 알몸으로 눈앞에 나타나자,《휘젓기의

©shirabii

마에스트로)도 놀란 것 같은걸?

어깨까지 물에 몸을 담갔던 오이시 미츠루는 거북한 듯이 나한테서 고개를 돌렸다.

"오지 말라는 건 아니지만, 타이밍을 가려. 좀 있으면 순위전에서 붙을 거잖아……."

"평소 같으면 나도 그 정도는 배려할 거야."

아무리 친한 사이라도 대국을 앞두면 인사조차 주고받지 않고, 연구회도 중단한다.

특히 오이시는 투지를 중시하기에 그런 경향이 강하다.

"하지만 지금은…… 다른 장기를 생각할 여유가 없어."

나는 물을 퍼서 몸에 끼었었다.

오이시가 좋아하는, 피부가 타들어 가는 듯한 뜨거운 물이다. 하지만 그것조차도 나는 미지근하게 느껴졌다.

"옆에 앉아도 될까?"

"들어오기 전에 물으라고……."

"하지만 들어오기 전에 물어보면 안 된다고 할 거잖아? 항상 그랬는걸."

처음 이 『싱글벙글 탕』에 온 것은 장려회 3단 리그에서 경쟁하던 시절이다.

당시의 나는 칸사이에 원정을 올 때마다 장기회관의 다다미방에서 묵었다. 지급된 원정비를 조금이라도 생활비로 돌리기 위해서다.

그런 나에게 말을 건 사람이 오이시였다.

『우리 집에 오겠어? 목욕 정도는 시켜 주지.』

목욕탕 일을 도우면 목욕탕을 쓰게 해 주고, 밥도 내주었다. 그리고 기분이 좋을 때면 본인의 일품 몰이비차도 보여줬다.

최고로 행복한 시간이었다.

목욕 후에 함께 마신, 새하얗고 신선한 우유의 맛⋯⋯

그것이 나의 어두컴컴한 수행 시절을 통틀어 가장 빛나던 추억이었다.

그래서 나는 대중목욕탕을 좋아한다.

다양한 만남을 갈구하며, 목욕탕 순례를 하는 것이 취미가 됐다⋯⋯

뜨거운 수증기와 추억에 젖은 나에게 오이시가 말을 건넨다.

"풀세트⋯⋯가, 됐다면서?"

"풀세트까지 갔어⋯⋯. 그 전에 결판을 못 냈거든. 우세한 국면도 있었는데, 어찌 된 건지 마지막에는 지고 말았지 뭐야⋯⋯."

반왕전 제4국.

어제 토쿠시마에서 치른 그 장기는 종반 직전까지 내가 우세했다.

"하지만 정신을 차리고 보니 지고 말았어."

감상전에서 패인을 분석해 봐도, 컴퓨터에 물어봐도, 어째서 졌는지 지금도 알 수 없다.

승리로 이어지는 수순은, 대국 중에도 읽어냈다. 나도 읽어낼 수 있었다.

하지만 어째서 그 수순을 두지 못한 건지는…… 컴퓨터도 알지 못했다.

"이번 타이틀전에서, 내가 본 적 없는 그 사람의 얼굴을 볼 수 있었어. 겨우 그 사람의 가장 깊은 곳에 있는 얼굴을 봤다고 생각했는데……더 깊은 곳에서, 또 다른 얼굴이 나타난 거야."

인간의 승부술.

그 극한을 본 느낌이었다.

" '완전히 간파했다'고 보고 조준을 맞췄는데, 다른 데서 날아온 기습에 당한 거지. 넘쳐나던 자신감이 지금은 가루가 되었어. 최종국에서 어떻게 싸우면 될지 모르겠다니깐."

"나도 그 사람한테서 타이틀을 빼앗았지만, 그 뒤로 다시 빼앗긴 데다가 통산 성적에서도 밀리고 있어. 그 사람은 더 강해지고 있겠지. 정말 이해가 안 돼."

"더 강해지는 건가……. 후후. 좀 봐줬으면 싶은걸."

"그래. 위나 아래나 괴물 천지지. 진짜로 좀 봐줬으면 좋겠다고……."

『틈바구니 세대』라고, 우리는 불린다.

명인을 비롯한 위대한 기사가 우글거린 황금 세대와 쿠즈류 야이치를 필두로 두각을 보이고 있는 신세대 사이에서 이리저리 치이는 불행한 세대라는 뜻이다. 한 번도 자신들의 시대를 만들지 못한 세대로 여겨지고 있다.

이대로는 그런 평가를 받으며 끝나고 말 것이다.

하지만…….

"그러고 보니 키요타키 씨한테서 들었어. 네가 아이 양을 맡았다며?"

"응. 내 연구용 방에서 여류기사가 살거든. 한 명을 두든 두 명을 두든 별반 다를 게 없다 싶지 뭐야."

"갑자기 칸토로 이적한다는 이야기를 듣고 걱정했는데⋯⋯ 뭐, 네 집에서 지내는 건 불행 중 다행이군."

불행은 좀 심한 말 아니려나?

"가끔은 나와 아스카한테도 연락하라고 전해 줘. 아이 양은 지금도 이『싱글벙글 탕』의 소중한 멤버거든⋯⋯."

그러고 보니 아이 양은 때때로 싱글벙글 중비차를 둔다.

앉은비차파인데도 센스가 좋은 휘젓기를 보인다 했더니⋯⋯ 《휘젓기의 마에스트로》에게 전수받은 거라면 납득이 되는걸.

"그런데 야이치 군은 어쩌고 있어? 아이 양이 없어져서 풀이 죽었으려나?"

"행방불명이야."

"뭐?"

"며칠 전부터 연락조차 안 돼. 케이카가 걱정되어서 집에 가보니 아파트에『철거 예정』이라는 팻말이 세워져 있었고, 며칠 전에 퇴거했다지 뭐야. 그래서 난리가 났어. 내 딸도 놀란 건지 그 동네 전봇대에 야이치의 얼굴 사진이 실린 전단지를 붙이려고 했지⋯⋯."

집을 나간 새끼 고양이를 찾는 것 같네.

"야이치 군은 소라 양을 찾으러 간 걸까?"

"그럼 어쩔 건데? 사내답지 못하다며 경멸할 거냐?"

"예전이라면 그랬을지도 몰라. 하늘이 내린 재능을 지녔으면서 장기에만 집중하지 못하는 건 재능에 대한 모독이라고 말이야."

"지금은 다르단 건가?"

"그렇게 엄청난 성장을 보여주고 있으니, 내가 틀렸다는 걸 인정할 수밖에 없지 않겠어?"

나는 야이치 군의 프로 데뷔전 상대였다.

그때는 솔직히 말해 '겨우 이것밖에 안 되나.' 라고 생각했다.

평가가 바뀐 것은 용왕 타이틀을 딴 후……라고 생각했지만, 아무래도 아닌 것 같다.

타이틀 획득은 주위에서 보는 눈을 바꿨을 뿐이다.

진정으로 그가 변화, 아니 『진화』한 것은———.

"야이치 군의 대단한 점은 자기만이 아니라 주위 인간도 함께 성장시킨다는 거야. 다음 기에 A급 입성이 거의 확실한 칸나베 아유무 군과 함께 앞으로도 자기 세대를 견인할 테고, 여류기사 중에도 츠키요미자카 양과 쿠구이 양이 영향을 받았지. 그리고 소라 긴코 양도 있어. 그 밖에는———."

"두 명의 『아이』……인가."

그렇다. 두 제자의 존재가 야이치 군을 크게 바꿨다.

야이치 군의 기풍 변화와 성장 타이밍을 보고, 나는 그렇게 확신했다.

그래서 그중 한 명과 접촉했다.

내 약점인 종반력에 특화된 히나츠루 아이 양과.

인터넷 연구회만으로 바로 효과가 나타났다.

반왕전에서 타이틀 도전자가 되었고, 다른 기전에서도 선전하고 있다.

"그러고 보니 오이시 군도 카고시마에 호마행을 가서 소식이 끊긴 적이 있었지? 그건 의미가 있었어?"

"목욕탕 일을 힘들게 여기지 않게 됐으니 의미가 있지 않으려나. 열기에도 내성이 생겼거든."

"장기에서, 말이야."

"장기 실력이 늘려면 장기를 두는 수밖에 없잖아."

무슨 멍청한 소리를 하냐고 말하는 투였기에 머쓱해졌다. 후후…… 그런 태도도 좋아하거든?

"오이시 군은 명인에게 세 번 도전해서 깨진 뒤, 네 번째 도전에서 겨우 타이틀을 땄지?"

"그래……. 어떻게 명인한테서 타이틀을 빼앗는지 물어보려고 온 거야?"

"아니야. 묻고 싶은 건 세 번째 도전 때야."

"아앙?"

세 번째 도전에서, 오이시는 명인과 대등하게 싸웠다. 그리고 풀세트 접전까지 갔고…… 마지막에 이르러서 힘이 다하고 말았다.

그때 무엇을 느꼈는지 물어보고 싶었다. 나도 마찬가지로 풀세트까지 갔으니 말이다.

다음에는 이길 수 있다고 여겼을까, 아니면——.

"풀세트에서 지면, 어떤 느낌이지?"

"그래……."

뜨거운 물을 양손으로 뜨더니, 얼굴에 끼얹었다.

그 후에 이런 비유를 했다.

"가장 높고 험준한 산꼭대기에 있는, 오두막을 떠올려 봐."

"응."

"몇 번이나 절벽에서 미끄러지면서도, 어찌어찌 그 오두막 앞에 도착했어."

"응."

"하지만 그 순간, 눈치챈 거야……. 열쇠를 집에 두고 왔다는 걸 말이지."

"괴롭겠네."

"괴롭지."

겨우겨우 꼭대기까지 올라왔는데 아무런 성과 없이 열쇠를 가지러 다시 집에 갔다가 다시 산에 올라야만 한다.

그것은 평범하게 산기슭에서 도전하는 것보다 훨씬 힘들 거야.

그래…….

"한 번도 못 이기고 연패로 지는 것보다 상처가 더 깊어. 완패하는 것보다도 마지막에 돈사해서 역전패를 당했을 때 분한 것과 마찬가지지. 솔직히 말해, 풀세트까지 오면 이기는 것 말고는 편해질 방법이 없다고."

"오이시 군은 참 엄격하네……. 옛날에도 그랬어. 달콤한 말은 절대로 해 주지 않았다니깐……."

"그게 칸사이 스타일이거든."

장려회 시절에 들은 적이 있다.

칸사이 장려회에서는 장래가 유망할수록 칭찬해 주지 않고 따끔한 말을 한다고 한다. 다 같이 그렇게 몰아붙여서, 재능을 키우는 것이다.

"촌스럽고, 끈질기지만…… 오지랖이 넓고 억지스러운 게 칸사이 방식이야. 너는 고상한 척하는 칸토 놈들보다 칸사이의 물이 더 맞을 거라고 옛날부터 생각했어. 그러니까──."

"그러니까?"

"네 마지막 열쇠는, 네가 아니라 다른 누군가가 가지고 있을지도 모르겠군."

내가 아니라…… 다른 누군가가?

자기 자신이 아닌 다른 누군가를 위해 싸우라는 걸까?

팬을 위해서나, 가족을 위해서?

"자기를 위해서만 싸울 수 있다고 여기는 녀석일수록, 실은 타인을 위해서 더 강한 힘을 발휘하는 법이야. 뭐…… 시험해 보라는 건 아니야."

"고마워, 오이시. 맞다! 답례로 등을 밀어 줄게!"

"됐어."

후후! 부끄러워하기는 ♡

"그래도, 곤란하게 됐는걸."

"뭐가?"

"오이시가 말해 준 마지막 열쇠 말인데…… 나는 이미 가지고 있는 것 같아."

♟ 당신 눈에 비치는 것

아마노하시다테 신사에 다녀온 뒤로도 내 통조림 집필 생활은 목욕 직후 마치의 알몸을 목격한다는 두근두근☆해프닝을 제외하면 야릇한 전개 없이 담담하게 이어졌다. 딱히 아쉽지는 않거든? 쾌적한 집필 환경에 감사하고 있거든?!

서반 중반의 집필도 얼추 끝났고, 남은 건 종반뿐이다.

"이제 거의 다 됐데이. 오늘 밤에는 게라도 먹으면서 기력을 보충하고, 라스트 스퍼트에 대비하는 기다."

"만세!"

한겨울 바다의 별미라고 하면 게다.

지옥이나 다름없는 집필방을 오래간만에 나선 나와 마치는 여관 식당에서 게를 탐닉했다. 게 다리를 부러뜨리는 소리만이 주위에 울려 퍼졌다…….

"아, 맞다. 게 하니까——."

"게 하니까? 뭐꼬?"

"마치는 소프트가 완벽한 종반을 둘 수 있을 거라고 생각해?"

"응? 그게 게와 무슨 상관이고?"

그러고 보니 다른 사람이 들으면 그게 게와 무슨 상관인지 모를 것이다.

하지만 나는 게를 보면 떠올리는 존재가 있어서…… 쌓여 있는 게 껍질을 응시하면서 설명했다.

"내 생각은 좀 달라. 소프트는 인간과 다른 접근 방식으로 강해져. 그러니 인간이 두기 어려운 장기를 둘 수 있지만, 완벽과는 거리가 먼 거야."

"찾기 어려운 구멍이 억수로 많다는 기가?"

"응. 소프트도 어려워하는 국면이 있고, 그게 현저히 드러나는 게 몰이비차의 종반 외통수 형국일 거라고 생각해."

"소프트는 자가 대국으로 앉은비차를 학습하고 있는 만큼, 몰이비차의 평가치가 미묘하다는 건 안데이."

게 속을 파낸 숟가락을 입에 물고서, 마치는 고개를 갸웃했다.

"캐도 종반이 특기인 건 사실 아이가? 많은 수를 둬야 하는 외통수를 읽지 못한다는 기가? 야이치가 제위전 제1국에서 보여 줬던 7칠동비성 같은…….

"많은 수를 둬야 한다기보다……으음…… 어려워하는 형국이라고 표현할 수밖에 없네. 인간에 비유하면 『맹점』 같은 거야. 간단한 다섯 수 외통수도 눈치 못 챌 때가 있잖아?"

"장기 묘수풀이 문제 중에는 있데이. 하지만 실전에는——."

"출현하지 않았어. 지금까지는 말이지."

자연스레 목소리에 힘이 들어갔다.

"하지만 그것은 인간에게 잘 보이지 않는 외통수가 드러나지 않게 장기를 짜나가기 때문이야. 구체적으로 예를 들어서, 동굴곰으로 자기 옥이 절대 잡히지 않는 상태로 만들면 외통수가 보이지 않더라도 문제가 될 게 없어."

"아하. 내가 알기 쉬운 비유데이."

그 밖에도 '특정 장기말을 내주지 않는 이상 패하지 않는' 상태는 인간도 파악하기 쉽다. *계Z이나 각Z이라고 불리는 상태다.

"한편 소프트는 계산력에 자신이 있으니까 싸기를 철저하게 하지 않아. 서반과 중반도 다르니까, 종반 국면에서도 인간의 장기와는 다른 형국이 등장해. 안 그래?"

"앗……!"

"그렇게 출현하는 소프트와 소프트 사이의 장기 종반에선 인간이라면 읽을 수 있는데 소프트는 어째선지 놓치는 외통수가 있는 거야. 구체적으로는 대마를 그냥 버리는 듯한 외통수를 놓치는 경우가 많아. 그야말로 장기 묘수풀이에서 나올 법한 거지. 이유는 잘 모르겠지만 말이야."

나는 냄비에서 끓는 게를 보면서 말했다.

그런 외통수를 잘 찾아내는 게…….

"아무튼 지금은 인간이 소프트를 너무 신용한 바람에, 소프트의 장기에 발생한 구멍을 놓치는 경우가 있는 듯한 느낌이 들어."

"신용……인 기가."

"다들 신용하니까 유행이 발생해. 그 유행에 따르면 성적이 좋아지고, 따르지 않으면 나빠지는 거야."

당연히 그 혜택을 가장 많이 받는 건 유행을 만들어낸 자다.

---

* Z : '절' 대로 궁지에 몰리지 않는다는 뜻으로 쓰는 일본 장기 용어.

"예전에는 명인이 그랬고. 그래서 명인이 읽기 쉬운 국면이 프로 장기에서 표준이 됐지 않을까?"

"올라운더인 명인이 지금의 소프트와 같은 위치였다는 기가? 그게 명인만 타이틀을 계속 차지해온 비결······?"

"그래. 명인은 혁명적인 서반 전술을 창조하지는 않았지만, 온갖 전법으로 개량안을 내놨어. 하지만 그 개량안은 장기의 진리에 다가갔다기보다——."

"정밀도를 올리면서, 명인이 두기 쉬운 형태로 만들었다······. 이 말인 기가?"

"게다가 명인에게는 자기 장기관을 유행시키기 위한 도구가 있었어. 다른 기사와는 압도적으로 다른······ 그야말로 기력 이상으로 차원이 다른 그 발신력을 활용할 수 있는 도구 말이야."

"책."

마치의 그 짧막한 대답을, 나는 게의 다리를 부러뜨리면서 긍정했다.

"전법서는 물론이고, 승부술과 인생관을 이야기한 서적도 베스트셀러가 됐잖아. 어느새 장기계는 장기만이 아니라 삶 그 자체도 명인을 따라 하기 시작했지. 자신의 라이프 스타일이 전장에 반영되고 있으니, 이기기 쉬운 게 당연하지 않겠어?"

물론 명인이 그것을 일부러 노렸다고는 보기 어렵다.

단기적으로 볼 때 연구를 공표하는 건 불리하며, 책을 쓰는 건 상상하는 것보다 시간과 노력이 많이 든다. 그러니 이것은 결과론에 지나지 않는다.

하지만 이 세상은 결과가 전부다.

"우리 칸사이는 옛날부터 힘겨루기란 이름으로 서반을 너무 대충 했잖아. 자유도가 높은 만큼, 소프트의 장기를 흡수할 여백이 있었어."

통산 성적으로 내가 명인에게 앞서는 이유가 바로 이것이리라.

나이나 재능 차이보다, 환경 차이가 크다.

"그리고 무엇보다…… 촌스럽고 끈질긴 우리 칸사이 기사가, 명인의 스마트한 삶을 따라 하는 건 무리거든!"

"야이치의 눈에는…… 세상이 그렇게 비치는 기가."

"뭐? 세상?"

"야이치의 눈에 비치는 걸, 더 가르쳐도."

마치는 내 눈을 지그시 응시했다.

옛날부터 이 애는 내 얼굴을 지그시 쳐다볼 때가 있었다. 장기를 둘 때도 장기판 너머에서 내 얼굴을 쳐다볼 때가 많았고, 문득 얼굴올 들었더니 시선이 마주치는 일……도 몇 번이나 있었으며, 그때마다 나는 허둥지둥 시선을 돌렸다…….

"뭐, 뭐어…… 인간과 인간 사이의 장기가 그렇게 되는 건 나중일일 거라고 생각해. 상대가 따라오지 못하면 그런 종반에 이르지 못하거든."

"하지만 편집자로서는 쿠즈류 노트가 출판되면 그런 세상이 실현될 거라는 믿음이 든데이. 이 세상을 근본부터 바까부릴 듯한 믿음이……."

항상 냉철한 마치는 웬일인지 자기 말에 도취된 것 같았다. 피로 탓에 텐션이 상승한 걸까?

눈가는 촉촉했고, 피부는 방금 목욕한 사람처럼 상기됐다. 너무 요염한 탓에 가슴이 두근거린 나는 시선을 돌렸다.

"지적 재산을 오픈해서 장래적으로 시장을 독점한다. 그런 전략을 취한 기업이 급성장하듯, 야이치의 혁신적인 장기관을 책에 담아서 명인에 필적하는 장기 집권을…… 아니야! 명인보다 젊은 나이에 타이틀을 획득한 야이치라면, 명인을 능가하는 대기록을 수립하는 것도 가능할 기다! 내, 보고 싶데이……야이치가 명인보다 젊은 나이에 모든 타이틀을 동시에 제패하는 모습을……."

"그렇게 되면 좋겠네."

"그걸 위해서라도……."

마치는 씨익 웃으며 볼에 손을 대더니…….

"오늘 밤도 안 재울 거데이. 우리 소중한 아를 빨리 만들기 위해, 오늘도 힘써도♡"

디저트를 가려온 여관 직원분이 '어머나♡' 하고 말하듯 웃음을 참더니, 어째선지 영양 드링크도 가져다줬다.

오해한 게 분명해…….

🏠 포효

1분 간격으로 화면에 비친 남자의 손이 아까보다 크게 떨렸다.

"명인…… 아니, 반왕이 손이 떨렸어! 선수의 승리인가?!"

반왕전 제5국.

풀세트에 이른 대국은 도쿄 장기회관 특별대국실에서 치러지고 있으며, 나는 로쿠로바 선생님과 함께 검토실이 된 『계의 방』에서 승부의 행방을 지켜보고 있다.

이 계의 방은 특별대국실과 같은 4층에 있다. 즉, 이 방의 바로 옆에서 타이틀전이 치러지고 잇는 것이다.

그런 긴박한 공기 속에서——.

"어, 어때? 히나츠루…… 양. 카, 칸토에는…… 이제 익숙해졌어……?"

여류기사인 가쿠메키 츠바사 선생님이 나에게 말을 건네줬다.

여류명적 리그 입성이 걸린 중요한 일전에서 붙었던 엄청 센 선생님이지만, 오늘 계의 방에서 나와 재회하고는 친절하게 말을 걸어 주었다.

그게 너무 기뻐서, 검토보다 수다를 우선하고 말았다.

"칸사이 장기회관의 기사실은 대국실과 다른 층에 있거든요. 그래서 이렇게 근처에서 검토한다는 게 놀라워요. 저기…… 저희 목소리가 들리진 않나요?"

"그렇구나……. 응. 큰 소리를 내면 들리기도, 해……. 하지만 대국자는 집중하니까 영향은 없을…… 거야……."

"고마워요, 가쿠메키 선생님! 아, 저는 '아이'라고 부르셔도 돼요!"

"에헤. 히헤헤…… 그, 그럼 나도…… 츠, 츠츠, 츠…… 츠바사라고…… 불러 줄래? 여류기사 되는 타이밍, 거의 같았으니까…… 그리고 나는 여류 1급이라, 아, 아아, 아이…… 양……
보다, 밑……이잖아…….”

“네! 잘 부탁드려요, 츠바사 씨!”

“아, 아이 양…… 친……구…… 헤……! 헤헤헤……♡”

츠바사 씨는 전직 장려회 2급이다.

기록 담당도 많이 해서, 여류기사들이 들어가기 힘든 계의 방
에서도 프로 선생님들과 함께 대국을 검토하고 있다.

나도 츠바사 씨처럼 여기 단골이 될 수 있게 힘내야지!

“어때? 진진이 이길 수 있겠어?”

로쿠로바 선생님은 검토용 장기판이 아니라, 대국실을 중계하
는 모니터와 기자가 가지고 온 노트북 컴퓨터를 뚫어지게 쳐다
보고 있다.

이미 쌍방은 1분 장기에 접어들었다.

선수인 명인은 요즘 유행하는 몰이비차의 망루를 지향했지만,
후수인 나타기리 선생님도 급전 망루로 격전을 벌이는 길을 선
택했다.

물밑에서 펼쳐지는 연구 수순을 아낌없이 투입해서, 나타기리
선생님은 불리한 후수인데도 호각의 형세를 마지막 국면까지 유
지했다.

그리고——.

“후수가 서서히 차이를 벌리고 있어요! 나타기리, 우세!!”

장기 소프트웨어가 내놓은 평가치가 점점 나타기리의 우세를
가리키고 있었다.

"어째서지?! 명인의 손은 계속 떨리고 있는데…… 외통수를 읽은 게 아닌 건가?!"

"명인조차 형세 판단을 실수할 만큼 어려운 국면인 게……?"

반왕을 무심코 익숙한 호칭인 『명인』이라 부르고 말 만큼, 다들 침착함을 잃었다.

로쿠로바 선생님이 내 어깨에 손을 얹으며 귓속말로 속삭였다.

"단련한 종반력 덕분에 앞서 나가고 있어. 네 덕분에 진진이 이길지도 몰라."

"……."

하지만, 이건……?

이렇게, 이렇게, 이렇게이렇게이렇게이렇게이렇게…….

"나, 나왔습니다!! 후수, 승세입니다!! 나타기리 8단이 실수만 하지 않는다면…… 타이틀 탈취입니다!!"

로쿠로바 선생님은 내 어깨에 얹은 손을 쥐더니……

"차지한 거야?! 처, 첫 타이틀을……?!"

"아뇨."

나는 옆에서 컴퓨터의 화면을 확인한 후, 즉시 다른 결론을 내놨다.

"이건 평가치가 잘못됐어요. 아마 컴퓨터 씨는 후수의 옥을 잡는 외통수를 놓쳤을 거예요."

"하, 하지만 소프트가 진진의 승세라고 했잖아! 그리고 그런 외통수가 어디 있는데?!"

"여기에——."

나는 검토용 대국판을 향해 손을 뻗었다.

"용을 버리고 후수 옥을 잡는 수순이 있어요."

""어……?!""

알려주면 바로 눈치챌 수 있는, 평범한 수순이다.

하지만 장기 소프트웨어에선 '외통수가 없다'고 하니까, 다들 그게 보이지 않는 것이다. 칸사이 기사실에서도 이런 일이 자주 있었다.

"외통수를 놓친 거예요. 종종 있거든요?"

나는 약간 우쭐대듯 말했다.

도쿄에 온 후로 장기회관에서 이렇게 많은 사람과 이야기한 적이 없다.

하지만.

칭찬받을 줄 알았는데, 다들 나를…… 기분 나쁜 생물을 보듯 쳐다보며——.

"장기 소프트가 놓친 외통수를, 초등학생이……? 노, 농담하는 거지……?"

"아, 아니…… 저 애가 말한 것처럼, 소프트는 단시간이 되면 깊이 읽지 않으니까…… 긴 외통수를 놓치는 일이 흔하게 일어나긴 해……."

"하지만…… 여기에 프로 기사가 몇 명이나 있지? 그중 누구도 그걸 읽지 못했잖아? 그, 그걸, 이런——."

가장 격렬한 반응을 보인 사람은 정면에 앉아 있는 츠바사 씨였다.

"으……!!"

양손으로 입을 막으며 방구석으로 굴러가더니, 격렬하게 헛구역질을 했다.

"츠, 츠바사 씨?! 괜찮으세요?!"

"괘……괜찮……아……. 헤헤헤…… 아, 아이 양은 대단하네……. 절망……하겠어……."

로쿠로바 선생님은 얼굴이 새파랗게 질린 츠바사 씨의 등을 문질러 주면서 한숨 섞인 어조로 말했다.

"《불멸의 츠바사》에게 트라우마를 심어주다니…… 백설공주라도 마음이 꺾일 거야. 마왕님은 용케 이렇게 잔혹한 재능을 곁에서 두고 길러냈구나……."

"잔혹해요? 그저 장기 묘수풀이를 풀었을 뿐인데요?"

"잔혹할 정도로 순진하네."

로쿠로바 선생님이 그렇게 말하자, 나는 그제야 자기가 한 짓이 뭔지 눈치챘다.

"아……?!"

나…… 은인의 패배를, 우쭐대며 지적했어…….

그 직후.

명인의 손이, 내가 말한 대로 용을 버리는 수를 감행했다.

장기말을 쥔 손이 크게 떨리고 있었다. 도중에 용을 놓칠 것만 같을 정도로…….

""오오오오오오오오오오오오오오오오오오오?!""

컴퓨터의 평가가 반전되어 선수 승리를 알리자, 검토실이 술렁거렸다. 대국실까지 전해질 정도로…….

그리고 화면 안의 나타기리 선생님한테서, 급속도로 열기가 빠져나가는 것을 알 수 있었다.

등을 꼿꼿이 세우고 옷매무새를 바로잡은 다음 컵에 물을 따랐다.

그 물을 마신 후──.

『졌습니다.』

다음 수를 두지 않고 도전자는 투료를 고했다.

그리고 곧 승자에게 이렇게 물었다.

『어디가 나빴던 겁니까? 저는 모르겠습니다. 어째서…… 졌는지를 말이죠.』

감상전은 방금까지의 격전과 달리 화기애애한 분위기 속에서 이루어졌다.

나와 로쿠로바 선생님도 보도진 뒤쪽에 있는 특별대국실 구석에 앉아서 그 모습을 견학하고 있었지만, 저렇게 훈훈한 감상전은 평범한 공식전에서도 볼 수 없다.

원래 명인과 나타기리 선생님은 연구 파트너이며, 두 사람이 서로를 존경하고 있다는 건 이렇게 같은 방에 있기만 해도 느껴졌다.

멋진 관계라고 생각한다.

그 덕분에 도전에 실패한 나타기리 선생님도 금방 미소를 지었고, 긍정적인 태도로 패인을 검토할 수 있었다.

간발의 차이로 염원하던 첫 타이틀을 놓쳤는데…… 이 순간부터 다시 앞을 보고 있다는 사실에 나는 감동했다. 그 강한 마음이 눈부셨다.

"강하시네요. 나타기리 선생님은 정말…… 대단해요."

"……"

내 말에, 로쿠로바 선생님은 대꾸하지 않았다.

뒤풀이를 위해 감상전은 30분 만에 끝났고, 두 대국자는 옷을 갈아입기 위해 대기실로 향했다.

그러자, 보도진과 관계자가 이런 대화를 나눴다.

"결국 저 세대에선 오이시 미츠루와 오키토 요우 두 사람만 타이틀을 땄는걸."

"그 오이시도 지금은 타이틀이 없고, 오키토도 옥장뿐이잖아. 아래 세대의 시노쿠보 타이시가 먼저 타이틀을 따버렸고, 레이팅도 칸나베 아유무가 낫잖아? 마지막 기회일 거야……."

"게다가 그 칸사이의 천재가 곧 모든 타이틀을 차지할걸? 《서쪽의 마왕》이 말이지."

"가장 손해 보는 세대야. 불쌍하네."

그런 소리를 여기서 하지 않아도 될 텐데…….

용왕전에서 사부님이 명인에게 3연패를 했던 때를 떠올렸다.

좋아~! 뒤풀이 자리에서 나타기리 선생님에게 저런 말이 전해지지 않도록, 나와 로쿠로바 선생님이 차단해야지!

"가자."

"어……."

가? 벌써?

게다가──.

"나타기리 선생님과 함께 가지 않을 거예요?"

"잔말 마."

꾸욱! 로쿠로바 선생님은 예상보다 더 세게 내 팔을 잡아당기더니, 밝은 목소리로 주위 사람에게 이렇게 말했다.

"저기요~. 초등학생은 잘 시간이니까 먼저 가 볼게요~."

"어이어이. 여대생은 뒤풀이에 참가하지 않는 거야?"

"여대생도 여류명적 리그 최종전을 앞두고 있으니 집에 가 볼게요☆"

관계자의 만류를 요리조리 피한 로쿠로바 선생님은 나를 질질 끌며 장기회관을 나섰다.

나타기리 선생님을 남겨둔 채…….

귀가하자, 로쿠로바 선생님은 바로 옷을 벗기 시작했다.

"자, 빨리 씻고 잠이나 자자."

"네? 나타기리 선생님을 안 기다리고요?"

그 순간, 처음으로 분노가 느껴졌다.

활기차게 감상전을 치렀지만, 나타기리 선생님도 실은 상처를 입었을 것이다. 그런데 자기 대국이 있으니 일찌감치 잠을 청하는 거야?

아무리 그래도 너무 매정해!

그렇게 빨리 자고 싶으면 자기만 자면 될 거 아니야!

"저는…… 사부님이 졌을 땐, 따뜻한 식사와 목욕을 준비해놔요. 늦은 시간까지 안 잤다 혼나기도 했지만…… 하다못해 간단한 식사라도 나타기리 선생님을 위해 준비——."

"그러지 마."

절박한 목소리였다.

화났다기보다…… 오히려 애원에 가까운 목소리와 표정이었기에, 나는 깜짝 놀라서 아무 말도 하지 못했다.

결국 둘이서 샤워를 했다. 로쿠로바 선생님의 특정 부위는 케이카 씨와 좋은 승부를 벌일 수 있을 것 같았다…….

"자, 이제 자자. 오늘은 너도 여기서 자."

잠옷으로 갈아입자, 내가 침대에서 잘 수 있도록 옆으로 몸을 옮기면서 그렇게 말했다.

"어?! 로, 로쿠로바 선생님과 함께 침대에서 자는 건가요?!"

갑자기 왜?! 목욕도 같이 했고……갑자기 이렇게 가까워지니, 기쁘다기보다 당혹스러웠다.

"저는 바닥에서 자도——."

"그냥 시키는 대로 해. 불 끌게."

로쿠로바 선생님은 내 팔을 잡아당기듯 침대로 데려갔다. 어버버…….

그리고 바로 불을 껐다.

타이틀전의 긴장 탓에 흥분된 상태지만, 목욕한 덕분에 진정된 것 같았다.

게다가 오래간만에 누운 침대는 참 푹신했고, 로쿠로바 선생님의 가슴은 더 푹신하고 체온이 따뜻해서…… 금방 잠들어 버릴 것 같아…….

하아암~…… 꾸벅꾸벅…….

결국 금방 잠들어서, 한 시간? 두 시간 정도 잤을 즈음——.

으허어어어어어어어엉. 으허어어어어어어어어엉.

짐승 같은 포효가 들렸다.

"윽?!……어?"

놀란 나머지 졸음이 싹 가신 나는 떨면서 귀를 기울였다.

으허어어어어어엉. 으허어어어어어어어엉.

이제까지의 인생에서 한 번도 들어본 적 없는 기묘한 소리였다. 동요한 나는 무심코 침대에서 굴러떨어질 뻔했다.

"히익…… 이, 이게 무슨——."

"쉿!……조용히 해."

로쿠로바 선생님은 겁에 질린 나를 꼭 안아주며 귓가에서 속삭였다.

"이대로 잠을 자. 기척을 죽이고…… 그래. 괜찮아…….."

"……."

처음에는…… 커다란 동물이 울부짖는다고 생각했다.

인간이 내는 소리 같지 않았으니까.

하지만 듣다 보니 점점 혼란스러워졌다…….

왜냐하면…… 그 목소리가 귀에 익었으니까.

"어? ……이건, 나타기리…… 선생님……?"

으허어어어어어어어엉. 으허어어어어어어어어어엉.

옆방에서 벽 너머로 들려오는 그 포효는, 이성이 없다고 해도 과언이 아니었다.

상냥하고, 온화하며, 항상 여유 넘치는 나타기리 선생님이 이런 소리를 낼 거라고는…… 상상조차 할 수 없어서…….

목소리가 커졌다 작아졌다 했고, 격해졌다 약해졌다 했으며, 훌쩍거림까지 들려오며…… 꽤 오랫동안 이어졌다.

로쿠로바 선생님이 나를 안은 팔에서 힘을 빼고 입을 열었다.

"그렇게 노력하는데도 정상급인 상대와 붙으면 질 때가 많아. 네 스승은 이길 때가 더 많고, 지더라도 그 상대는 자기보다 훨씬 나이가 많잖아? '언젠가 이길 수 있다'는 마음의 여유가 있어."

"……."

"하지만 진진은 이제 물러날 곳이 없는 거야."

계의 방에서 관계자들이 한 것과 같은 말을, 로쿠로바 선생님도 말했다.

그래서 나는 반론하려 했다.

나타기리 선생님은 타이틀을 거의 다 땄었잖아요!

다음에는 분명 이길 수 있어요! 명인한테라도, 분명……!!

하지만 다음 말을 듣고…… 입을 다물 수밖에 없었다.

"네 스승에게 졌을 때는 더 심했어. 그걸로 세대교체의 파도가 밀려오고 있다는 걸 통감했을 거야."

"……!"

"윗세대를 이기지 못했고, 우물쭈물하는 사이에 아랫세대에서도 타이틀 보유자가 나왔어……. 게다가 열여섯 살에 첫 타이틀을 따고, 열여덟 살에 2관이 된 괴물이지. 내년에는 몇 관이 되려나?"

나는 스승의 승리를 가장 원한다.

스승은 항상 그 마음에 부응해 줬다. 필사적으로 노력하면 넘을 수 없는 벽이 없다는 것을 가르쳐 줬다.

그래서…….

그래서 스승이 다른 누군가의 벽이 된다는 생각을…… 해 본 적이, 없다…….

"타이틀이 필요한 거야. 딱 한 번이라도 좋으니까…… 누구한테도 지지 않았다는 훈장을 구하려고 해. 그게 있으면……."

"있으면……?"

"조금은…… 자신을 용서할 수 있을 테니까. 편하게 살 수 있을 테니까……."

오사카에 살던 시절의 나라면 그 대답을 듣고 고개를 갸웃거렸을 것이다.

왜냐하면 장기로 먹고 사는 건 즐거운 일 천지이며, 조금도 괴롭지 않다. 졌을 때는 분하고, 울 때도 있다. 하지만 '편해진다'는 것은 바라지 않았고, 오히려 괴로울 때야말로 더 뜨거워졌다.

하지만…… 지금은 아주 조금 이해가 됐다.

1등이 되지 못하는 괴로움을.

조여드는 가슴의 아픔을.

이 가슴의 괴로움이 쭉, 쭉…… 사라지지 않을 거란 사실을 알았을 때의, 초조함과 절망감을.

그것을 알았기에, 나는…… 스승의 곁을 떠나서, 도쿄에 온 것이다.

"타이틀을 따게 해 주고 싶어."

희미하게 떨리는 목소리로, 로쿠로바 선생님은 말했다. 혹시 울고 있을지도 모르지만…… 선생님은 벽을 쳐다보며 자고 있기에, 표정을 살필 수가 없었다.

"전에 말이야."

"네?"

"어째서 이 방에서 쭉 사는지를 물었지?"

"네…….''

"이 소리를 들어서야."

이 소리를……?

점점 작아진 끝에 지금은 훌쩍거림 밖에 들리지 않는 그 목소리를, 로쿠로바 선생님은 이유를 말했다.

"저 사람이 잠든 얼굴을 본 사람과 알몸을 본 사람은, 남녀 구분 없이 많아. 하지만…… 이 목소리를 들은 적이 있는 건 나뿐이야. 그러니까…….''

"저기…….''

"응?"

"저도 들었는데요…….''

"참 순진하네."

그 후에 로쿠로바 선생님은 이야기해 줬다. 나타기리 선생님과
의…… 장기를 통한 만남을.

♟ 로쿠로바 씨의 사정

"초등학교 4학년 여름에, 내가 다니던 초등학교에 프로 기사
가 왔어."

로쿠로바 선생님은 불이 꺼진 천장을 올려다보며 이야기를 시
작했다.

"상큼한 느낌의 미남이라서, 여자애들은 전부 난리도 아니었
어. 도쿄에서 온 그 사람에게 얼굴과 이름이 기억되고 싶어서 필
사적으로 공부한 게 내가 장기를 시작한 계기가 된 거야."

"그 사람이 나타기리 선생님이었나요?"

"연맹의 기사 파견 사업이란 것의 일환이야."

직접 이름을 언급하지는 않고, 선생님은 이야기를 이어갔다.

"장기 잡지와 연동 기획으로 컬러 사진이 들어간 기사를 쓴댔
어. 당시 편집자가 나를 마음에 들어 해서, 초등학생 여자애가
프로 기사로부터 정기적으로 지도를 받는 다른 기획도 시작한
거야."

한 달에 한 번 꼴로 로쿠로바 선생님은 나타기리 선생님에게 지
도를 받았고, 실력이 쑥쑥 성장했다.

장기말을 옮길 줄도 모르는 사람이 넉 달 만에 아마추어 초단이
됐다.

그리고 반년 만에 연수회 입회 시험을 치르고 합격했다.

기획은 1년 동안 이어졌고, 거기서 나타기리 선생님과의 인연은 끊겼지만 장기는 계속했다——.

"중1 때 여류 아마추어 명인이 됐고, 대대적인 주목을 받으며 여류기사가 됐어. 천재 장기 소녀 타마용이라면서 말이야."

그리고 1년차에 여류명적 리그에 들어가서, 순식간에 여류 초단이 됐다.

비교적 장기를 늦게 배운 것도 포함해, 로쿠로바 선생님의 이야기는 뜻밖에도 나와 겹치는 부분이 잔뜩 있었다.

누군가를 동경해서 장기의 길에 뛰어든 것도 포함해서 말이다.

"하지만 내 승승장구는 거기까지였어."

로쿠로바 선생님은 쓴웃음을 지으며 이야기를 이어갔다.

"여류에서도, 타이틀이 있는 인간들은 차원이 달랐어. 윗세대인 샤칸도 선생님과 아자미 언니는 이길 수가 없고, 같은 세대에는 료와 마치가 있어…… 게다가 아랫세대에서는 이카나 백설 공주 같은 진짜배기 괴물이 튀어나왔지."

나도 그 이야기를 듣고, 초조함을 느꼈다.

지금은 거기에 텐짱도 더해지면서, 벽은 더 높고 두꺼워졌다.

더욱 강해지고 싶어서, 몸이 뜨거워졌다…….

"하지만 당시에는 지방에 산다는 불리함만 어떻게 하면 된다고 생각했어. 그러니까 무리해서 신주쿠에 있는 큰 장기 도장에 다닌 거야. 칸토는 장기회관에서 연구회를 하면 안 되니까, 프로 기사가 거기서 연구회를 했거든. 그래서 거기를 찾아가서 '장기

가르쳐 주세요!' 하며 애걸복걸하고 들어갔어."

"누마즈에서 신주쿠까지 다닌 건가요?!"

"편도 두 시간 거리지만, 못 다닐 거리는 아니었어. 내가 중고등학생 때는 장기 소프트도 별로 강하지 않아서, 센 사람과 연구회를 안 하면 세질 수 없는 시대였거든."

《연구회 크러셔》란 별명은 당시에 붙은 것이라고 한다.

로쿠로바 선생님이 닥치는 대로 말을 건네서 들어간 연구회 중하나가, 멤버였던 아마추어 강호가 결혼해서 지방으로 이사를 가게 되는 바람에 해산됐다.

"그게 무슨 영문인지 '멤버가 로쿠로바를 차지하려고 다투다 해산했다'가 됐어. 뭐, 그런 말을 들어도 버텨야 강해질 수 있고, 당시에는 생각했어. 장기 실력과 험담을 참는 건 사실 아무런 상관도 없는데 말이지."

"……."

"하지만 장기 말고도 참아야 하는 게 많았어. 프로 기사와 장려회 회원에게 연구회 제안을 받을 때는 말이지? 장기 도장에서 '얼마나 늦게까지 있을 수 있나' 같은 것도 중요하거든."

"그건 저도 이해가 돼요. 칸사이에선 아침 일찍 기사실에 오시는 프로 선생님에게 그런 제안을 받았어요."

"장기계는 남자들 사회거든. 나도 금방 남자가 된 느낌이 들어서…… 공식전에서 지고 '기합 넣어봤어요!' 하며 머리를 짧게 잘랐더니, 반응이 좋았어. 더 센 사람이 연구회에 받아주지 뭐야. 그것만으로도 자기가 강해진 느낌이 들었어."

"머리를……."

계기는 다르지만, 들으면 들을수록…… 로쿠로바 선생님과 나는 같은 길을 걸어왔다.

그리고 분명 그것은…… 많은 여류기사가 지나온 길이다.

"웃기는 일이지만, 당시에는 남자 말투를 쓰기도 했다니깐. 아하하."

주위에서는 점점 로쿠로바 선생님을 여자로 취급하지 않게 됐고, 선생님 본인도 자기를 여자라고 여기지 않게 됐다…….

그러던 어느 날, 사건이 터졌다.

"고등학교 2학년, 겨울의 일이야."

로쿠로바 선생님은 어두운 목소리로 말했다.

"여류기사가 되고 5년째인데도 결과를 내지 못했고, 주위 사람들이 본격적으로 대학 입시를 준비하자…… 솔직히 초조해졌어. 그래서 조금이라도 오래 도쿄에서 장기 공부를 해야겠다 싶어서……."

막차 때까지 수행을 하는 날이 몇 번이나 있었다. 하지만, 그렇게 해도 결과를 내지 못했다.

그래서 더 오랫동안 장기 공부를 해야겠다 생각했고, 결국 막차를 놓치고 말았다…….

"주위에서 걱정해도 '오늘은 도쿄에 있는 친구 집에서 잘 테니까 괜찮다고!' 라고 말했어. 막차를 놓치고, 심야 버스도 자리가 없었지. 신주쿠는 밤에는 낮과 전혀 다른 동네가 된다는 걸 몰라서…… 대충 들어간 만화 카페에서 아침까지 버티려고 했어."

장려회 회원과 지방에서 온 학생 아마추어 강호가 그런다는 이야기를 들어서, 로쿠로바 선생님은 자기도 그러면 될 거라고 생각했다.

 하지만, 그렇지 않았다.

 로쿠로바 선생님은 지나가던 사람들이 돌아볼 정도의 미소녀였으니까……

 "만화 카페는 어둡고 사각지대가 많아서, 여고생이 한밤중에 혼자 가기엔 위험해. 지금은 알지만, 당시에는 위기감을 전혀 가지지 못했어. 그 바람에…… 치한의 타깃이 된 거야."

 "윽……!!"

 마치 뺨을 맞은 것처럼, 나는 고통을 느꼈다.

 로쿠로바 선생님이 어째서 끈질기게 『인적 없는 곳을 피해라』라고 말한 건가.

 전부…… 자기가 경험한 적이 있는 것이다……

 심술이 아니다. 자기가 괴로웠던 경험을, 나에게 전해 주려고 했다. 지금도 남에게 말하기 어려운 일을 이렇게 밝히고 있다.

 그런데……나는……!

 "최악이었어. 머리도 짧게 자르고, 남자 말투도 쓰는데…… 그런 형태로 자기가 '여자'라는 걸 깨닫게 되니…… 왠지, 너무 분했어……."

 "그, 그래서…… 괜찮았나요? 저기…… 피해는……?"

 "빡돌아서 그 자식을 두들겨 팬 다음에 경찰에 넘겼어."

 강해…….

"하지만…… 그 뒤가 큰일이었어. 애초에 누마즈에 사는 여고생이 한밤중에 신주쿠에 있는 게 이상하잖아……. 그것도 장기를 하려고 말이야. 뭐? 여고생이 장기? 여고생이 장기로 일해서 돈을 벌어? 아저씨들을 상대로 지도를 해? 그건 새로운 여고생 팔이야? 같은 느낌으로 경찰에게 말이 안 통했어. 피해자는 나인데……."

말이 통하는 사람을 불러야만 하는 상황이 됐지만, 부모님에게 말하면 장기를 관두게 될지도 모른다. 그리고 로쿠로바 선생님의 스승은 체면을 중시하는 사람이라서 경찰서에 갔다는 것을 알면 파문할지도 몰라서…….

"그때 도와준 사람이…… 진진이었어."

휴대전화 연락처에 등록된, 하지만 벌써 6년 넘게 연락한 적이 없는—— 나타기리 진이라는 이름.

로쿠로바 선생님은 매달리는 심정으로 버튼을 눌렀고, 떨리는 목소리로 사정을 이야기했다.

나타기리 선생님은 금방 와 줬다.

그리고 화내거나 괜히 위로하지도 않으며, 로쿠로바 선생님의 곁에 상냥히 있어 줬다.

"진진도 지방에서 올라와서 고생했잖아? 그래서 내가 이야기를 안 해도 짐작이 됐나 봐……. 경찰에서 피해 신고서를 다 쓴 다음, 심야 영업을 하는 식당으로 나를 데려가서 첫 차가 다닐 때까지 장기를 가르쳐 줬어……."

그때야 로쿠로바 선생님은 눈물을 펑펑 쏟으며 울었다고 한다.

안심한 덕분이기도 할 것이다.

하지만…… 이제 괜히 『남자』가 되려 할 필요가 없다.

나타기리 선생님을 만나고, 그렇게 생각한 것이다…….

"……동경하던 사람과 오래간만에 재회했는데 아직 독신이고, 타이틀전에서 도전자가 되어 있는 거야. 『절대 제왕에게 도전하는 미남 기사』라며 잡지와 TV에도 나오고…… 그런 사람이 왕자님처럼 구해 준데다, 덤으로 '강해졌는걸' 하고 빙긋 웃으며 장기를 가르쳐 준다면…… 누마즈에서 온 촌뜨기 여고생이 바로 넘어가는 게 당연하지 않아? 운명을 느꼈다니깐."

"……."

"흥. 쉬운 여자라고 말하고 싶지? 얼마든지 말해……. 아아, 부끄러워라."

"로쿠로바 선생님."

"응?"

"이해해요! 어어어어엄처어어어어엉! 이해한다니까요!!"

"어?! 으, 응……."

나도 이야기하고 싶다! 하고 싶은 이야기가 너무 많다!

그렇게 생각했지만, 중요한 대국의 전날이라 참았다. 으윽~!

로쿠로바 선생님의 부모님은 딸이 그렇게 위험한 일을 겪었다는 것을 알고 '장기 따위 관둬!' 라고 말했지만(이 부분도 엄청 이해가 돼요!), 그때 손을 내밀어준 사람이 나타기리 선생님이라고 한다──.

"내가 공식전으로 도쿄에 갔을 때나 진진이 칸사이에서 대국이 있을 때, 누마즈에 들러서 장기를 가르쳐 주기로 했어."

　그렇게 연구회를 가지다 보니, 로쿠로바 선생님의 마음은 급속도로 기울어갔다.

　나타기리 선생님의 성실한 인상에 부모님도 팬이 되어서 '나이 차이가 좀 나지만 선생님 같은 분이 딸을 받아준다면……' 같은 느낌이 됐다고 한다!

　레알 공감 그 자체예요~!

　"그래서…… 조금이라도 다가가고 싶어서 도쿄에 있는 대학, 그것도 진진의 집 근처에 있는 W대에 진학할까~(힐끔) 같은 느낌으로 은근슬쩍 말 꺼내 보니 '그럼 자리가 잡힐 때까지 내 집에서 지내도 돼.'란 말을 듣고 '어?! 그, 그건……?!' 하는 느낌이──."

　"그 정도면 서로한테 마음이 있는 거잖아요……."

　"그렇지?! 그렇지?! 보통 그렇게 생각하지?!"

　기대에 부푼 가슴을 안고 열심히 공부한 로쿠로바 선생님은 단번에 W대에 합격했다.

　그리고 이 연구용 집으로 이사 와서, 공동생활을 시작했다.

　"하지만 나는 결국 초등학생 때 장기를 가르쳐 줬던 '학생'에 지나지 않았어……."

　선생님은 쓸쓸한 듯이 그렇게 말했다. 아무리 시간이 흘러도 어린애 취급을 당한다면서 말이다.

　이해한다.

　"여친도 아니고, 연구 파트너 같은 대등한 관계조차 아니야.

대학 장기부에도 들어가서 필사적으로 공부했지만…… 진진이 관심을 가지는 건 언제나 재능 있는 젊은 남자야. 네 스승이나 칸나베 아유무 군 같은."

"……."

화, 확실히 나타기리 선생님이 스승님 이야기를 할 때의 말투는 좀, 뭐랄까…… 열기를 띠고 있달까, 나도 질릴 정도랄까…….

"자리를 잡으면 나가겠다고 약속했지만, 그것 때문에 열 받아서 진진의 연구용 집에 눌러 앉아버렸어."

"그건 좀 성급한 행동 같아요."

"어머머머! 네가 그런 소리 하지 마, 네가!"

로쿠로바 선생님은 이불을 걷어차더니…….

"나는 대학생에, 방도 따로 쓰거든?! 너는 쿠즈류 선생님과 같은 방에 살았다며?! 그건 틀림없는 불법이야! 수행이라는 명목으로 정당화시키려고 하지만, 그래봤자 탈법 로리거든?! 나, 그 이야기를 처음 듣고 '아, 이 사람, 잡혀가겠네…….' 라고 진짜로 생각해서 안 얽히자고 생각했단 말이야!"

그런가요?

처음에는 무턱대고 쳐들어갔지만, 스승과 부모님에게 합의를 받고 내제자가 됐으니 합법 로리라고 생각하는데 말이야.

"그리고…… 이러쿵저러쿵 하다 보니 일도 같이하게 됐고, 단둘이서 여러 지방에 가기도 했어. 통장에 돈도 쌓였고, 인맥도 생겼지만…… 진정으로 원하는 건, 왠지 멀어져가는 듯한 느낌이 들지 뭐야."

"로쿠로바 선생님은 나타기리 선생님을 좋아하고, 장기에 푹 빠진 나타기리 선생님이 자기를 봐 줬으면 해서 장기를 열심히 두는 거죠?"

"아, 아니야아니야! 그것과 이건 이야기가 다른——."

"휴우…… 이렇게 이야기를 해놓고 아직 솔직해질 수 없는 건가요. 그 반응이 무엇보다 확실한 증거거든요?"

"큭……! 초, 초등학생이 건방지게 대학생의 연애 분석을 하지 말란 말이야……!"

"요즘 초등학생도 다 알거든요."

예전에 같은 반이었던 연애 마스터 미우 양한테서 들은 거지만, 효과는 끝내줬어요.

"그래서요? 로쿠로바 선생님은 나타기리 선생님과 어떻게 되고 싶나요?"

"그 사람도 장기가 연인이라면, 그냥 지금 이대로 쭉 가도 괜찮——."

"그건 안 돼요."

"뭐? 초등학생이 잘난 척을……."

"로쿠로바 선생님은 자기 마음을 솔직하게 전한 적이 있나요?"

"말이 많구나."

"있나요?"

"있어……."

"언제요?"

"고3 때, 겨울이야."

"거의 10년 전 일이죠?"

"이 초딩, 확 죽여버린다?!"

노, 농담이에요……. 한 5년 전 일이려나?

"내 스승이 타이틀전의 정입회인이었는데, 진진이 부입회인으로 뽑혔어. 나도 보드 해설의 리스너로 같이 가게 되었는데…… 웬일로 진진이 뒤풀이에서 술을 마시고 기분이 좋아 보이지 뭐야. 장소도 완전 시골 여관이고, 별이 보이는 하늘도 태어나서 처음 볼 정도로 아름다워서…… 왠지 그렇고 그런 텐션이 됐거든……."

"별이 보이는 하늘?! 어디 하늘인가요?!"

"나가노……."

"나가노 현!"

"아니……거기에 반응하는 거야?"

꺄아~! 꺄아~! 꺄아~! 흥분할 대로 흥분한 내 반응을 본 로쿠로바 선생님도 썩 기분이 나쁘지는 않은지, 이야기를 이어갔다.

"그래서…… 뭐, 저기…… 뒤풀이날 밤……단둘이 된 타이밍에, 진진한테 '선생님을 좋아해요…….' 하고 별하늘처럼 반짝이는 눈으로 호소하며 말해 본 거야."

"그래서요?! 그래서요?! 어, 어떤 반응을 보이던가요?!"

"진진 말이지? 내 눈을 가만히 보면서, 이렇게 말했어——."

어떤 로맨틱한 대답을 들었을까? 아아! 하지만 중요한 대국을 앞둔 초등학생에게 너무 자극적인 이야기를 하면 안 돼요~! 하지만, 나가노의 원대한 대자연은 사람을 대담하게 만든다니까, 그렇고 그런 가능성도……?!

콩닥거리는 가슴을 안고 있는 나를 본 로쿠로바 선생님은 "훗……." 하고 코웃음을 치더니, 이렇게 말했다.

"'타마요 양에게 오빠나 남동생이 있던가?' 라고 말이지."

"……."

우와아…….

"이, 있으신가요……?"

"없거든~?! 외동딸이야~!!"

텅! 하고 로쿠로바 선생님은 옆집 쪽 벽을 세게 때렸다. 유심히 보니 그 부분만 파였네요…….

"결국 그 사람은…… 진진은, 재능이 뛰어난 애를 좋아해. 장기밖에 안 보이는 거야. 그러니 나 같은 건 처음부터 안중에 없었어. 너는 이해가 안 되겠지만 말이지."

"이해해요."

"뭐?"

이해할 수 있어요. 로쿠로바 선생님의 그 마음을, 아플 정도로요.

왜냐하면, 나도──.

"아무리 재능이 뛰어나도, 아무리 강해져도…… 가장 봐 줬으면 하는 사람의 눈이 다른 사람만 보는 걸 알면…… 괴로워요."

"애 좀 봐. 재능이 있다고 자기 입으로 말하네."

"그것만은 믿어 의심치 않아요. 사부님이 해 준 말 중에서, 그것만은…… 거짓말이 아니라고 생각하니까요."

자기 자신을 믿을 수 있을 만큼, 나는 아직 강하지 않다.

하지만…… 그 사람의 말이니 믿을 수 있다.

더 강해질 수 있다고 말이다.

"흥…… 너는 건방진 꼬맹이야. ……역시 싫어."

로쿠로바 선생님은 그렇게 말하며 돌아누웠고, 그것이 이야기가 끝났다는 것을 가리켰다.

오늘밤, 선생님의 이야기를 듣길 잘했다고 생각한다.

왜냐하면, 알 수 있었던 것이다.

어째서 로쿠로바 선생님이, 내가 싫다고 말하는지를.

어째서 로쿠로바 선생님의 말이…… 이렇게, 내 마음을 흔드는지를.

언젠가 나도 그 사람과 재회해서…… 다시 머리카락을 기르기 시작하는 날이 올지도 모른단, 꿈을 꿀 수 있으니까.

"우리는 참 한심한 연애를 하고 있네."

그런 로쿠로바 선생님이 『연애』를 하고 있다고 인정한 것이, 기뻤다.

🔔 탈고(脫稿)

"네. 이상으로 탈고를 마치겠습니다."

프린트한 원고를 다 읽어본 마치가 조용히 그렇게 말하자, 영원히 이어질 것 같던 집필 작업이 끝을 맞이했다.

"끝났다아아아아아아아아아아아아아아아아아!!"

나는 소리를 지르며 다다미에 벌러덩 드러누웠다.

방 안은 처참한 광경이었다.

다다미 위에 굴러다니는 빈 영양 드링크 병과 빈 에너지 드링크 캔의 숫자는 치사량을 뛰어넘었다.

"힘들었어……. 장기 수행보다, 훨씬 힘들었어……."

게를 먹고 라스트 스퍼트를 시작한 뒤가 진정한 지옥이었다.

퇴고에 이은 퇴고. 끝나지 않는 수정 작업.

아무리 세어도 꼭 틀리는 보의 갯수…….

"하지만 이렇게 끝나고 나니, 그렇게 심했던 두통과 허리 및 어깨 결림이 싹 사라지는 게 신기해! 졸음도 사라졌네!"

"그거 다행입니다."

마치는 빙긋 웃더니…….

"아직 쿠즈류 선생님께는 머리말과 후기와 챕터 사이에 들어가야 할 칼럼 다섯 개와 커버 날개 부분에 들어갈 저자 소개문을 써 주셔야 하니까요."

"끝나지 않았어어어어어어어어어어어━━━━!!!!"

사라진 줄 알았던 두통과 허리 및 어깨 결림이 즉각☆부활.

"후후. 뭐, 오늘 밤은 온천에라도 들어가서 편히 쉬시죠……."

그렇게 말한 마치는 이미 준비를 하기 시작했다.

전장으로 향할 준비를 말이다.

"내가 돌아올 때까지는 끝내줬으면 한데이. 이틀 정도면 널널하제?"

"큭……!"

나는 그 말을 듣고 몸을 일으키며 정좌를 한 후, 무릎에 손을 얹으며 깊이 고개를 숙였다.

"마치에게는 정말…… 정말 미안해. 내 집필이 차질을 빚은 바람에, 중요한 리그 최종전 직전까지 여기 있게 했잖아……."

내일은 도쿄에서 여류명적 리그 최종 일제 대국이 치러진다.

게다가 5승 3패인 마치에게는 아직 도전자가 될 가능성이 있는 것이다.

그런 중요한 대국의 전날까지 내 집필을 도와주다니…….

쭉 함께였기 때문에 안다.

대책을 세울 시간이 전혀 없었다.

아니! 애초에 마치의 기력이라면 전승으로 최종일 전에 타이틀 도전을 결정지어도 이상할 게 없다.

그러지 못한 건…… 내 책을 내려고 이것저것 준비한 탓이다.

"이렇게 같이 작업을 하니, 출판 업계에 어두운 나도 책 한 권을 내기 위해 얼마나 돈과 시간과 노력이 필요한지 상상이 돼. 마치가 이 책을 위해, 얼마나 자기를 희생시켰는지를……."

기획서를 완성시키는 것도 간단하지 않다.

책에 실을 국면도(局面圖) 하나를 만드는 것도 힘든데, 그것을 몇백 개나 만들면서 실수가 없는지 체크해야 한다.

"집필은 책을 내는 작업의 하나에 지나지 않아……. 마치가 나보다 훨씬 힘들잖아! 내가 쉬라고 해도 전혀 쉬지 않았지?"

나는 집필 도중에 몇 번이나 곯아떨어졌다.

'원고가 완성될 때까지, 발 뻗고 잘 생각은 꿈도 꾸지 마세요.'
라는 말로 협박했지만, 그건 거짓말이다.

마치는 내가 곯아떨어져도 바로 깨우지 않았으며, 스케줄이 허락하는 한도 안에서 최대한 쉬게 해 줬다.

그리고 타이밍을 살펴서 나를 깨웠다. 내가 긴장을 풀지 않도록 일부러 엄격한 표정으로…… 상냥하게 채찍질을 하며, 격려해 줬다.

즉, 마치는 나보다 잠을 덜 잤으니 훨씬 피곤할 것이다.

"그런 몸 상태로 도쿄까지 장거리 이동을 해서 대국을 한다니…… 상황이 너무 불리해……."

"괜찮데이."

쿠구이 마치는 힘찬 어조와 눈길로 나와 약속해 줬다.

"내는 편집자로서, 절대로 질 수 없는 이유가 있다 아이가."

편집자로서?

기사로서……가 아니라?

"편집자는 책을 만드는 것만이 일이 아니데이. 책을 만든 후에도 판촉이 중요한 기다."

"뭐?……판촉?"

"판매 촉진. 서점에 책을 잔뜩 늘어놓거나, 손님들의 손길에 닿게 하는 것. 요즘에는 SNS로 인플루언서에게 홍보해 달라고 하는 게 효과적이지만…… 장기계에서 가장 효과적인 선전법은 옛날이나 지금이나 변함이 없데이."

"뭐? 그게 뭔데……?"

"장기판 위에서 우수성을 증명하는 기다."

"······!"

"독자가 책에 실린 전법을 써서, 압도적인 승리를 거둔다. 장기 서적 선전은 이게 최고데이. 옛날이나 지금이나 변함읍다. 뭐, 이건 우리 편집장이 한 말이다 아이가."

마치는 장난스레 그렇게 말한 후, 자기 가슴에 손을 댔다.

"쿠즈류 노트의 첫 독자는 내데이."

그 눈동자에는 깊은 자신감이 어려 있었다.

"그러니······ 세상을 뒤바꿀 정도의 임팩트를 장기판 위에서 선보이는 게, 최고의 판촉 활동인 기다. 내가 여류명적을 따서 2관째를 획득하고, 그 인터뷰에서 '이 약진의 원동력은 쿠즈류 노트'라고 대답하는 거데이. 최고의 판촉이 되겠제?"

확실히 쿠구이 마치란 기사는 내 책의 내용을 실전에서 시험해 보기에 최고의 존재다.

《유린의 마치》의 기풍은 옥을 철저하게 싸는 『동굴곰』을 메인 전법으로 삼는다고 여겨지기 때문이다.

그런 사람이 장기 소프트가 특기로 하는 밸런스 스타일의 장기를 펼치고, 그것을 웬만한 프로 기사를 능가하는 수준으로 둔다면 주목을 받을 게 당연했다.

다들 그 이유를 알고 싶어 할 것이다.

──단기간에 그렇게 강해졌잖아.

성장하는 마치와 장기판을 사이에 두고 앉아서, 대화를 나누는 건······ 즐거웠다.

모든 것을 잊고 몰두해버릴 정도였다.

어릴 적에 둘이서 몰래 참가했던 장기 합숙 때처럼 말이다.

"내일 장기, 꼭 이길 거데이. 이 책에 쓰인 연구를 써서, 야이치가 옳다는 걸 내가 증명할 기다. 그저——."

미안하다는 듯이 고개를 숙인 마치의 목소리가, 희미하게 떨렸다.

"그 상대가, 그 애라는 게 아이러니하지만…… 앗."

"어!! 마, 마치?!"

휘청…….

현기증이 난 듯한 마치가 다다미 위에서 정좌 자세로 앉아 있는 나를 향해 쓰러졌다.

나는 허둥지둥 그녀의 몸을 부축하며 말했다.

"괜찮아?! 다친 데는 없어?!"

"미안하데이……. 살짝 현기증이…… 잠시만, 이대로 있어도 되긋나?"

"나…… 나는, 상관없는데……."

쓰러지던 마치를 아래편에서 앉는 듯한 자세라서, 저기…… 닿았는데요.

크고 부드러운, 두 물체가…….

"후후. 상을 받아서…… 득 본 기분이데이……."

마치는 희미하게 웃음을 띠었다.

가혹한 작업을 하느라 며칠 동안 밤샘한 탓에, 역시 피로가 상당했다.

지탱해 주지 않으면 그대로 쓰러져버릴 것만 같아서…… 나는 그 가녀린 몸을 안은 채로 아까 하던 이야기를 이어갔다.

　"상관없어. 온 힘을 다해 쓰러뜨려 버려."

　"그래도 되는 기가?"

　"강해지려고 도쿄에 갔잖아. 큰 무대에서 강호 상대로 중요한 게 걸린 장기를 두는 게, 강해지기 위한 최고의 지름길이야. 설령 지더라도 말이지. 게다가──."

　"게다가?"

　완성된 원고 다발을 눈으로 훑으며, 대답했다.

　"책에는 감수가 필요하잖아? 내가 쓴 책이, 정말로 아무도 본 적 없는 세상으로 이어져 있는지…… 그 답을 내놓을 수 있는 건, 한 사람뿐이야."

히나츠루 아이

쿠구이 마치

©shirabii

♟ 진심으로

"생리야."

여류명적 리그 최종일.

나, 로쿠로바 타마요는 인생에서 가장 타이틀에 다가선 그날을 최악의 컨디션으로 맞이했습니다.

"새…………."

아침 식사를 준비하던 초등학생은 그 말을 듣자마자 말문이 막힌 채 그 자리에서 얼어붙었다.

그리고 머뭇머뭇, 물어봤다.

"마, 많이……, 힘들죠?"

"뭐…… 겪어 보면 알아……."

빈혈이 생겨서 서 있기만 해도 어지러웠다.

식욕이 없다. 배가 아프다. 머리도 잘 굴러가지 않는다. 온몸이 부어서, 정좌 자세로 앉는 게 힘들다……. 손가락 끝의 감각도 평소와 다르다…….

즉, 장기를 둘 상태가 아니란 거야.

"아아~. 올해야말로…… 할 수 있다고 생각했는데……."

이 세상이 마지막에는 자기가 이기게 되어 있단 생각이 들 만큼 운이 좋았는데…… 이제 와서 운에 버림받고 말았다.

아니다.

애초에 료에게 이긴 후, 순위가 아래인 상대에게 연패한 시점에서 다 틀렸던 걸지도 모른다.

　그때는 괜한 욕심이 났다고나 할까……. 뭐, 방심했던 거야. 이렇게 될 줄 알았으면 이상한 짓 하지 말고 안전히 승리를 노렸을 텐데…….

　"저기, 선생님? 아침은……."

　"아, 괜찮아. 어차피 못 먹거든."

　침대에 쓰러진 후, 그대로 이불을 덮었다.

　몸 말단 부분의 한기가 사라지지 않았다. 떨려…….

　"부전패할까……. 어차피 제대로 된 장기를 두지도 못하잖아. 무참하게 지면, 세간으로부터 '압박감 탓에 평상심을 유지하지 못했다' 같은 열받는 소리를 들을 텐데……. 뭐, 어차피 내가 타이틀에 도전하기를 바라는 사람은 없을 테니까 말이야. 내가 대국실에 없어도 아무도 모를걸! 하하하하…… 하아……."

　"……."

　초등학생은 입 다물었다.

　입 다문 채…… 기묘한 행동을 취했다.

　냉장고와 선반에서 식재료를 꺼내더니, 그것을 테이블 위에 놓기 시작했다.

　"왜 그래? 못 먹는다고 말했——."

　입에서 나오려던 말이 도중에 쏙 들어갔다.

　그것도 그렇게, 테이블 위에 놓여 있는 건…….

　"윽……! 너, 그건……."

　"네. 로쿠로바 선생님이 전국 각지에서 시킨 식재료예요."

초등학생은 차례차례, 그것이 뭔지 설명해 줬다.

"생선 된장조림은 우바구치 선생님의 본가. 소면은 카유니타 선생님의 남편분. 쌀도, 고기도, 채소도, 과일과 음료도…… 먹을 것만이 아니에요. 옷도, 이불도, 이 방에 있는 것 대부분은 여류기사 여러분과 관련된 거죠?"

"그, 그걸 어떻게——."

"다들 알고 있어요. 온라인으로 몰래 사서 SNS를 통해 은근슬쩍 선전해 준다는 걸…… 다들, 알고 있어요."

아니야.

팬은 기사의 SNS를 보고, 거기에 나온 것을 파악한다.

그럼 여류기사에 관한 것이 놓여 있으면 재미있어할지도 모른다. 그렇게 생각했을 뿐이다.

딱히 깊은 생각이 있었던 건 아니다. SNS 시절의 놀이 같은 것이다.

그편이 재미있을 거라고 생각했을 뿐——.

"기억하세요? 로쿠로바 선생님이 장기회관까지 같이 가 줬던 날의 일이에요."

"아…… 맞아. 그런 일도 있었지……."

"그날, 대국이 끝나고 여류기사실에 가보니, 우바구치 선생님과 카유니타 선생님이 오셨어요. 두 사람 다 대국이 없는 날인데, 왜 오셨다고 생각해요?"

그렇다.

나도 엘리베이터 앞에서 두 사람과 마주쳤을 때, 뭔가 이상하다고 느꼈다. 왜 이 사람들이 여기 있나 싶어서 말이다.

　그 이유를, 초등학생이 밝혔다.

　"제가 로쿠로바 선생님이 주문한 식재료로 요리한다는 걸 선생님의 SNS로 알고, 고맙다고 말하러 오셨어요! '이제까지 심한 소리를 해서 미안해.' 라는 말도요!"

　그런…… 일이…… 있었어?

　"그 뒤로…… 그 뒤에 다 같이 즐겁게 로쿠로바 선생님의 이야기를 했어요. 인터넷으로 방송하는 것도…… 장기와는 별개의 방법으로 돈을 벌 수단을 모색하는 것도, 다들 알아요……. 방송으로 얻은 수익을 여류기사회 운영비에 몰래 기부하는 사람이 로쿠로바 선생님이라는 것도, 다들 알아요……."

　그랬어?

　나는 또 내 험담을 했다고 생각했다.

　하지만 설마…… 정반대 내용이었을 줄이야…….

　"여류기사들에게 모이는 온갖 말을, 로쿠로바 선생님이…… 『타마용』이 대표로 들어주고…… 항상 고생하면서도 그걸 웃으면서 가볍게 받아넘기는……."

　그만해.

　그런 게 아니야. 나는 그런 잘난 사람이 아니란 말이야——.

　"'그런 타마용과 함께 살게 됐으니까, 너도 좋은 애일 거야.' 라고, 말해 주셨는데…… 그 말이, 얼마나 위로가 됐는지…… 로쿠로바 선생님은 전혀 모르죠?"

　초등학생은 마치 비난하는 듯한 어조로 그렇게 말했다.

"도쿄에 와서…… 제가 혼자서 잡은 건, 하나도 없어요……. 저 혼자선, 장기판 앞에 도달하지도 못했을 거예요…….”

반론하고 싶었다.

아니거든? 그건 네가 힘내서 이뤄낸 거야, 라고.

하지만 할 수 없었다.

목구멍 깊은 곳에서 뜨거운 것이 솟아나…… 말했다간, 무너져내릴 것만 같았다…….

"그러니까…… 그러니까!”

말을 하지 못하는 나에게, 초등학생은 계속 말을 했다.

마치 말도 안 되는 종반력으로 소프트 장기꾼을 깨부술 때처럼, 내 마음을 인정사정없이 두들겨 팼다.

"다들, 생각해요! 진심으로 생각해요!! 로쿠로바 타마요가 타이틀 도전을 해 줬으면 한다고요!! 로쿠로바 선생님 같은 분이야말로 타이틀 보유자가 되어야 한다고요!!”

초등학생은 엉엉 울면서, 내 마음을 손바닥으로 후려쳤다.

"진심으로 그렇게 생각하지 않는 사람은, 로쿠로바 선생님뿐이에요!!”

"…….”

신기한 일이 일어났다.

그렇게 상태가 나쁘던 몸이…… 움직일 수 있게 됐다.

잠들어 있던 투쟁심이 온몸을 채워 나갔다. 아픔을 잊을 정도로…….

뜨겁다.

이불을 덮고 있을 수 없을 정도로.

지금 바로 장기를 둬야만, 식을 것 같을 정도로.

그래서 나는 눈앞에서 울고 있는 초등학생에게 확인 삼아 물었다.

"너, 알기는 하는 거야? 내가 이겨버리면, 그만큼 네 타이틀 도전이 어려워지거든?"

"알고 있어요!"

아이는 팔뚝으로 눈물을 대충 훔치더니, 나를 노려보았다.

"저도 이길 거예요! 그러니 로쿠로바 선생님은 지면 타이틀 도전을 할 수 없어요!"

"훗."

강아지가 열심히 위협하는 듯한 그 눈매를 보자, 무심코 웃음을 터뜨렸다.

여류명적 리그는 동률인 사람이 생길 경우, 도전권을 걸고 플레이오프를 치른다.

내가 이기고, 이 녀석도…… 아이도 이기면, 동률이 된다.

다시 한번, 정정당당히 대국을 할 수 있다.

진심인 히나츠루 아이와 말이다.

그건…… 꼭 둬야만 하는 장기였다.

"우리 둘 다 이겨서, 플레이오프를 하자. 그렇게 되면 연맹 측과 담판을 지어서 대국을 생중계하는 거야~!"

"네!!"

──역시, 뭘 모른다니깐.

순진하게 기뻐하는 초등학생을 쳐다보며, 아까 하지 못했던 말을 마음속으로 중얼거렸다.

고마워. 네가 없었으면…… 나는, 장기판 앞에도 가지 못했을 거야.

◻ 최종 일제 대국

여류명적 리그는 최종전을 일제 대국으로 치른다.

열 명의 리그 참가자 전원이 도쿄의 장기회관에 모여서 다섯 대국을 동시에 치르는 건, 도전자를 정하는 것만이 아니라 리그 탈락도 얽혀 있기 때문이다.

열 명 중 네 명이 탈락한다고 하는 매우 과격한 리그는 타이틀 보유자조차 탈락의 굴욕을 맛보게 한다.

특히 이번 기에는 도전 가능성이 남아 있는 사람과 탈락 가능성이 있는 사람의 승수가 하나밖에 차이가 나지 않는 전대미문의 대혼전이 벌어지고 있다.

도전 가능성이 있는 건 5승 3패인 쿠구이 마치, 로쿠로바 타마요, 히나츠루 아이.

순위 4위이며 4승 4패인 츠키요미자카 료조차 탈락 위기에 직면했다──.

"료찡. 안녕."

츠키요미자카 료 여류옥장이 입실하자, 오늘 상대인 코이지 린 여류 4단이 장기판을 닦고 있었다.

"미안해. 금방 끝나."

"아니야…… 아직 시간 있잖아. 얼마든지 닦으라고."

츠키요미자카는 장기판 앞에 철썩 앉더니, 무료한지 부채를 접었다 펼쳤다 하고 있었다.

실은 츠키요미자카도 장기판을 닦을까 해서, 일찌감치 입실했던 것이다.

코이지는 장기판을 닦으면서 쓴웃음을 지었다.

"개막전 때는 우리 둘 다 최종전에서 탈락 여부가 걸린 장기를 두게 될 거라고는 생각도 못 했잖아. 깜짝 놀랐어."

"흥! 처음부터 떨어질 생각을 하는 바보는 없잖아."

"그래?"

"뭐?"

"료찡의 개막전을 본 다음부터, 쭉…… 탈락 걱정을 했어."

"……!"

츠키요미자카의 개막전 상대.

그 사람은 바로—— 히나츠루 아이 여류 초단.

코이지는 그 대국에서 기록 담당을 맡았다. 기록 담당을 맡을 사람이 부족한은 여류기사의 세계에서는 여류 4단이 초등학생의 기록을 담당하는 일도 있다.

"그 대국, 료찡이 이기긴 했지만…… 나를 경악하게 만든 건,

히나츠루 양의 장기였어. 엄청난 재능을 느끼기도 했지만, 오르락내리락하는 여류기계에서 허둥대고 있는 우리가, 부끄럽게 느껴졌어……."

코이지는 깨끗해진 장기판을 양손으로 꼭 안듯이 들면서 말을 이었다.

"그러니 이번 기에서 탈락 위기에 처한 것도 어쩔 수 없어……. 아니, 여류 타이틀을 잃은 후로 하락세를 타는 데 익숙해진 내가 싫어져서 간단히 포기하지 말고 끝까지 물고 늘어지겠어! 그런 결의를 품으며, 이렇게 장기판에 매달려서 닦고 있는 거야. 대국이 시작되면 장기판에 매달릴 수 없으니까──."

"어이."

"왜?"

츠키요미자카는 대국 상대에게 한 손을 내밀면서, 퉁명한 어조로 말했다.

"천 내놔. 나도 닦을 거야."

4승 4패로 탈락 위기에 처한 츠키요미자카 료.

같은 승수지만 순위가 1위인 하나다치 아자미는 도전자가 될 가능성도, 탈락할 가능성도 소멸했다.

하지만 대충 싸울 생각은 없다.

하나다치야말로 도전권의 열쇠를 쥐고 있다 할 수 있다.

상대인 로쿠로바 타마요는 이기면 플레이오프가 확정되는 일전이기에, 이날 보도진이 가장 주목하고 있는 것이 바로 하나다치와 로쿠로바의 장기였다.

그리고 세간에서는 하나다치가 유리하다고 점치고 있다.

도전 및 탈락 걱정이 없기에 모든 중압감에서 벗어난 하나다치는 오늘, 누구보다도 느긋하게 장기를 둘 테니까——.

그런 하나다치와 오래간만에 얼굴을 마주한 로쿠로바는 예상외의 사태에 격렬하게 동요했다.

"윽!! ……시, 실례…… 우웨에에엑……!!"

장기판 너머에 앉은 하나다치의 안색은 마치 시체 같았다.

자기 몸이 얼마나 나쁜지 잊을 정도였다.

"아, 아자미 언니…… 설마——."

"임신했어……."

로쿠로바는 몸을 젖혔다.

"셋째니까 입덧에도 익숙해졌다……고 말하고 싶지만, 이제까지 중에 가장 심한 것 같아……."

"괘, 괜찮으세요?! 안정기가 되려면 아직 멀었죠?!"

외동딸이라서 어머니의 입덧을 보진 못했고, 힘들어하는 임신부를 이렇게 가까이에서 접하는 건 로쿠로바도 처음이었다. 장기를 둘 때가 아니란 생각이 들었다.

그런 상냥한 후배에게, 하나다치는 쥐어짜낸 듯한 목소리로 말했다.

"앉아서 장기를 둘 뿐이라면 아기에게 영향이 안 갈 거야. 그저…… 대국 중에 못 봐 줄 행동을 할지도 모르지만, 양해해 줘."

입가에 손수건을 댄 하나다치가 고개를 숙이자, 로쿠로바는 당황하면서도 중요한 말을 입에 담았다.

"아, 아뇨. 저기…… 축하드려요? 이건 말해도 되겠죠?"

"고마워. 물론이야."

하나다치는 축하해 주는 후배를 향해 환한 표정을 지었다.

그리고 손수건을 접어서 무릎 위에 두더니, 당당한 어조로 말했다.

"최선을 다해 싸우자. 나는 배 속의 아이에게 부끄럽지 않은 장기를 둘 거야. 그러니 타마요도, 역사 깊은 여류명적전의 도전자 후보에 걸맞은 장기를 둬."

"네!!"

──뭐야. 나, 운이 좋잖아.

로쿠로바는 행운이 자기를 버렸다고 생각했지만, 오히려 지금은 운이 좋다는 생각이 들었다.

한동안 험악한 관계였던 장기의 신에게, 다시 감사를 드렸다.

상대가 입덧으로 괴로워하고 있기 때문이 아니다.

인생에서 가장 중요한 대국을, 자신에게 프로 근성을 심어 준 가장 존경하는 여류기사와 두게 됐다는 행운에 말이다.

순위 최하위. 개막 3연패.

그 후로 5연승을 거둬서 자력 도전 가능성이 아슬아슬하게 남아 있는 히나츠루 아이 여류 초단은 이번 기의 다크호스가 틀림없었다.

하지만 로쿠로바의 대국에 보도진이 몰려 있는 건, 오늘 아이가 싸울 상대가 너무 나빴기 때문이다.

기세는 있다. 장기 또한 화려하다.

하지만 기세로 어찌할 수 있는 상대가 아니다. 승부는 거의 결판이 난 것이나 다름없다. 리그표가 만들어졌을 때부터, 아이는 최종전에서 질 것으로 여겨졌다.

그 상대는—— 샤칸도 리나 여류명적에 이어 여류기사의 역사 속에서 두 번째로 퀸 칭호를 손에 넣은, 차원이 다른 존재였다.

"아이 양. 오래간만이데이."

"오래간만에 뵈어요. 쿠구이 선생님."

평소처럼 부드럽게 인사를 건네는 마치와 달리, 아이의 목소리는 굳어 있었다.

두 사람은 친하다고 해도 과언이 아닌 사이였다.

야샤진 아이가 여왕전에 도전했을 때, 아이는 관전기를 담당했었다.

처음 해 보는 일이라 힘들어하는 아이를 지도해 준 사람이 마치다. 아이는 관전기자 모습의 마치를 '쿠구이 사부님'이라고 부르며 따랐다. 게다가 마치는 아이의 절친인 사다토 아야노의 사저이기도 했다.

그런 아야노로부터 마치가 얼마나 대단한지 들어온 아이에게도, 쿠구이 마치는 동경하는 언니 같은 존재다.

그런 마치와 첫 대국이자 승부 장기를 두게 된 아이는 마음이 흔들렸다. 인사도 없이 칸토로 이적한 것 또한 앙금으로 남아 있었다.

"잘 지냈제? 이런 대승부가 아니라면, 식사라도 하며 천천히 이야기를 나누고 싶은디……."

마치가 배려하는 듯한 어조로 그렇게 말하자, 아이는 더 황송해했다. 대답도 못 할 정도로 말이다.

"아야노와 샤를 양도 아이 양과 못 만나서 쓸쓸하다고 했데이. 자리를 잡으면 그 애들을 만나주그라."

"앗……."

"그리고——."

선녀 같은 표정을 지은 채, 마치는 열한 살 소녀를 말이란 형태의 단도로 찔렀다.

"야이치도, 아이 양을 매일 신경썼데이. 내한테 어떻게 지내고 있는지 보고 와달라고 부탁했다 아이가."

"?!"

아이는 격렬하게 동요했다. 마치는 그 반응을 보고 만족했다.

——더 깊은 부분에서 이어져 있다는 걸 알면…… 어떤 반응을 보일까?

한 수 한 수를 둘 때마다, 아이는 번뇌에 사로잡힐 것이다.

앞으로 쭉 라이벌로서 싸울 상대라고 인정하기에, 마치는 진심으로 아이의 마음을 분지르려고 했다.

아이의 마음을 지탱해 주고 있는 것을. 아이가 최후의 순간에 매달릴 것을.

──또 실수하지 않을 거데이. 긴코 때와 같은 실수는…….

쿠구이 마치 산성앵화는 아름다운 손놀림으로 장기말을 깔더니, 천 년 묵은 여우 요괴처럼 웃었다.

"첫 대국 아이가. 평생 잊지 못할 장기를 두제이."

그리고 대국 개시 시각이 됐다.

""""잘 부탁드립니다!!""""

다섯 개의 장기판에서, 열 개의 목소리가 들려왔다.

그 목소리는 아름다운 선율처럼, 대국실에 울려 퍼졌다.

꿈과, 의지와, 자존심과 명예.

각자가 가장 양보할 수 없는 것을 걸고, 여류명적 리그 최종전 일제 대국이 시작됐다.

🔔 관전하는 사람들

"히나츠루 아이도, 로쿠로바 타마요도, 둘 다 지면 되느니라!!"

애제자가 그렇게 말하자, 짐은 뜻밖이라는 생각으로 물었다.

"그대, 히나츠루와 친한 사이 아니었더냐?"

"저딴 녀석, 퉤퉤퉤! 입니다! 우리 집에서 하숙하면 될 텐데, 하필이면 여류기사 중에서도 최악인 로쿠로바 같은 유튜버와 같이 살다니…… 게다가 채널 구독자도 나보다 훨씬 많고……! 어째서냐……. 내가 더 젊고 귀엽고 장기도 잘 두는데……!!"

짐의 두 번째 제자인 칸나베 마리아는 발을 동동 굴리며 분통을 터뜨렸다.

마리아의 친오빠이자 사형인 칸나베 아유무 8단은 그런 동생을 보고 한숨을 내쉰 후, 짐에게 물었다.

"역시 마스터의 방어전 상대는 《유린의 마치》가 될까요? 하지만 오늘은 그녀답지 않은 수를 두고 있는 것 같습니다만……."

"흠……."

디스플레이에 표시된 기보를 보면, 확실히 쿠구이 마치답지 않은 장기였다.

하지만 한 수 한 수마다 재능이 찬란히 빛나고 있는 듯한 장기를, 짐은 어렴풋이 기억하고 있다.

그 기억을 찾기 위해…… 한 장의 사진을 꺼냈다.

"갓콜드런이여, 기억하고 있느냐? 그날의 일을 말이다."

"잊을 리가 없지 않습니까. 그날, 제 운명은 결정됐습니다."

짐에게 있어서도 그날은 특별했다.

보드 해설의 리스너로서, 짐은 네 명의 초등학생을 만났다.

"그날, 초등학생 명인전 결승에 올라간 건 쿠즈류 야이치와 츠키요미자카 료였지. 하지만 짐의 눈길을 끈 건, 그대와…… 그리고 쿠구이 마치였느니라."

네 명과 함께 촬영한 표창식 사진을 보면서, 짐은 당시의 일을 떠올렸다.

이상적인 기사로 성장해 준 애제자의 모습을 볼 때마다, 자신의 안목에 만족했다.

타이틀을 획득하는 건 쿠즈류 야이치가 빨랐다.

하지만 A급 기사가 되는 건…… 명인에 다가서는 건, 칸나베 아유무가 훨씬 빨랐던 것이다.

"그때 왜 마치만 계속 울었는지, 기억하느냐?"

"네."

누구보다 빠르게 A급 기사가 된 제자는 그 이유를 즉시 대답했다.

"외통수를 놓쳐서입니다."

"그래. 마치가 이기고 있었지. 료를 상대로 완승이라 해도 과언이 아닌 내용이었지만…… 마지막에 딱 한 수를 잘못 뒀느니라. 그래서 분했던 것이지. 그리고──."

그 경험이, 저 애를 바꿔놓고 말았다.

"종반에 실수해도 지지 않도록, 동굴곰을 자주 쓰게 되었느니라. 위험한 길과 안전한 길이 있으면, 주저하지 않고 안전을 택하지. 장려회에도 관심을 보이지 않고, 여류기사가 됐으며, 그리고 관전기자로서 젊은 용왕을 쫓았다……. 더 뛰어난 재능을 보면서, 자신의 재능으로부터 눈을 돌리려는 듯이 말이니라."

그것은 짐의 눈에 완만한 자살처럼 보였다.

하지만──.

"하지만 오늘 장기는 대체 뭐냐! 마치…… 마치 그 시절의 재능 넘치던 소녀가 돌아온 것 같지 않으냐!!"

한쪽 다리가 불편하단 사실을 오래간만에 안타깝게 느꼈다. 지금 바로 장기회관에 뛰어가서, 이 눈으로 마치가 장기를 두는 모습을 살펴보고 싶단 생각이 들었다.

짐의 방어전 상대에 걸맞는지를……이, 아니다.

사라진 백설공주의 대역에 걸맞는지를 파악하려는 것이다.

"야샤진 양, 오늘 장기가 신경 쓰입니까?"

회의 중에 상대방이 그렇게 묻자, 나는 놀라서 스마트폰을 놓치고 말았다.

왜냐하면 그 상대방은…… 내가 보일 리 없는 것이다.

"응. 사저의 타이틀 첫 도전이 확정될지도 모르잖아. 신경 쓰이는 게 당연하지 않아?"

"물론이죠. 국면을 가르쳐 주지 않겠습니까?"

나는 바닥에 떨어진 스마트폰을 주운 후, 국면을 말해 줬다.

"호오? 쿠구이 양이 선수일 텐데…… 큰 승부에서도 대담하게도 폼 체인지를 한 것 같군요."

"맞아. 아이는 자연스럽게 응수하고 있어. 후수이기도 하잖아. 하지만 선수의 장기는——."

"이름을 숨기고 기보만 감상한다면, 다른 사람의 이름이 떠오를 것 같군요."

나는 그 이름을 입에 담지 않았다.

자신의 곁으로 돌아올 거란 사실을 알면서도…… 이렇게 암여우와 바람을 핀 증거를 보니 불쾌해!

"그런데, 내가 스마트폰으로 장기를 보고 있다는 걸 어떻게 안 거야?"

"스마트폰을 이용하고 있는 줄은 몰랐습니다만, 장기 생각을 한다는 건 기척으로 알 수 있으니까요."

"뭐? 기척……이라고?"

"그래. 이 정도 거리에서라면, 상대가 어느 정도의 수읽기를 하고 있는지 공기의 흔들림으로 알 수 있습니다."

"괴물이네. A급 기사는 전부 그런 거야?"

"장기를 극도로 갈고닦은 존재라는 건 틀림없겠지요."

어쩌면 내 스승이 됐을지도 모르는 그 인물은, 바닥을 알 수 없는 미소를 머금은 채 일 이야기를 다시 시작했다.

"덕분에 교섭에도 활용하고 있습니다. 이 특기 덕분에, 눈이 보이지 않는데도 사람을 보는 눈은 확실하다고 자부합니다."

"그래? 그럼 나는 네 눈에 들었으려나?"

"물론입니다."

장기연맹 회장인 츠키미츠 세이이치 9단은 고개를 끄덕였다.

"일본 장기연맹은 동서 장기회관 재건축을 귀사에 의뢰합니다. 그리고 귀사는 스폰서가 빠진 여류기전의 구멍을 메워 주며…… 또한 여류기계의 발전을 위해 장기적인 파트너십을 체결합니다. 저희 쪽에는 이의가 없습니다."

"좋아. 나름 사이좋게 지내도록 해."

피차 악수하는 습관은 없기에, 그것만으로 전부 결정됐다. 이 사람과도 언젠가는 대국을 하게 될지 모르니, 괜히 가까워질 생각은 없다. 뭐, 기사들은 어디까지나 비즈니스 파트너 같은 거니까 거리감을 잘못 잴 일은 없겠지만 말이야.

그렇다. 마지막으로 중요한 걸 말해둬야 한다.

"참, 야샤진 그룹의 이름은 꺼내지 말아 주겠어? 별개의 회사를 세울 건데, 거기 대표자가 기자 회견에서도 동석할 거야. 아, 걱정하지 마. 그 사람도 장기를 둘 줄 알아."

"어째서죠?"

츠키미츠 회장은 이 회의에서 처음으로 뜻밖이라는 듯한 목소리를 냈다.

"귀사는 이미 반사회적 세력과 연을 끊었으니, 연맹으로서는 파트너로서 전면에 나서주는 것에 아무런 문제도 없다고 여깁니다만……."

왜냐고? 뻔하잖아.

"그야 자기가 딸 타이틀을 자기가 스폰서한다는 건, 자기 생일 파티를 자기가 기획하는 것 같아서 부끄럽거든. 안 그래?"

"휴. 엄청 부끄러운 글을 쓰고 말았네……."

프린트한 원고는 도저히 눈 뜨고 못 봐 줄 물건이었다.

저서에 수록될 머리말과 칼럼을 쓰고 있는데…… 이렇게 자기 마음을 훤히 드러내는 문장은 쓰기 쉽고 말고를 떠나서, 아무튼 부끄럽다. 얼굴이 달아올랐다.

그리고 역시 여류명적 리그가 신경 쓰여서 집필에 집중할 수가 없다.

"볼까."

일부러 멀리해 왔던 스마트폰을 꺼내 기보 중계를 봤다.

"하나다치 씨와 로쿠로바 씨의 장기는…… 어?! 너, 너무 슬로 페이스인 거 아니야? 신중해지는 것도 이해는 되지만……."

로쿠로바 씨에게는 첫 타이틀 도전이 걸려 있다.

하지만 하나다치 씨는 도전이나 탈락 가능성이 없다. 그런데 서반에서 한 수를 두는 데 30분 이상 걸렸고, 수를 읽어야 할 부분에서 거꾸로 대충 두고 있었다. 수를 두는 리듬에 일관성이 없는 점이 신경 쓰였다.

그리고 그것은 대국이 진행될수록 점점 심해졌다.

"우와……. 서로가 소극적이니까, 국면이 본 적 없는 형태로…… 이, 이걸 어떻게 정리할 생각이지?"

또 손이 멈춘 걸 보면, 꽤 장기전이 되겠는걸…….

그 후, 드디어 메인인 장기를 봤다.

『♠ 쿠구이 마치 산성앵화 ♙ 히나츠루 아이 여류 초단 서로 걸기』

전형은 서로 걸기다.

나와 아이(히나츠루)의 특기 전법이다. 그래서 아이가 후수에서 그걸 받아주는 건 자연스럽다고 할 수 있다.

하지만 누가 예상이나 했을까?

옥을 지키는 방벽이 얇아지기 쉬운 서로 걸기를, 동굴곰 전문가인 《유린의 마치》가 선수에서 쓴다는 전개를!

"마치는 대단하네. 단기간에 용케 여기까지……."

한눈에 반해버릴 듯한 장기였다. 특히 대마의 운용이 천재적이기까지 했다.

"기묘해 보이는 진형도, 대마의 가동성을 높인다는 목적에 부합돼. 아직 인류가 우수성을 이해하기 어려운 형태지만……."

그 진형을 본 순간, 떠올린 것은── 구미호.

언뜻 보면, 벌레도 죽이지 못할 고귀한 미녀 같다.

"하지만 정체를 드러낸 순간, 장기판 위는 그 기나긴 꼬리에 지배당하고 있어. 이대로 가면 특기인 종반에도 도달하지 못한 채…… 그저 유린당할 거야."

중계 블로그에 실린 오래간만에 보는 제자의 조그마한 사진을 향해, 나는 전해질 리 없는 조언을 중얼거렸다.

내 안에서 어렴풋이 존재하던 감각적인 것을, 마치는 멋지게 언어로 만들어 줬다.

기사의 감각은 독특하기에, 전하기 어렵다.

수천, 수만 번의 대국을 두면서 겨우 익힌 것이니 당연했다.

하지만 그것을 언어화해 누구라도 이해할 수 있게 이론화하면서 단기적인 습득을 가능하게 한다.

편집자로서 최고의 성과를 냈다는 증명을, 쿠구이 마치는 이 장기를 통해 보여주려 하고 있었다.

동시에 그것은…… 내가 스승으로서 미숙했음을 증명했다.

몇 번 갱신 버튼을 눌러도, 아이는 수를 두지 않았다…….

머리를 싹둑 자른 그 안타까운 모습이 더욱 애처롭게 보였다…….

"말주변이 없는 내가 전하지 못한 것이, 참 많았구나……."

중계를 끄고, 집필을 다시 시작했다.

소중한 이들에게 전하지 못한 마음을 글로 남기기 위해서.

"이제는 늦었을지도 모르지만……."

하지만 그 전에 딱 하나, 스마트폰을 이용해 조사해둬야 하는 게 있다.

🔔 영원의 5분

첫수에서 마치가 비차 앞의 보를 전진시킨 순간, 히나츠루 아이의 심장은 크게 뛰었다.

——서로 걸기를 하려는 거야?! 쿠구이 선생님이……?

격렬하게 뛰고 있는 심장 소리가 들리지 않을까 걱정하면서, 아이는 최대한 태연한 태도로 비차 앞의 보를 전진시켰다.

마치의 손가락은 또다시 전진시킨 보에 닿았다. 그리고 그 보를 전진시킨 순간, 전법은 결정됐다.

——서로 걸기다!

그것은 아이의 특기 전법이다.

스승인 야이치와 셀 수도 없을 만큼 둔 장기가, 타이틀 첫 도전이 걸린 이 중요한 대국에서 출현했다. 수험에서 가장 자신 있는 문제가 출제된 것이나 다름없는 행운에, 아이는 가슴이 뛰었다.

하지만 신경 쓰이는 점도 있었다.

동굴곰 전문가인 마치가 옥의 방어벽을 얇게 만드는 전형을, 그것도 아이의 특기 전법을 일부러 선택한 이유는 뭘까?

아이는 그 이유를 찾으려고 상대방의 표정을 살폈지만——.

"후후."

"윽……!"

기습적으로 시선이 마주치자, 아이는 허둥지둥 시선을 장기판 쪽으로 돌렸다.

마치는 옛날 두루마리 그림 속의 궁녀처럼 부채로 얼굴 절반을 가린 채, 아이를 지그시 응시하고 있었다. 지금도 시선이 느껴진다…….

"스으읍── 하앗!!"

아이는 잡념을 떨쳐낸 후, 전열을 짜기 시작했다.

마치가 채용한 것은 소프트에 기초한 서로 걸기다. 아이가 절친인 미즈코시 미오에게 배웠고, 츠키요미자카에게서 뼈아픈 교훈을 얻었던 전법이다.

그리고…… 야이치와 둔 마지막 장기이기도 했다.

──질 수 없어! 이 장기로는, 사부님 이외의 그 누구에게도……!!

아이는 후수인데도 적극적으로 공세를 펼쳤다.

거꾸로 마치는 후수 같은 장기를 뒀다.

"지하철 비차? 카운터를 노리는 거야……?"

비차를 빨리 옮기나 싶더니, 최하단에 비차가 지나갈 길을 만든 다음에는 8열까지 옮긴 비차를 다시 2열로 돌린다고 하는, 한 수를 손해 보는 수까지 뒀다.

그에 따라 마치의 비차는 제공권을 확보했지만, 아이는 각을 전선에 투입해서 균형을 유지했다.

게다가 비차로 호시탐탐 적진에 돌격할 기회를 엿보고 있다.

초반 진형에서 움직이지 않은 채 무방비하게 남겨져 있는 선수의 각을 향해, 아이는 공격 태세를 취했다.

그것을 눈치챈 마치는――.

"어머, 무서워라. 무서우니 숨어야겠데이."

그렇게 중얼거리면서, 각을 뺐다. 자신의 진 깊숙한 곳으로 말이다.

"좋아!!"

아이는 형세가 호전됐다는 걸 의식했다.

――이걸로 쿠구이 선생님의 각은 봉쇄했어! 게다가 비차도……!!

마치가 뺀 각이 모처럼 판 지하 터널을 커다란 바위처럼 막아버렸다. 두 개의 대마가 반발하면서, 기능부전을 일으킨 것이다.

"……!"

게다가 마치는 자기 진형에…… 아까까지 각이 있던 장소에, 귀중한 보를 투입했다.

아이의 비차를 과도하게 두려워하는 것 같았다.

"우…… 으, 으……우……."

마치의 어깨가 희미하게 떨렸다. 새빨간 입술에서 작은 목소리가 흘러나왔다.

――쿠구이 선생님…… 혹시, 떨고 있는 거야?

아이는 다시 시선을 들어서, 상대방의 얼굴을 훔쳐봤다.

"우후후."

"윽?!"

쿠구이 마치는——— 웃고 있었다.

"하아…… 실망이데이. 아이 양."

얼굴을 가린 부채를 접자, 아이가 상상하지 못한 표정이 드러났다.

그리고 여우 요괴는 장기판 가장자리를 손가락으로 어루만지더니, 그 손이 춤추듯 하늘거리며 장기판 위로 향했다.

"야이치와 1년 8개월이나 함께 지냈으면서…… 겨우 열흘만 같은 방에서 지낸 내보다 얄팍하게 이어져 있는 기가?"

"윽?!"

거기서 이어진 마치의 수순은, 그야말로 절기라 불러도 과언이 아니었다.

"앗……!!"

하늘과 땅이 뒤집힌 듯한 충격을 받고 만 아이는 무심코 비명을 질렀다.

"가, 각이…… 가장 아랫줄에서 짐만 되고 있던 각이, 최전선에……?!"

마치가 방어에 쓰이던 은을 빼자, 하단의 각이 선수진 중앙을 통과하면서 단숨에 최전선으로 투입됐다.

장기말과 장기말 사이를 가르며 이동 가능한 각의 가동 영역을 파악하는 건 인류에게 어렵다. 그 점을 이용한, 소프트 시대의 묘수였다.

서반에서, 아이는 형세가 불리하다는 것을 자각했다.

대마의 가동 성능이 극단적으로 차이가 났다.

십자비차가 제공권을 확보하고, 각까지도 우쭐대면서 장기판 전체를 노려보고 있다.

기나긴 꼬리 같은 대마의 가동 영역이—— 구미호가, 그 무시무시한 정체를 드러냈다!

하지만 더 무서운 건…….

"이렇게이렇게이렇게이렇게이렇게이렇게이렇게이렇게이렇게…… 아, 안 돼?! 아무리 수를 읽어도, 내 공격이…… 보 하나에 완벽하게 막히고 말아!"

마치가 자기 진 깊숙한 곳에 올려놓은, 보.

아이의 비차가 움직이는 것을 막기 위한 목적으로 뒀다고 생각한 그것은 동시에 각도 막아내고 있었다. 맹점이 된 그 보는 수를 읽으면 읽을수록 좋은 수로 작용하며, 아이를 괴롭혔다.

"이 장기는, 마치…… 마치, 사……부…….."

너무나도 유연하고 참신한 발상이기에, 아이는 무심코 그 이름을 입에 담을 뻔했다.

"이제부터데이. 아이 양."

마치는 장기판 너머에 있는 아이를 향해 얼굴을 내밀더니, 주저 없이 그 이름을 입에 담았다.

"내랑 야이치가 얼마나 깊게 이어져 있는지…… 차근차근 알려주꾸마."

대국이 이어지고 있는 다섯 개의 장기판에서는 여류기사들이 필사적으로 싸우고 있었다.

도전과 탈락이 복잡하게 뒤엉켜 있는 만큼, 그 어떤 대국도 필연적으로 페이스가 느려졌다. 일방적으로 제한시간을 소모하지 않도록 신중하게 수를 두고 있었다.

그래서 그중 하나에서 기록 담당의 목소리가 들려온 순간, 대국실이 경악에 사로잡혔다.

"히나츠루 선생님, 10분 남았습니다. 몇 분부터 초읽기에 들어갈까요?"

"지금부터 부탁드려요!"

옆에 있는 장기판에서 그런 목소리가 들려오자, 로쿠로바는 고통을 참으며 눈만 돌려 옆을 힐끔 쳐다봤다.

수를 둘 차례인 아이는 이미 초읽기 상태이며, 몸을 희미하게 흔들며 열심히 수읽기를 하고 있었다. 이마에는 커다란 땀방울이 맺혀 있었고, 그것을 닦을 여유조차 없었다.

이 타이밍에서 초읽기에 들어간다는 건…… 아이만이 일방적으로 시간을 소모했다는 것을 뜻했다.

──장기판을 안 봐도 형세를 알겠는걸.

그래도 실낱같은 희망을 부여잡기 위해 장기판을 보니, 거기서는 본 적 없는 장기가 전개되고 있었다.

"저, 저게 뭐야?! 뭐가 뭔지 모르겠어……."

원래 몰이비차파인 로쿠로바는 앉은비차의 최신 전형에 해박하지 않았다.

하지만 옆에서 펼쳐지고 있는 그 장기는 그것과도 한참 먼 것처럼 느껴졌다. 아마 중반 끝에 이른 것 같은데……

"5분 남았습니다."

기록 담당이 그렇게 말하자, 이번에는 로쿠로바의 대국 상대가 작게 중얼거렸다.

"저런 국면에서, 남은 시간이 5분인 거야? 나라면 무슨 수를 두면 될지 몰라서 그대로 시간을 다 써버릴 거야……."

앉은비차파인 하나다치조차도 진땀을 흘리며 그렇게 말했다. 가장 먼 장소에서 대국을 하고 있는 츠키요미자카도, 화장실에 다녀오는 길에 아이의 등 뒤에서 장기판을 보고 혀를 찼다.

하지만 로쿠로바만은 다른 감상에 사로잡혀 있었다.

──너라면 그 정도 시간으로 충분하지?

필사적으로 생각에 잠긴 아이를 쳐다보며, 떠올렸다.

동거 첫날. 동영상 생중계를 한 인터넷 장기에서, 아이는 50연승을 했다. 헛웃음이 나올 정도의 연승이었다.

게다가 50연승을 달성한 다음 순간, 아이는 이렇게 말했던 것이다.

"'다시 대국을 둬도 될까요?' 랬지. 훗…… 대체 장기를 얼마나 좋아하는 거야."

그러니까, 괜찮다.

히나츠루 아이한테── 5분은 영원이나 마찬가지다.

제한시간을 5분 남기고서야 아이가 겨우 둔 수는 마치의 예상을 벗어나지 못했다.

"흠."

마치는 가볍게 고개를 끄덕인 후, 기록 담당에게 말을 건넸다.

"내는 시간이 얼마나 남았습니꺼?"

"63분입니다."

일부러 시간을 물어본 것은, 아이를 견제하기 위한 장외전술이다.

──익숙하지 않은 중반에서 예정보다 다소 시간을 쓰고 말았데이.

하지만 상대적으로 생각해 볼 때, 마치의 제한시간은 아이의 스무 배 이상이다.

시간이 넘친다고 해도 과언이 아니다.

"자. 이대로 상대를 해 주지 않고 멀찍이서 유린할까, 아니면 시간에 여유를 둔 채 종반전에 이행할까…… 어느 쪽이 그 사람 취향이려나?"

들으란 듯이 그렇게 중얼거리면서, 아이의 반응을 확인하려 한…… 바로 그때였다.

"뜨거워……?!"

얼굴 언저리에 뜨거운 무언가가 튄 듯한 감촉에, 마치는 무심코 눈을 감았다.

"정전기가? 방금, 불꽃이 보인 것 같은디……?"

야금야금 타들어가는 듯한 냄새가 코를 스쳤다.

마치는 머뭇거리며 눈을 떴다.

장기판 너머에서, 아이는──.

"이렇게이렇게이렇게이렇게이렇게이렇게이렇게이렇게이렇게이렇
게이렇게이렇게이렇게이렇게이렇게이렇게이렇게이렇게이렇게이렇
게이렇게이렇게이렇게이렇게이렇게이렇게이렇게이렇게이렇게이렇
게이렇게이렇게이렇게이렇게이렇게이렇게이렇게이렇게이렇게이렇
게이렇게이렇게이렇게이렇게이렇게이렇게이렇게이렇게이렇게이렇
게이렇게이렇게이렇게이렇게이렇게이렇게."

아이는 그저, 장기판만 보고 있었다.

장기판에 들러붙어 앉아, 몸을 앞뒤로 흔들며, 작은 목소리로 중얼거리면서, 열심히 뭔가를 끝까지 읽으려 했다.

이마에서 흘러내리는 커다란 땀방울이 빗방울처럼 다다미를 두드렸다.

"이렇게이렇게이렇게이렇게이렇게이렇게이렇게이렇게이렇게이렇
게이렇게이렇게이렇게이렇게이렇게이렇게이렇게이렇게이렇게이렇
게이렇게이렇게이렇게이렇게이렇게이렇게이렇게이렇게이렇게이렇
게이렇게이렇게이렇게이렇게이렇게이렇게이렇게이렇게이렇게이렇
게이렇게이렇게이렇게이렇게이렇게이렇게이렇게이렇게이렇게이렇
게이렇게이렇게이렇게이렇게이렇게이렇게이렇게이렇게이렇
게이렇게이렇게."

아이의 온몸에서 뿜어져 나온 열량. 시간을 압축하는 듯한 중얼거림.

그리고 자신의 제한시간만으로 부족해 상대의 제한시간마저 동원하려는 듯한 그 모습에, 마치는 이 장기를 두며 처음으로 느꼈다.

공포를.

"윽?! 요망하데이……."

기보를 반환한 쿠구이 마치는 한순간 마음속에 다가온 공포를 떨쳐내려는 듯이 힘차게 장기말을 두면서 적진을 향해 돌격했다. 아이를 자기 손으로 죽이기 위해서 말이다.

"자! 내가 보여주꾸마, 아이 양!"

그것은 《유린의 마치》와의…… 이제까지의 자신과의 결별을 뜻하는 수임과 동시에, 이 대국을 쿠즈류 노트의 판촉에 활용하기 위해 필요한 수였다.

"누구도 본 적이 없는 종반을!!"

하지만 아이의 움직임은 마치의 예상을 뛰어넘었다.

몸을 낮추더니, 마치 고양잇과 육식동물처럼 네발로 기는 듯한 자세를 취한 아이는 그대로 다음 수를 뒀다.

"노타임?! 여기서 시간을 안 쓰는 기가? 어째서……?"

싸구려 도발인가? 아니면 시간이 없어서 초조한 걸까?

어느 쪽이든 간에 자신도 그 페이스에 어울려 줄 필요는 없다. 그렇게 판단한 마치는 자세를 낮추면서 차분하게 수읽기를 했다.

시간을 잘게 나눠서 투입하는 마치.

노타임으로 응수하는 아이.

그리고 수를 두면 둘수록 복잡해지는 국면.

"쿠구이 선생님, 30분 남았습니다."

"알았십니더."

마치는 시간을 확인하며 마음을 진정시켰다. 제한시간을 절반

넘게 썼지만, 아직 30분이나 있다. 5분 남은 아이의, 여섯 배나 되는 제한시간──.

"어?"

기록 담당이 말해 주는 남은 시간이 한 사람만 변함이 없다는 사실에, 마치는 충격을 받았다.

"아, 아이 양의 제한시간이…… 줄지 않은 기가?"

즉, 아이는 쭉 한 수에 1분도 쓰지 않으며 장기를 두고 있는 것이다.

보통 그런 짓을 하면 실수가 발생해서 단숨에 장기가 끝난다. 안 그래도 이 종반은 이제까지의 경험을 전혀 살릴 수 없는 새로운 장기다. 매우 미세한 시간으로 정답을 찾아낸다고 하는 묘기 같은 짓은 프로 기사조차 불가능할 것이다.

하지만 어찌 된 건지 따돌릴 수가 없었다. 마치가 그 어떤 수를 둬도, 아무리 난해한 국면을 출현시켜도, 아이는 순식간에 정답을 찾아냈다.

그리고 따돌리지 못한 채──.

"쿠구이 선생님, 10분 남았습니다. 몇 분부터 초읽기를 해드릴까요?"

"어?! 지, 지금…… 아니! 5분부터 부탁합니데이!!"

줄지 않는다.

아이의 제한시간만, 줄지 않는다.

"큭……?!"

쿠즈류 야이치의 연구와 깊은 부분에서 이어져, 서반과 중반에서는 그 제자를 완전히 압도했다.

하지만 종반에 이르러서는 마치만이 일방적으로 시간을 소모했다.

그 사실이 도출한 결론은…….

"아하……. 아무래도 내가 얕본 것 같데이. 이렇게 깊은 부분에서 야이치와 이어져 있었던 기가? 아이 양……."

깊이. 깊이.

깊이 깊이 깊이 깊이 파고든 끝에야 아이와 야이치의 이어진 부분이 겨우 보이기 시작했다.

"하지만! 내도 깊이로는 지지 않는 기다!!"

쿠구이 마치는 자부하고 있었다. 자신이 가장 야이치를 이해하고 있다고 말이다. 긴코를 제외하면 자신이 가장 오래, 가장 깊이 야이치를 접해왔다는 자부했다. 누구도 이해하지 못했던 쿠즈류 장기의 진가를 가장 빨리 눈치챈 건 바로 자기라고 자부했다.

하지만 동시에 이렇게도 생각했다.

——이 모습, 어딘가에서……?

종반이 되어서 아이가 장기판에 몰입한 모습이, 불가사의하게도 야이치와 포개져서 보였다. 제위전 제1국에서 7칠 동비 승격 같은 초인적인 수를 보여준 순간의 야이치와…….

위화감은 하나 더 있었다.

보통 수를 두면 둘수록 시간이 필요하다. 미지의 국면과 마주치기 때문이다.

하지만 지금의 아이는 정반대였다.

처음부터 이렇게 진행될 것을 알고 있었다는 듯이 장기말을 옮기고 있었다.

"윽?! ……서, 설…………마……?"

그 순간, 그제야 마치는 깨달았다.

자신이 가장 먼저 읽은 책.

자신이 편집자로서 세상에 내놓으려 한, 쿠즈류 야이치의 처녀작.

그 책을 쓴 사람이 한 명이 아니라는 것을.

쿠즈류 야이치의 장기^{이야기}가 공동 집필이라는 사실을.

"종반은, 야이치가…… 아이 양의 장기를 흡수한 기가……?"

작별할 때, 야이치가 입에 담았던 『감수』란 말의 의미.

누구도 본 적 없는 서반과 중반 너머에 존재하는, 종반.

쿠즈류 야이치의 눈에만 보인 그것이, 히나츠루 아이에게도 보인다면…….

"내, 내가…… 잘못 읽었다는 기가? 아이 양이란 존재가, 얼마나 거대한지를……?"

스승과 제자.

그런 관계성으로 설명할 수 있는 얄팍한 관계가 아니다.

아이와 야이치는 서로가 강하게 영향을 주고받으면서 완전히 새로운 장기의 문을 열었다.

그렇다면.

그 만남은 이제——우연이 아니라, 필연이다.

장기라는 천 년이 넘는 이야기에 있어서, 그것은 새로운 장의 시작으로 규정된 극적인 만남이었다.

——장기로 한정한다면, 그 인연은……긴코 양보다도……?!

머릿속에 떠오른 그런 생각을, 마치는 투지로 짓눌렀다.

"뭉갤 기다! 늦게 전에…… 뭉개버리고 말기다!"

쿠즈류 노트가 공개되어서, 그 에센스를 모든 기사가 흡수하면 어떤 일이 벌어질까?

히나츠루 아이만 읽을 수 있는 종반전에 돌입하게 된다.

그렇다면, 그때 최강이 되는 건, 누구일까?

그 답이 지금—— 쿠구이 마치의 눈앞에서 불타올랐다!!

"이렇게이렇게이렇게이렇게이렇게이렇게이렇게이렇게이렇게이렇게이렇게이렇게이렇게이렇게!!!!!."

"뭉개주께."

압도적인 속도와 수읽기로 펼치는 아이의 공격을, 마치는 집념으로 뭉갰다. 착수의 타이밍을 컨트롤해서 상대의 호흡을 흐트러뜨리는 장외전술까지 사용했다.

"뭉개주께뭉개주께뭉개주께뭉개주께!! 비틀어주께, 으스러뜨려주께, 으깨주께, 짓밟아주께!!!!"

괴로운 기억이 되살아났다.

——처음으로 긴코와 장기를 뒀을 때, 나는 끝까지 상대를 뭉개는 걸 주저했다.

그때, 긴코의 숨통을 끊지 못했다.

병약하고 불쌍한 연하의 소녀를 뭉갤 각오가, 초등학교 6학년인 마치에게는 없었다.

그리고 두 번 치렀던 대결에서 패배한 것이 마치의 인생을 바꿔 놨다.

처음에는 이름을 입에 담을 권리를 빼앗겼다.

두 번째는 격의 차이를 똑똑히 깨닫고 말았다.

"세 번째는…… 세 번째는 질 수 없데이!!"

그래서 지금, 마치는 진심으로 열한 살 소녀를 죽이기로 했다. 자신이 첫 번째라는 것을 증명하기 위해서.

"긴코 가라면 몰라도!! 이딴 꼬맹이한테까지……!!!"

쿠구이 마치는 혼신의 힘을 쥐어 짜내, 미지의 종반에서 정답을 찾아갔다!

하지만 그 직후, 무정한 선고가 들려왔다.

"쿠구이 선생님. 이제부터 1분 장기입니다."

"윽?! 하, 한 시간 넘게 있던 시간이…… 사라졌어?"

한편, 아이의 제한시간은 아직도 5분이나 남아 있었다.

그 부조리 앞에서, 마치는 고함쳤다.

"왜 줄지 않는데?! 왜…… 왜…… 왜!! 내가 시간이 더 많이 있었는디!!"

내가!

내가!!

내가!!!!

자신이 이겨야만 하는 이유를 세면서, 마치는 수를 뒀다…….

하지만, 굴러떨어지듯 형세는 악화되어갔다.

　마치가 이제까지 정성 들여 준비했던 복선도. 시간을 들여 자아낸 이야기도. 그 모든 것을 무시하며 억지로 결말을 강요하는, 압도적인 힘.

　재능.

　그 부조리에, 마치는 항의했다.

　"뭉개져! 뭉개져!! 뭉개져어어어어어어어어어어어어어어어어어어어어어어어어어어!!!!"

　절규를 지르며, 《유린의 마치》는 자신이 최선이라 믿어 의심치 않는 최선의 수를 뒀다!

　그 수를 본 순간.

　"이렇게이렇게이렇게이렇게이렇게————————."

　이제까지 격렬하게 움직이던 아이가, 갑자기 움직임을 멈췄다.

　뿜어져 나오던 열기가 한 점으로 모여들었다.

　그리고——.

　"이렇게."

　히나츠루 아이는 조용히 수를 뒀다. 바로 장군을…….

　그 모습이 그 어떤 말보다 장렬하게 말하고 있었다.

　『외통수를 읽었다』……라고.

　한편, 마치는 아직 결론을 내놓지 못했다. 거친 숨을 내쉬고, 머리카락을 쥐어뜯으며, 자신의 옥이 도망칠 곳을 찾지만——.

"크, 큰일이데이……! 시간이…… 시간이 읍다……!!"

난해한 종반전은 아직 계속된다. 적어도 마치에게는 그렇게 보였다. 외통수가 아직 보이지 않은 것이다.

하지만 마치에게는 그것을 풀 시간이 이미 남아있지 않았다.

——이제 끝인가…….

골이 보인다면, 아직 달릴 수 있을 것이다.

하지만 끝조차 보이지 않는 무간지옥 같은 종반. 끝도 없이 출제되는 난해한 장기 묘수풀이의 폭풍에 뇌가 지치면서, 마치는 결국 마음이 꺾이고 말았다.

"훗…… 완패데이. 내가 읽을 수 있는 게 아닌 기가…….”

졌다……는, 달성감이 느껴졌다.

아이의 종반력에 굴복하기는 했다.

하지만 서반과 중반에 있어서는, 야이치의 사상을 가장 이해하고 있는 게 자신이라는 사실을 증명할 수 있었다.

그리고 아이가 보여준 종반 덕분에, 이 장기는 모든 기사에게 충격을 줄 수 있을 것이다.

이 종반에 도달한 것만으로도 충분한 수확이었다.

——내 진짜 목적은 타이틀 도전도, 아이 양한테 이기는 것도 아니데이.

남은 건 얼마나 아름답게 죽음을 장식하는가, 였다.

1분 장기 속에서 마치는 투료할 상황을 찾았다. 아름다운 투료도를 남기기를 바라면서 말이다.

하지만.

──하, 하지만 이거…… 진짜로 끝난 기가?! 투표했다가, 만약 진 게 아니라면……?

투표할 수 없다.

외통수가 보이지 않기에, 필패라고 머리가 이해하는 데도 포기할 수가 없다. 마치의 손가락은 차마 목숨을 끊지 못하는 자살 희망자처럼 장기판 위를 우왕좌왕했고…… 결국, 투표가 아니라 연명의 한 수를 뒀다.

바로 그때…….

"이렇게."

노타임으로 아이가 다음 수를 뒀다.

아무도 본 적 없는 종반에서, 아이가 그린 투표도는 복잡괴기했다. 인류의 맹점을 꿰뚫는 것처럼 짜인 그 기나긴 장기 묘수풀이는, 마치조차도 그 해답을 찾아내지 못했다.

"아…… 외통수, 아아…… 아아?"

시간에 쫓기는 상황에서 마치가 그것을 푸는 건 불가능했다. 현역 여류 타이틀 보유자인 쿠구이 마치조차도 불가능했다.

"이렇게."

노타임.

"히…… 히익……!!"

시간에 쫓겨, 마음을 추수를 여유조차 잃어버린 마치는 그저 허둥지둥 수를 뒀다. 장기판 위를 기어다니듯, 옥이 도망쳤다.

그 옥을──.

"이렇게."

아이의 손가락이 조용히, 그리고 물밀듯이 쫓아왔다.

노타임으로.

"앗…… 큭…… 아, 앗……!"

깔끔한 투료도 용납하지 않는다.

쓰러지는 것조차 허락하지 않는 이 광속의 장군 러시를 당하면서, 마치는 몽롱해진 의식 속에서 압도적인 재능이 자아낸 부조리함을 저주했다.

──이건, 무적이데이.

여류기사 중에서 이 종반에 이른 아이를 막을 사람이 있을 리가 없다.

아니.

프로 기사조차도, 머지않아 사냥당할 것이다. 쿠즈류 노트가 장기계에 침투될수록, 아이의 재능은 맹위를 떨치리라.

──그렇게 되면, 이 애는…… 어디로 향할까……?

쿠즈류 야이치는 마왕이 됐다.

본인은 바라지 않았지만, 그 거대한 날개는 장기계 전체를 뒤덮었고, 그 날카로운 발톱은 사랑하는 이마저도 상처 입혔다.

그런 어둠 속에서 히나츠루 아이가 어디로 향해 날아갈지…… 마치는 보고 싶다고 생각했다. 처음으로 쿠즈류 야이치의 장기를 봤을 때와 마찬가지로 말이다.

자신의 파멸조차도 매력적으로 여기게 하는 마물.

그것이 장기라는 것을, 그것이 재능이라는 것을, 쿠구이 마치는 누구보다도 잘 알고 있었다──.

"실례하겠습니다."

옛날 옛적에 외통수를 잃은 아이가 차분한 손놀림으로 마지막 한 수를 뒀다.

옥 앞에 놓인 금.

자신의 옥 앞에 금이 놓여서 진다고 하는 초보자 같은 수를 보자, 그제야 마치는 외통수를 깨달았다.

"한 수 외통? 이, 이런, 치욕을⋯⋯!"

쿠구이 마치는 부들부들 떨면서, 치욕 탓에 새파랗게 질린 얼굴을 숙였다.

"져⋯⋯졌습니더. 더는 둘 데가⋯⋯ 없습니더⋯⋯."

사상 두 번째로 퀸 칭호를 획득한 타이틀 보유자조차 능욕당하고 만다.

그런 인지를 초월한 종반력에, 지켜보고 있던 이들 모두가 공포에 사로잡혔다.

승자는 히나츠루 아이 여류 초단.

리그 3연패 후의 6연승. 경쟁 상대인 산성앵화를 정면 대결로 쓰러뜨리며, 이 경쟁에서 선두에 섰다.

조그마하던 《용왕의 병아리》가 지금, 자기 날개로 하늘을 날아올라⋯⋯.

이 대도시에서, 먹이를 사냥하는 법을 터득했다. 자신의 조그마한 발톱으로 말이다.

♟ 첫 도전

중요한 대국이 이어지고 있기에, 감상전은 다른 방에서 치렀다.

"그래. 내는 이 외통수순이 보이지 않았던 기가……."

아이한테서 외통수순의 설명을 듣고서야, 마치는 자신이 졌다는 것을 이해했다.

혼신의 승부수를 둔 순간, 돈사했다는 사실을 말이다.

그것은 마치 십 년 전의 초등학생 명인전을 답습하는 듯한, 너무나도 괴로운 패배였다.

"아이 양."

한 수 외통이라는 굴욕적인 방식으로 이긴 바람에 거북해 하고 있는 승자에게, 마치는 상냥히 감사 인사를 건넸다.

"고맙데이. 이걸로 장군인 기다."

"네……?"

마치는 장기말을 정리하더니, 자리에서 일어나 출구를 향해 걸어갔다.

"아이 양이 잘 지낸다고, 야이치에게 전해 주께. 분명…… 아이 양의 승리를 기뻐할 기다."

"앗……."

아이는 무심코 자리에서 일어나 마치의 뒤를 쫓을 뻔했지만, 겨우겨우 걸음을 멈췄다.

──쫓아가서…… 어쩔 건데? 나는 도쿄에서 장기를 열심히 공부하기로 결심했잖아…….

닫힌 문을 쳐다보며, 아이는 멍하니 서있었다.

"쿠구이 선생님, 웃으셨지? 도전 기회를 놓쳤는데 왜……?"

의연해하는 것처럼 보이지 않는 그 표정을 보고 불온한 느낌을 받았지만, 지금 아이는 더 신경 쓰이는 일이 있었다.

"로쿠로바 선생님……!"

아이는 소파에 다시 앉은 후, 기도하듯 양손을 모으며 로쿠로바가 이곳에 오기를 기다렸다.

자기 발로 대국실에 갈 용기가 없었다.

완벽한 진흙탕 시합이었다.

"하아아…… 정말, 왜 이런 장기를…….."

로쿠로바는 장기판 앞에서 몸을 웅크린 채, 수를 둘 차례인 하나다치가 필사적으로 수읽기를 하는 모습을 멍하니 쳐다봤다.

대항형의 종반에서 흔한, 처절한 난투극이다. 게다가 서로가 결정타를 놓쳐댄 바람에 장기판 위는 복잡기괴하기 그지없었다.

아니, 이 정도면 엉망진창이다.

"완전히 운을 놓쳐버렸네."

리그 중반전에서 츠키요미자카에게 이겼을 때는 아무 생각 없이 둬도 손가락이 알아서 상대방의 급소를 노렸다. 그 덕분에 연승을 거뒀던 건데…….

아니. 이유는 안다. 이기지 못하는 이유를.

아이의 곁에 있으면서, 자기도 그런 식으로 이길 수 있을지도 모른단 생각을 하고 말았다.

그래서 종반에 상대의 옥을 잡으려다 실수하면서, 연패했다. 거기서 자신의 재능을 냉정하게 파악할 수 있었다면, 최종국에 이르기 전에 도전권을 거머쥐었으리라.

그리고 하나 더.

──진짜로 내가 도전자가 되어도 될지, 의심해버렸어.

자신이 가장, 노력한다고 생각했다.

재능은 부족할지도 모른다. 하지만 여류기사로서……《프로 여류기사》라는 야유를 들을 만큼 강한 프로 의식을 가지고 일을 해왔다고 여겼다. 축복받은 환경에 있는 프로 기사보다도 장기계에 공헌해왔다고 자부했다.

하지만 아이를 보고 그 자신감이 흔들리고 말았다.

자기보다 젊고, 재능이 있으며, 귀엽기…… 때문이 아니다.

──나보다 필사적으로 싸우고 있다는 걸 알았으니까…….

아까까지 옆에서 펼쳐진 처절한 장기.

아이가 이길지도 모른다고 생각하기는 했다.

하지만 그 《유린의 마치》를, 투료할 타이밍조차 주지 않으며 한 수 외통까지 몰아넣어 유린할 줄은, 상상도 못했다.

"하하…… 그 녀석은 귀신이야."

히나츠루 아이가 타이틀전에 올라가면 나라 전체가 시끌벅적할 것이다.

생리통 때문에 머리가 잘 돌아가지 않는 상태에서, 로쿠로바는 장기판 앞에 앉아서 그런 생각을 했다. 집중력이 끊기려 했다. 애초에 제대로 장기를 둘 수 있는 몸 상태가 아니었다.

하지만.

──변명하지 못해. 상대는…… 임신부인걸…….

하나다치는 몇 번이나 화장실에 뛰어가서, 새파랗게 질린 얼굴로 되돌아왔다. 입덧이 심하단 이야기는 들었지만, 실제로 대국을 하면서 보니 상상 이상으로 처절했다.

"여자는 이게 보통이라고? 그럴 리가 없잖아……."

생리통도, 입덧도…….

남자에게는 없는 육체 변화지만, 이 세상에 확실하게 존재한다.

사실을 말할 뿐인데, '근성이 없다'며 비난당한다.

그런 세상에서, 어느새 체념했고, 입을 굳게 다문 채, 억지웃음을 지으며 맞장구만 쳤다.

──하지만! 우리도 싸우고 있단 말이야!! 인생을 걸고!!

최선의 상태에서 최고의 기보를 남기고 싶단 마음까지 부정하지 말아 줬으면 한다.

결코 알려지지 않을 정보일지라도, 오늘 장기가 고통 속에서 자아낸 기보라는 사실만은 누군가가 이해해 줬으면 했다.

"하나다치 선생님, 10분 남았습니다. 몇 분부터 초읽기를 할까요?"

"……."

기록 담당의 말에 대답하지 못할 정도로, 하나다치는 피폐해졌다. 한계를 아득히 초월했으면서도 싸우려는 그 모습을 본 로쿠로바는 경의를 느끼는 것과 동시에…… 자기 몸을 챙겨 줬으면 한다고 진심으로 생각했다.

마지막까지 남겨둔 제한시간이 인정사정없이 사라졌다.

하나다치는 제한시간이 3분 남을 때까지 필사적으로 수를 읽은 후—— 크게 숨을 내쉬었다.

"나는…… 장기에 모든 것을 바쳐야만 비로소 타이틀이 생길 줄 알았어."

"어……?"

하나다치가 갑자기 이야기를 시작하자, 로쿠로바는 깜짝 놀란 눈으로 상대를 봤다.

——투료? 아니, 기록 담당은 시계를 아직 안 멈췄어…….

승부를 버린 게 아니다. 하지만 하나다치는 자기 안에서 무언가에 일단락을 지은 것 같았다.

그와 동시에, 후배에게 무언가를 전하려 하는 것이다.

로쿠로바는 자세를 바로잡고 존경하는 선배의 말에 귀를 기울였다.

"하지만 틀렸어. 내가 바쳤다고 생각한 행복은, 장기와 바꿔야만 하는 게 아니었던 거야. 긴코 양에게 전부 빼앗긴 후에야, 그걸 깨달을 수 있었어……."

초대 여왕, 하나다치 아자미.

여자의 행복을 거부한 것처럼 보였던 철저한 자세 때문에《가시나무 공주》로 불린 그 사람은 상실 끝에 찾아낸 답을 말했다.

"불행해진다고 해서, 고생한다고 해서, 강해질 수 있는 게 아니었던 거야."

"······!!"

"그렇다면 행복해지면서 강해질 방법을 찾자고 생각했어! 원하는 걸 전부 손에 넣자고 말이야! 장기도, 가정도, 원하는 걸 전부 다! 남자애를 꼭 가지고 싶어서 셋째를 임신했고, 그래도 나는 강해질 수 있을 거라고 실감해. 내 전성기는 과거가 아니야. 지금이 가장 강하다고 믿어."

세 아이의 어머니가 될 여류기사는 가슴을 펴며 그렇게 선언하더니, 장기판 너머에 앉은 후배에게 호소했다.

"그러니 타마요 양도 욕심쟁이가 되었으면 해. 너는 주위를 너무 신경 쓰니까······ 상냥하고, 성실하니까, 항상 남들을 우선해 버려. 하지만, 원하는 걸 원한다고 말해도 돼. 행복을 붙잡으려고 불행해질 필요 따윈 없어."

그리고 하나다치는 장기말을 옮겼다.

"자, 내 옥을 잡아 봐. 나도 간단히 져 줄 생각은 없지만!"

발생한 국면을 본 로쿠로바는 숨을 삼킬 정도로 놀랐다.

그것은 승리를 거머쥐기 위한 수가 아니라, 엉망이 된 국면을 정리하기 위한 한 수였다.

결정권을 넘긴 것이다.

하나다치도 한계인 것이리라.

자기도 전부 읽을 수 없는 국면에서, 로쿠로바에게 결단을 맡겼다. 답을 찾아보라고······.

"윽……!! 길은, 두 개……."

옥을 잡으러 갈 것인가, 아니면 방어에 임할 것인가. 단순한 양자택일.

하지만 격렬한 피로와 생리통으로 의식이 혼탁하기 직전인 상황에서 얼마 남지 않은 시간을 쪼개 생각해 본들, 로쿠로바는 정답을 찾아낼 수 없을 것이다.

운을 하늘에 맡기며, 눈을 감고 수를 두는 편이 확률이 높을 것이다.

자신은 히나츠루 아이가 아니니까.

"내가 나아갈 길은———."

로쿠로바 타마요는 떨리는 손을 뻗었다.

정말 원하는 것을 향해.

방 밖이 시끌벅적하단 사실을 눈치채고도, 아이는 고개를 들지 못했다.

"……."

심장이 터질 것만 같았다.

결과는? 만약 로쿠로바가 이겼다면, 자신은 진정으로 그 승리를 축복해 줄 수 있을까?

다급하게 뛰어가는 기자들의 발소리. 셔터를 누르는 소리.

그 사이에 섞인, 귀에 익은 하이힐 발소리.

도쿄에 온 후로 쭉 뒤쫓으며 걸었던 그 발소리가 서서히 다가오더니…… 방 앞에서 멈췄다.

──만약 로쿠로바 선생님이 졌다면? 도전권을 손에 넣은 순간, 나는…….

철컥.

"!!"

문을 여는 소리에, 아이는 고개를 확 들었다.

로쿠로바가 서 있었다.

"선생님……."

시선이 마주치자, 로쿠로바는 미소를 지었다. 그리고 아이를 향해, 평소와 다름없는 어조로 이렇게 말했다.

"축하해."

짤막한 그 말에 모든 것이 담겨 있었다.

"윽————!!"

아이는 그 자리에 주저앉으며…… 울음을 터뜨렸다.

처음으로 손에 넣은 타이틀전 티켓을, 히나츠루 아이는 웃는 얼굴이 아니라 우는 얼굴로 받았다.

"첫 도전이란 꿈은 이루지 못했지만, 아마 그 전에 붙잡아야 하는 게 나한테는 있다고 생각해."

울고 있는 아이를 향한 말일까, 아니면 자기 자신을 납득시키기 위한 말일까.

로쿠로바는 온화한 어조로 이야기를 시작했다.

"만약 그걸 건너뛰고 도전권을 손에 넣는다면…… 평생 그걸 붙잡지 못할지도 몰라. 그렇게 생각하니, 차라리 잘됐다고 납득했어. 뭐, 허세일지도 모르지만 말이야!"

하나다치는, 행복을 거머쥔 채 강해지는 길을 선택했다.

그러니 로쿠로바도 진정으로 원하는 것을 잡기로 했다.

그것은──자신을 장기의 길로 이끈 기사와 함께 살아가겠다는, 결의.

그 등을 쭉 쫓아왔고…… 반드시 잡고 싶단 생각을 했다. 그것을 위해 로쿠로바는, 수를 읽을 수 없는 국면에서, 자신이 수를 읽어서 옳다고 여긴 수를 뒀다. 앞으로 나아가기 위해서.

결과적으로 절대로 둬선 안 되는 수를 둔 바람에 돈사하고 말았지만──.

《가시나무 공주》는 감상전에서 이렇게 말해 줬다.

『너, 장기를 사랑해?』

그러니 이걸로 됐다. 후회는 없다.

감상전을 시작하기 전에 화장실에서 화장을 고치게 됐지만.

"하지만, 너는 다르잖아?"

로쿠로바는 아이의 머리에 손을 얹으며, 상냥한 어조로 말을 이었다.

"히나츠루 아이가 도쿄에 오면서까지 붙잡으려고 한 건, 이 딴 도전권이 아니잖아?"

평생 딱 한 번이라도 좋으니 손에 넣고 싶다.

그것을 손에 넣으면 편해질 수 있다. 기사로 살아왔다는 증거가 된다.

로쿠로바와 나타기리가 그렇게 갈망하던 타이틀이란 골은, 열한 살 소녀에게 있어서는 통과점에 지나지 않는 것이다.

　"그럼 나아가야지! 혼자 가는 게 불안하면, 내가 등을 밀어줄게. 타이틀전을 위해 비워뒀던 스케줄이 백지가 됐거든(웃음)."

　"어째서……."

　"응?"

　이제까지 그저 듣고만 있던 아이가 눈물을 계속 흘리면서, 오열 섞인 목소리로 물었다.

　"어째서 이렇게……상냥하신 거예요……!!"

　"네가 노력하기 때문이야."

　로쿠로바는 망설임 없이 그렇게 말했다.

　"내가 상냥한 게 아니야. 장기를 향한 네 자세가, 나를 바꿔놓은 거야. 그것도 네 재능…… 가장 뜨겁고 커다란 재능이겠지."

　동거를 시작하기 전에는 생각도 못 했던 미래가 눈앞에 펼쳐져 있다. 히나츠루 아이라는 소녀에게는 미래를 바꾸는 힘이 있다.

　"그리고…… 역시 이 말은 안 할래."

　"그건 또 뭐예요! 정말~!!"

　"자, 가자! 방밖에서 기다리고 있는 보도진 앞에 함께 모습을 보여서, 왕창 거북하게 만들어주는 거야!"

　헤드락을 걸듯 아이의 머리를 자기 팔로 감싼 로쿠로바 타마요는 자랑거리인 가슴을 펴며, 방 밖으로 뛰쳐나갔다.

@shirabii

항상 동생을 가지고 싶었어.

함께 장기를 둬주는, 건방지고 귀여운 여동생 말이야.

⌂ 두 사람의 가장 긴 하루

과거 『여류 A급 리그』라 불렸던 여류명적 리그 최종 일제 대국 다음 날.

A급 순위전 최종국이, 같은 장기회관에서 치러졌다.

『장기계에서 가장 긴 날』로 불리는 그날에는 매년 축제가 벌어지며, 계의 방에서는 장기 관계자만이 아니라 장기를 좋아하는 연예인과 문화인도 얼굴을 비췄다. 그리고 저녁부터는 2층 도장을 닫고, 심야까지 이어지는 보드 해설회를 하는 등, 아무튼 매우 바쁘다.

물론 나에게도 보드 해설 일이 들어왔다. 인기 여류기사거든!

"안녕～☆ 어제, 돈사해서 여류명적 도전권을 놓친 로쿠로바 타마용이야～☆"

"도, 도전권을 획득한, 히나츠루 아이예요! 죄송해요!!"

"그리고 여류명적 리그에서 탈락한 코이지 린이야! 전부 떨어져, 떨어져, 떨어져버려!!"

"코, 코이지 선생님? A급에서 탈락하는 건 두 명뿐……."

"시끄러워! 다들 불행해지란 말이야!!"

린린 장난 아니네.

그런 즐거운(?) 보드 해설도, 초등학생을 택시에 태워서 본가에서 경영하는 여관에 보낸('끝까지 있을래요!' 라고 저항했지만, '부모님께 도전권을 땄다는 걸 보고해.' 하고 명령하니 납득했다) 후에는 살벌한 시간대에 돌입했다.

명인과 같은 세대 타이틀 경험자들이 차례차례 져서 B급 1조로 강등됐다.

세상이 종말을 맞이한 것처럼 절망적인 표정을 지으며, 보드 해설회에서 팬을 향해 고개를 숙이는 황금 세대의 기사들. 강등한 자들은 해설회에서 얼굴을 보이지 않는 법이지만, 그들은 일부러 얼굴을 내비쳤다.

그런 기사들의 모습을 보고, 팬들도 울음을 터뜨렸다.

세대가 변하는 순간을 눈에 새기면서도, 나는 아직 끝나지 않은 유일한 장기에 대한 생각으로 머릿속이 가득 차 있었다.

그것은── 명인 도전자를 결정하는 대국.

같은 세대인 나타기리 진 8단과 오이시 미츠루 9단의 대국이다.

친하기 때문에, 나이가 비슷하기 때문에, 장기관과 인생관이 정반대이기 때문에, 그 장기는 가장 격렬하게 빛나고 있었다.

서로의 인생이 맞부딪치는 듯한, 처절한 종반전이다. 한 수를 둘 때마다 행사장에서는 비명과 한숨이 교차했다.

종국 시간은, 오전 2시 18분이었다.

바로 그때, 나는 《프로 여류기사》답지 않은 꼴사나운 모습을 보이고 말았다.

보드 해설 도중인데…… 울고 만 것이다.

아무리 말을 쥐어짜려고 해도 무리였다. 눈물이 계속 흘러나온 바람에…… 한마디도 할 수가 없었다.

"타마용. 여긴 나한테 맡겨."

"미안해……."

마이크를 린린에게 건넨 후, 나는 대국실로 뛰어갔다.

보도진과 관계자로 북적이는 그 방에서는, 마침 승리자의 인터뷰가 진행되고 있었다.

명인 도전자가 된…… 나타기리 진 8단의 인터뷰가.

"첫 명인 도전이십니다만, 지금 심경을 여쭤도 될까요?"

"반왕전에서 진 직후에, 이렇게 또 명인에게 도전할 기회를 얻게 된 것에…… 감사합니다."

지칠 대로 지친 탓에, 미소조차 짓지 못 한 채, 그는 말을 쥐어짜냈다.

"7전 승부는 어떤 식으로 전개될 거라 예상하십니까?"

"세간에서는 제가 또 진다고 볼 테죠. 그게 당연하다고 생각합니다. 저는 아직도, 제가 어째서 진 건지 모르니까요……."

"그것은 패인 분석이 아직 끝나지 않았다, 는 말씀입니까?"

"네."

경악한 주위 사람들을 향해 고개를 끄덕인 나타기리 진은 이렇게 말을 이었다.

"패인은 아직 모릅니다. 그러니 알 때까지 몇 번이든 도전할 겁니다. 명인이 저한테 질려서 타이틀을 내팽개칠 때까지, 몇 번이든…… 말이죠."

관계자만이 이용하는 계단의 층계참에서 진진을 기다리던 나는, 내려오는 그를 보고 가벼운 어조로 말을 건넸다.

"여어~."

벽에 등을 맡긴 채, 나는 한쪽 손을 들며 미소를 지었다.

"명인 타이틀에 도전하게 됐네? 대단해."

"응."

"그런데 말이야."

고개를 숙이며, 빠른 어조로 말했다. 침묵이 무서웠다.

진짜로 하고 싶은 말은 따로 있지만, 내 입에서 나온 것은 생각도 못 했던 말이었다.

"진진이 아이를 맡기로 한 건 말이야. 나를 위해서……라고 생각하는 건, 너무 자기중심적이려나?"

"그 애를 곁에 두기로 한 건, 순수하게 나를 위해서야."

진진의 대답은 명쾌했다.

"그저, 그 덕을 타마요 양도 봤으면 좋겠다고 생각했을지도 모르겠는걸?"

"그것참 고맙네."

덕분에 좋은 경험을 했다. 그 점은 진심으로 감사하고 있다.

하지만, 지금의 대답을 듣고 자신감이 살짝 흔들리고 말았다. 말해야 할까, 말하지 말아야 할까…….

내가 주저하자──.

"제자를 두는 사람을, 쭉 이해할 수 없었어."

진진도 벽에 기대더니, 내 옆에서 멋대로 이야기를 시작했다.

"가정을 꾸리는 사람도 마찬가지로 이해가 안 됐어. 자기를 위해 쓸 수 있는 시간과 체력이 줄어들 텐데 말이야."

"……."

"하지만, 그것이 바뀌게 되는 일이 일어났어."

"그게…… 아이인 거야?"

나는 마음이 약해진 채 그렇게 물었다. 역시 말하지 말까…….

진진은 아련한 눈길을 머금으며, 이런 이야기를 했다.

"신인 기사 시절, 초등학생 여자애와 장기를 둘 기회가 있었어. 장기말을 옮기는 법도 모르던 어린애에게 장기를 가르쳐 주는 건 시간 낭비라 생각해서 한 번은 거절했지만, 연맹의 명령으로 어쩔 수 없이 간 곳에서…… 그 애를 만난 거야."

"그건……!"

"불가사의한 느낌이었어. 자기 장기에 할애하는 시간이 줄었는데…… 어찌 된 건지 그 애에게 장기를 가르쳐 줄 생각을 하니, 장기가 더 즐거워졌어. 공식전에서도 점점 이기게 됐지. 강해지는 걸 실감할 수 있었던 거야."

장기회관이 낡아서 다행이라고 생각했다.

어둑어둑한 이 계단에서는, 눈물이 맺힌 내 눈과 새빨개진 내 귀가 진진에게 보이지 않을 테니까…….

"그때 그 감각을, 되찾고 싶었고…… 느껴 줬으면 했어. 내가 알려줄 수는 없는 거니까 말이야."

누구에게? 하고 물을 필요는 없었다.

내가 원하던 답이 아니지만, 진진은 그 이상의 말을 해 줬다.

그러니까——.

"나타기리 선생님."

나는 벽에서 등을 떼고, 진진과 마주 섰다.

그리고 도전하듯 그의 눈을 쳐다보며, 이렇게 말했다.

"선생님을 좋아해요."

진진은 그때와 마찬가지로, 내 얼굴을 지그시 쳐다보았다.

"타마요 양에게는…… 오빠나 남동생이 없었지?"

"없어~. 알잖아?"

"그럼 본인으로 만족할 수밖에 없으려나?"

"그래. 나로 만족해."

또 넘쳐흐르려 하는 눈물을 손가락으로 훔친 후, 나는 진진의 가슴을 주먹으로 가볍게 때렸다.

분명, 지금 바로 뭔가가 변한 건 아니다.

그래도 서서히, 이렇게 앞으로 나아간다. 도전을 이어간다. 진진이 거절하는 게 귀찮아져서 '알았어.' 라고 말할 때까지, 몇 번이든 도전한다. 연구용 옆집은 이미 빼앗았으니까, 거의 다 넘어온 거잖아?

"이상한 여자애를 주웠다 싶지? 하지만 안되셨군요! 절대로 너한테서 떨어지지 않을 거야!"

이 사람이 장기를 나에게 줬다.

그렇다면 나에게 있어서, 나타기리 진이 없는 장기는 말이 안 된다.

그런 욕심에 찬 순수함이야말로, 히나츠루 아이가 나에게 깨닫게 해 준 것이었다.

타이틀을 따는 것이 『골』이라고 생각했다.

그러면 편해질 수 있다고 여겼다.

한 번이라도 좋다. 딱 한 번이라도 정점에 서면, 그 후의 인생이 완전히 달라질 것이다. 지금이 그걸 이룰 최고의 기회라고⋯⋯ 소라 긴코가 사라지고, 히나츠루 아이와 야샤진 아이가 완전히 성장하지 않은 지금이, 나에게 마지막 기회라고 생각했다.

하지만, 아니었다.

──나는 진진과! 영원토록! 장기를 두고 싶어!!

그래서 이 사람이 계속 도전하는 한, 나도 도전할 것이다. 언제까지든, 어디까지든 계속 될 것이다!

그것이 내가 선택한 행복이다.

"명인전이 끝나면──."

"끝나면? 뭐?"

"오랜만에 누마즈에 있는 타마요 양의 집에 인사하러 갈까?"

"어?! 그, 그건──."

따님을 주십시오, 같은 소리를 하려는 거야?!

단숨에 장군을 당하고 만 것처럼 가슴이 뛰고 있는 나를 향해 씨익 웃으며, 명인에게 계속 도전하는 남자가 말했다.

"타마요 양의 아버님은 내 타입이거든♡"

"잠깐만?! 우리 집을 가정 붕괴로 몰아넣지 마!!"

▲ 최고의 선물을

마치는 밤늦은 시간에 아마노하시다테로 돌아왔다.

"위로 파티하제이. 그 다음에 원고 완성 뒤풀이도 하는 기다!"

물론 오늘은 지옥까지 어울려줄 각오가 되어 있다.

"완성된 칼럼은 어쩔 거야? 프린트해 뒀는데……."

"지금은 원고보다 술이 더 고프데이."

지당하신 의견이었기에, 프런트에 전화해서 요리와 마실 것을 왕창 가져다달라고 부탁했다. 그리고 온천에 들어가서 대국과 여행의 피로를 씻어낸 마치가 유카타 차림으로 방에 돌아오자, 단둘이서 술판을 벌였다.

그 직후, 날씨가 매우 나빠졌다.

최근 몇 년 들어 가장 심한 한파가 찾아와서, 밖에는 맹렬한 눈보라가 휘몰아쳤다. 낡은 여관은 쉴 새 없이 덜컹거렸고, 거칠어진 파도가 부딪치며 내는 굉음이 밤새도록 울려 퍼졌다. 이대로 건물이 붕괴되는 건 아닐까 하며 평소 같으면 공포에 사로잡히겠지만——.

"아하하하!"

웬일로 술을 마신 마치가 계속 웃어댔다.

아니, 이건 심각한 술주정이다.

"책에서 읽은 전법을 전부 야이치한테 시험해 본 기가?! 긴코 양의 인체실험은 너무한 수준이데이! 사형제가 변태 같은 장기를 두게 된 걸로 모자라 로리콤이 된 것도 당연하다 아이가! 아하하하하하!!"

"맞아! 내가 로리콤이 된 건 전부 사저 탓…… 아니, 잠깐만! 로리콤이 아니라고 내가 말했잖아?!"

"키요타키 일문 이야기는 하나같이 재미있데이! 칼럼으로 써서 책으로 내도 될 레벨이다 아이가! 자, 더 들려도~♡"

"……그럼 비장의 이야기를 들려줄까."

술기운을 빌렸다고는 해도, 마치는 패배의 충격을 잘 소화하고 있다.

그렇다면…… 이 틈에 이야기해두자. 그 일을 말이다.

"어느 날 말이지? 아이가 갑자기 이런 소리를 했어. '사부님…… 큰일났어요.' 하고, 울먹이면서 말이지."

"호오~? 대체 무슨 일이고~?"

"그게 완전 걸작이야! 세상이 다 망한 듯한 표정이어서, 무슨 일인가 했더니…… '더는 풀 장기 묘수풀이가 없어요…….' 라고 말하지 뭐야!"

"아하하하하하! 대체 장기 묘수풀이를 얼마나 좋아하는 기고! 변태의 제자는 역시 변태데이~!"

"그래서 내가 컴퓨터에 해박한 녀석한테 부탁해서 장기 묘수풀이를 준비해달라고 했어. 대량으로 말이지."

"컴퓨터? 왜 갑자기 컴퓨터가 튀어나오는 기고?"

정신이 퍼뜩 뜬 마치가 그렇게 묻자, 나는 이 마술의 트릭을 밝혔다.

"소프트는 자기 대국과 소프트−소프트 대국을 고속으로 하잖아? 그 안에서 메이트가 발생한 국면만 추출해서, 5만 개의 소프트 실전 장기 묘수풀이를 만든 거야."

"⋯⋯!!"

이 방법이라면 무한대로 실전 장기 묘수풀이 문제를 만들 수 있다.

그리고 소프트 발상의 서반 및 중반에서 발생하는 새로운 종반의 트레이닝으로서, 이보다 효율적인 방법은 없을 것이다.

"그래⋯⋯. 그래서 내가 진 기가⋯⋯."

마치는 처음으로 분한 감정을 드러내며, 중얼거렸다.

"그 무시무시한 종반력을 체감한 지금은 알 수 있데이. 야이치가 아이 양에게 선물한 건, 단순한 장기 묘수풀이 문제가 아니제?"

"⋯⋯."

"야이치는 아이 양에게⋯⋯ 그 애가 가장 힘을 발휘할 수 있는 시대를 선물하고 싶었던 거 아이가? 나를 이용해서⋯⋯ 이 쓰레기 로리콤⋯⋯."

그것은 언젠가, 꼭 찾아올 시대지만 말이다.

"쿠즈류 노트 덕분에 시곗바늘을 조금만 빨리 돌아가게 할 수 있을지도 몰라⋯⋯. 고마워, 마치."

변하는 건 싸기와 전법만이 아니다.

아이와 그 아래 세대에게, 장기는 인간에게 배우는 것이 아니게 되리라.

그렇게 되면…… 사제 관계도 소멸해버리는 걸까?

나에게 모든 만남은 장기를 통해서 이뤄졌다. 사부님과도, 사저와도, 두 제자와도…… 마치와 아유무 같은 동료들과도.

그런 사람과 사람 사이의 인연조차도 사라져 버린다면──.

"큭…… 크…… 크큭…… 우…… 아……."

"마치?"

처음에는 웃는 줄 알았다. 이제까지와 마찬가지로 말이다.

하지만 그것은 정반대였다.

뚝…… 뚝…… 하며 다다미에 떨어지는 물소리가 들렸다.

"흐……으으윽! 으아……아아아아, 으……에에에엥……!!"

마치가 어린애처럼 큰 목소리로 울음을 터뜨렸다.

처음 만났던 초등학생 명인전 때처럼…….

"으흐흑……! 아…… 아아아아아아아아아! 우에에에에에에에에엥……!!"

"아…… 미안해, 마치…… 미안해……."

역시 이 타이밍에 이런 이야기를 해선 안 됐다.

"울지 마……."

어쩌면 좋을지 몰라서, 미안해서, 나는 그저 우물쭈물하며 마치에게 "울지 마? 응?" 하고만 말했다.

그런 대화를 얼마나 나누었을까?

마치는 양손으로 눈물을 훔치며 말했다.

"아이 양에게는, 선물을 줬제? 그건 불공평하데이……."

"응……. 미안해……."

"내한테도 선물을 도……."

"좋아. 내가 줄 수 있는 거라면…… 원하는 게 뭐야?"

"타임슬립."

"뭐?"

뜻밖의 말이었기에 무심코 되묻자…….

"기억하제? 여기에 오면서, 전철에서 한 이야기 말이데이."

"아, 응……."

그때 마치는 작은 목소리로 이렇게 말했다.

『인생을 되돌리고 싶은 기가?』

나는 대답하지 못했다. 그것은 불가능하니까. 하지만──.

"내는, 되돌리고 싶데이."

"뭐…… 뭘 말이야? 오늘 장기를? 아니면…… 인생을?"

"야이치와의 시간을."

마치는 그렇게 말하더니, 슥…… 일어섰다.

그리고 유카타의 허리띠를 풀더니──.

유카타가 발치로, 슬로 모션처럼, 천천히 흘러내려서──.

이 세상에 나올 때의 모습을 드러내고, 쿠구이 마치가 말했다.

"기사도, 기자도 아닌…… 내를 봐도."

눈앞의 광경이 믿기지 않았기에, 그저…… 그 아름다운 알몸을 응시했다.

봐선 안 된다고 생각하면 할수록, 눈을 뗄 수가 없어서…….

"아─."

충격에서 벗어난 나는 다급히 등을 돌렸다.

"안 돼! 아, 아무리 장기에 져서 분해도 그렇지, 그렇게 자포자기하면…… 술에 취해서 연인도 아닌 남자에게 그런 모습을 보여주면 안 된다고!!"

방에서 나가려 했지만─ 마치가 등 뒤에서 껴안으며, 나를 잡았다.

"내를 혼자 두지 말그라."

"마, 마치…… 부탁이니까 놔. 응? 놔주지 않는다면 힘으로라도─."

"그런 짓 못한데이."

마치는 나를 꼭 끌어안으며, 몸과 말을 포갰다.

부드러운 피부의 감촉. 그리고 술 냄새와 달콤한 체취가 섞인 향기가 내 감각을 지배했다.

알몸을 보는 것보다 더 생생한 자극에…… 이성이 무너질 것만 같았다.

"야이치가, 내를 버리지 못한다는 건 안데이. 장기에 져서 우는 여자애를…… 쿠즈류 야이치는 절대 내팽개치지 몬한다."

"윽……."

"내만이 아닌 기다. 아이 양도, 텐짱도 마찬가지제? 야이치는

너무 상냥해서, 불쌍한 애를 내버려두지 못한데이. 그러니 가장 불쌍한 그 애를——."

"마치!!"

자신의 마음을 까발리려 하는 그 위험한 말을, 나는 고함을 질러서 막았다.

"이미 눈물을 그쳤지? 그럼 나는 이 손을 떨쳐낼 수 있어. 한번 해 볼까?"

"아직 눈치 못 챈 기가?"

"뭐?"

"울고 있는 건 야이치데이."

내가…… 울고 있다고?

"이 여관에 온 후로 쭉, 야이치는 잘 때마다 울었데이. 울면서, 신음하면서…… 괴로운 듯이 한 사람의 이름을 불렀다……."

"윽……! 그건……."

"꿈속에서까지 속박당한 기가. 야이치는 참 불쌍하데이."

어느새 공수가 교대됐다.

마치의 가는 팔을, 나는 떨쳐내지 못했다.

그뿐만 아니라 아까보다 몸이 더 밀착되었고——.

"하지만…… 그래도 나는, 그 애들밖에……."

"일문의 유대는 덧없는 거데이. 몇 번을 되풀이하더라도, 아이 양과 긴코 양은 야이치 앞에서 사라질 기다. 자기 입으로 그렇게 말했제?"

"……."

"하지만, 그게 야이치 잘못이가? 내는 야이치가 일방적으로 버려지는 것처럼 보인데이. 상처 입는 게 당연하다 아이가!"

다들 나를 비난하는 가운데…… 나 자신도 자신을 탓할 수밖에 없는 가운데, 그 말은 마약처럼 감미로웠다.

"내는 야이치의 장기를 더 보고 싶데이. 야이치가 장기계를 뛰어 올라가는 모습을 보고 싶데이. 야이치의 상처를 치유해 줄 수만 있다면…… 내가 할 수 있는 일을 뭐든 할 기다. 뭐든……."

나보다도 나를 깊이 아는 마치의 연구 수순에 휘말리면서, 모든 반격이 봉쇄당했다.

"게다가…… 내라면, 야이치에게 선물해 줄 수 있을 기다."

"뭐…… 뭘?"

"절대로 배신하지 않는 것을."

뒤편에서 내 유카타의 허리띠를 풀면서, 마치는 말했다.

"장기 같은 불확실한 게 아닌…… 진짜 피로 이어진 존재를."

"윽……!! 그건……."

스스로도 눈치채지 못한, 평소 마음속 깊은 곳에 잠들어 있던 욕망을, 쿠구이 마치는 인정사정없이 폭로했다.

왜냐하면 그녀는 관전기자로서, 누구보다 나를 유심히 지켜봐 왔으니까.

마치가 한 말은 전부, 내가 마음 한편으로 원하던 것이니까.

나 자신이 무의식적으로 갈구해 왔던 것이니까──.

"좋아해."

아아…….

그 기분 좋은 말을, 가장 원하는 말을, 마치가 해 줬다.

"야이치가 두는 장기를 좋아해. 야이치가 말해 주는 전법을 좋아해. 야이치가 쓰는 문장을 좋아해. 야이치가 장기말을 두는 모습을 좋아해. 야이치가 장기판을 응시하는 눈길을 좋아해. 장기를 두는 야이치 군을⋯⋯ 사랑해."

책을 쓸 것을 권해 줬을 때처럼, 마치만은 항상 나에게 줬다.

마음속의 쓸쓸함을 메울 방법을.

말을. 몸을.

그리고 마음을.

"지금이라면 전부 내 탓으로 할 수 있데이. 장기에 져서 자포자기한 채 술을 마시는 내를, 위로해 주려고⋯⋯ 했다는 걸로 하면 되는 기다."

마치의 가는 손가락이 대담하게 움직였다.

그리고 드디어, 내 유카타도 다다미 위에 흘러내렸다.

"야이치의 죄도, 좋아해."

아마노하시다테에서 마치가 읊었던 시.

『너도 죄인 나도 죄인』이라는 말의 의미.

스마트폰을 돌려받은 후, 그 의미를 검색해 봤다.

억누르고 있던 마음이 결국 넘쳐흐르고 말아서, 금단의 사랑으로 치닫고 만, 부정(不貞)의 노래.

그것은—— 소중한 사람을 배신하는 노래였다.

즉, 그때부터 마치는 이미⋯⋯.

"여기서 있었던 일은 누구한테도 알려지지 않을 거데이. 이 폭풍 탓에, 아무한테도 소리가 들리지 않을 기다. 아무리 격렬하게 하더라도…… 둘만의 비밀로 삼을 수 있을 테니까……."

비밀.

마지막에 와서 입에 담은 그 말은, 맞닿은 피부의 감촉만큼 감미로웠다.

그 장기 합숙처럼 비밀로 삼으면——.

"마치."

나는 뒤돌아서서…… 마치와 정면에서 마주했다.

"아아……! 야이치……!! 야이치, 야이치, 야이치……!!"

내 가슴을 온몸으로 애무하며, 마치는 황홀경에 빠진 듯한 목소리로 말했다.

"둘이서 되돌리제이. 아이 양도, 긴코 양도 없는 세상에서, 새로운 이야기를——."

"내 이야기는 여기에 있어."

"……뭐?"

그 시의 의미를 안 순간, 진짜 답을 눈치챘다.

마치가 아마노하시다테 신사에서 무엇을 빌었는지를.

그래서 나는 준비해 뒀다.

그 마음에 대단 대답을…….

"읽어 봐. 이게 내 대답이야."

다다미에 떨어진 내 유카타를 주워서 걸친 나는 마찬가지로 바닥에 떨어져 있던 유카타를 마치에게 걸쳐준 후, 몇 장의 종이 다발을 건네줬다.

"이건…… 칼럼? 책에 수록할 예정인……? 왜 지금, 이딴 걸
——."

의아하다는 듯이 종이를 쳐다보던 마치는…….

"……!!"

뚫어지게 그 종이의 글을 읽기 시작했다.

내가 거기에 쓴 것은—— 장기 귀신에 대한 이야기였다.

수행을 위해 고향인 시골을 떠난 소년이, 장기 기사의 집에 살
던 장기 귀신을 만나, 함께 성장해 나가는 이야기.

하지만 장기 귀신은 소년의 앞에서 사라지고 만다.

그래서 소년은 장기책을 썼다. 그러면, 장기를 좋아하는 그 귀
신이 읽어 줄 테니까.

"내가 도저히 못 쓰겠다고 말했을 때, 마치가 가르쳐 줬지? 글
자를 잘 모르는 어린애도 쿠즈류 노트를 읽어줬으면 한다고 말
이야."

"……."

"한자를 읽지 못하던 나는, 그 애에게 책을 읽어달라고 했어.
책에 적힌 전법을 그 애가 나에게 써 주면서…… 나도 그 책의 내
용을 알게 됐어. 그게 우리가 책을 읽는 방법이었던 거야……."

은발의 장기 귀신은 사부님의 집에 있던 장기책을 읽는 것을 좋
아했다.

그리고 나는, 책을 읽는 그 애의 모습을 보는 걸 좋아했다.

"어떻게 쓰면 좋을지 감이 오지 않았을 때, 그 애가 책을 읽는 모습을 상상했더니…… 쓸 수 있게 됐어. 망설임이 사라지면서, 글이 자연스럽게 내 안에서 넘쳐나온 거야."

책을 다 읽고, 접이식 장기판에 새로운 전법을 둬주는 것을, 강아지처럼 그 애를 따라다니며 항상 기다렸다.

그리고 지금도, 나는 그날이 다시 찾아오기를 기다리고 있다.

"나는 슬퍼서 운 게 아니야. 기뻤던 거야. 설령 꿈속에서라도, 그 애와…… 장기 귀신과 만났는걸."

확실히 나는, 장기를 통해 생긴 가족이 사라져서 절망했다.

그 상처는 아직도 아물지 않았다.

"하지만 역시 믿고 있어! 장기로 이어진 존재를. 장기에는 사람과 사람을 이어주는 힘이 있다는 것을……."

칼럼 말미에서, 나는 진심을 담아 장기 사랑을 이야기했다.

장기와, 그리고 장기 귀신을 향한 사랑을.

다 쓰고 나서 얼굴을 붉힐 정도로 부끄러운 문장을.

"몇 번 상처 입든, 몇 번 괴로워하든…… 나는 몇 번이든 아이를 제자로 삼을 테고, 몇 번이든 긴코를 좋아하게 될 거야."

몇만 번 지더라도 장기를 계속 둔 것처럼.

설령 그것이 돌이킬 수 없는 실수일지라도.

"그러니까…… 미안해. 쿠구이 씨와는, 그럴 수 없어."

미인이며, 장기를 잘 두며.

나를 누구보다 이해해 주는, 상냥한 아내.

그런 아내를 쏙 빼닮은, 귀여운 자식.

대국을 치르느라 지쳤을 때, 나를 사랑해 주는 따뜻한 가정이 있다면.

인생을 되돌려서, 그런 행복을 손에 넣을 수 있다면.

외톨이가 됐을 때, 그런 망상으로 도피하지 않았냐고 묻는다면…… 나는 부정할 수 없다.

쿠구이 씨에게 좋아한다는 말을 듣고 마음이 전혀 흔들리지 않았냐고 묻는다면, 역시 부정할 수 없다.

그러니 그 애와 재회했을 때, 사과할까 한다. 지금까지 비밀로 해온 장기 합숙도 포함해서 말이다.

분명 불같이 화를 내겠지만, 지금은 그 애가 입버릇처럼 말하던 '돈사해버려'나 '확 담가버린다' 같은 흉흉한 말도 그리웠다.

"야이치는, 비겁하데이……."

칼럼이 인쇄된 종이에서 눈을 떼지 못한 채, 쿠구이 씨는 중얼거리듯 말했다.

"항상, 항상, 이렇게 내를…… 방관자 취급한다 아이가……."

뚝…… 뚝뚝…….

종이 위에 떨어지는 진주 같은 눈물방울을 보자, 내 마음은 간단히 흔들렸다.

"아아…… 울지 마. 울면 안 돼……. 나 같은 애 때문에……."

"싫타. 울 기다."

마치는 동요한 나를 원망하듯 노려보았다.

그리고 어린애처럼 볼을 부풀린 내 첫 담당 편집자는, 종이 다발을 꼭 끌어안으며 말했다.

"이렇게 감동적인 이야기를 보믄…… 울 수밖에 읍다!"

"그 사진, 저자 소개문에 썼어."

편집장이 그렇게 말한 순간, 무슨 말인지 이해하지 못했다.

"괜찮은 사진이던걸. 드디어 내가 10년 전에 찍은 사진을 넘어섰잖아. 실은 표지로 쓰고 싶을 정도였지만, 스냅사진을 표지로 쓰는 건 좀 그렇거든. 하지만 표지도 네가 찍은 타이틀전 사진이니까, 봐달라고!"

다른 이들이 없는 편집부에서, 인쇄소에서 도착한 『쿠즈류 노트』의 커버 견본을 몰래 꺼내든 편집장이 기분 좋은 듯이 그렇게 말했다.

"편집장님…… 아니, 사부님."

나는 상사이자 스승인 카야오쿠 타이세이 7단의 말을 끊었다.

장기연맹의 서적부는 전통적으로 프로 기사가 발행 책임자를 맡는다.

하지만, 편집의 실무까지 담당하는 건 사부님뿐이다.

기사를 은퇴한 후에는 고향인 교토의 장기 교실 운영도 보급 지도원 자격을 딴 장려회 출신 제자에게 맡겼다. 그리고 센다가야의 장기회관 지하 1층에 있는 이 편집부의 주인이 된 정말 자유로운 인물이다.

덕분에 나도 자유롭게 활동하고 있는 거지만······.

"한 권의 책에 경비를 지나치게 쓴 건 사과드릴게요. 하지만 쿠즈류 노트는 분명 히트를 칠 것이며, 장기계에 충격을 가져올 거예요. 이 책을 내는 건 연맹의 사명이라고──."

"책의 완성도에 관해서는 의심하지 않아. 스승으로서 내가 너에게 가르쳐 준 게 뭐지?"

"문장을 쓰는 법. 사진을 찍는 법. 편집과 취재 방법입니다."

"그래. 나는 장기를 잘 못 두거든. 그 초등학생 명인전 후에 너한테 '제자로 받아주이소.' 라고 부탁받았을 때, 장기는 가르치지 않기로 결심했어. 그 대신──."

"그 대신, 뭐죠?"

"언젠가 네가 이런 사진을 찍을 수 있게 됐을 때, 전하려고 했던 게 있어. 아마추어가 찍은 사진이 사람의 마음을 흔드는 이유를. 들을래?"

"······! 네. 경청하겠습니다."

"사랑이야."

사부님은 웬일로 진지한 표정을 지으며 그렇게 말했다.

"프로는 피사체를 냉정하게 봐서 『좋은 사진』을 찍으려고 하지. 기사가 자기 취향보다 승률을 우선해서 장기를 두듯이."

"······."

"하지만 아마추어는 찍고 싶은 것만 찍어. 운동회와 발표회에서 부모가 자기 자식만을 필사적으로 찍잖아? 그런 사진 속에서, 기적의 한 장이라는 게 태어나는 법이지."

"즉…… 촬영자의 사랑이, 중요하다는 건가요?"

"그 사진을 찍었을 때, 나는 웬일로 그런 심정이었어. 장기를 지고, 표창식에서도 울고 있는 여자애에게…… 감정 이입을 한 거지. 딸의 어린 시절이 생각났거든."

안 그래도 마음에 약해진 나는 그 말에 허를 찔렸다.

나는 급히 안경을 벗으며 눈가를 손가락으로 훔쳤다.

"갑자기 무슨 소리를 하는 거예요……. 혹시 차인 제자를 위로해 주려는 거예요?"

"아니, 잘 들어. 여기서부터가 본론이거든."

사부님은 다시 커버의 견본을 손에 들더니…….

"표지로 고른 이 사진…… 작년 용왕전에서 명인에게 첫 승리를 거둔 직후에 찍은 쿠즈류의 표정도 나쁘지 않아. 이 사진은 쿠즈류의 '더 강해지고 싶어' 같은 마음의 소리가 멋지게 담겨 있거든. 하지만 말이지──."

사부님은 커버 구석에 실린 조그마한 사진을 가리켰다.

아마노하시다테 신사에서 이소시미즈를 뿌린 후, 바닷가에서 내가 찍은── 야이치의 스냅 사진이다.

"이 사진에서는 네 목소리도 전해져."

"제, 목소리……?"

"이렇게 작은 사진에서도, 네 커다란 목소리가 들려오는 거지. 그리고 이 사진을 본 후에 십 년 전의 그 사진을 보니──."

사부님은 책상에 놓여 있던 십 년 전의 장기잡지를 손에 쥐더니, 내가 수백 번도 더 펼쳐본 그 페이지를 바로 펼쳤다. 그 순간,

놀랍게도 그 목소리가 들려왔다.

『처음 만난 순간부터 쭉 좋아했어요.』

되돌릴 필요는 없었다. 아마노하시다테 신사에서, 나는 그 말을 전했으면 됐다.

첫사랑을 지켜온 소녀의 이야기를.

공주님의 뒤편에서 쭉 숨겨왔던 마음을 품어왔고…… 용기를 쥐어 짜낼 수 있었던 것은, 그저 네가 미소를 되찾아줬으면 해서라고…….

"하지만 이미 늦었어요. 더 빨리 가르쳐 주셨다면, 저는…… 멍충이 사부…… 왜 빨리 안 가르쳐 준 기고…… 이 바보야……."

"이미 늦었어? 왜 빨리 안 가르쳐 줬냐고? 이런이런. 《유린의 마치》나 되는 사람이 참 감이 나빠졌는걸?"

오랜 세월 동안 많은 기사를 지켜봐 왔고, 그들의 이야기를 글로 써오면서, 드디어 《노사》라고까지 불리게 된 내 스승은…….

"이 쿠즈류의 표정 좀 보라고. 딱 봐도 너한테 확 넘어갔잖아!"

스승은 제자가 찍은 사진 속 야이치를 손가락으로 툭 치면서 가르쳐 줬다.

남자애의 이야기에서는 아직 그 공주님이 히로인일지도 모르지만──.

내 이야기도 아직 계속되고 있으며…… 이제 막 시작됐을 뿐이라는 것을.

⌂ 당신에게 바치는 이야기

　통조림 집필이 끝나고 2주 후——드디어 책이 완성됐다.
　"오오오~! 이게 내 처녀작……!!"
　인쇄된 『쿠즈류 노트』가 열 권 정도 놓인 테이블은 그곳만 빛나고 있는 것처럼 내 눈에 보였다.
　노력이 눈에 보이는 형태로 남겨지는 일이 적은 기사란 직업에서, 이렇게 소비한 노력이 형태로 남는 것은 꽤나 얻기 힘든 경험이었다. 기, 기뻐……!!
　"발매일보다 꽤 전에 받았네요?!"
　"그렇데이. 동서의 장기회관에서 일찍 내놓기도 하니까."
　발매는 4월. 장기계의 새로운 시즌의 시작에 맞춰 서점에 진열될 예정이라고, 쿠구이 씨는 가르쳐 줬다.
　"그런데 야이치. 헌정본은 어떻게 할 기고?"
　"헌정본?"
　"계약서에 쓰여 있었다 아이가. '열 권은 견본으로서 저자가 구입한다.'라고 말이데이. 보통 그것을 신세를 진 사람에게 선물한데이."
　"앗. 그러고 보니 저도 아는 기사들에게 책을 받은 적이 있어요."
　그런 책은 출판사에서 공짜로 주는 거라고 생각했는데, 실은 저자가 돈을 내고 산 것이었다. 정말 감사한걸…….

"기사는 색지와 부채처럼 책에도 휘호를 써서 선물하는 사람이 많으니, 계약 시의 저자 견본은 전부 여기에 가져왔데이."

"그럼 여기에 휘호를 쓰고, 낙관을 찍어서, 쿠구이 씨에게 주면——."

"우편 배송이 나은 사람은 내가 발송해 주께. 그 밖에는 출판사 측에서 보내는 사람도 있는 기다. 명인이라든가 말이데이."

"며, 명인에게도 보내나요?!"

"여기에 쓰인 전법을 명인전에서 채용해 준다면 최고의 선전이 되지 않긋나?"

채용……하려나?

내가 책에 실은 엉터리 전법이 명인전에서 쓰인다면 '급이 떨어진다' 같은 비난을 들을까 봐 무섭다. 아마추어들이 리뷰로 난리를 피울 것 같아…….

"그 밖에는, 역시 유명인에게도 보내야 될 거데이. 《나니와의 백설공주》라든가."

슬그머니 나온 그 이름을 들은 순간 나는 무심코 소리쳤다.

"……!! 사, 사저가 어디 있는지 안 건가요?!"

"전부터 알고 있었데이."

네…………?

"어? 잠깐……어어?! 전부터 알고 있었다고요?! 그럼 저는 뭘 위해서 집필처럼 무지막지하게 힘든 작업을 한 건데요?!"

"책이 완성됐으니 됐다 아이가. 지금, 충실감을 느끼고 있제? 기쁘제?"

"그, 그렇긴 하지만, 그런 문제가──."

"이 메모에, 긴코가 요양하고 있는 장소가 적혀 있데이."

심장이 크게 뛰었다.

너무 크게 뛰어서, 그대로 멎는 게 아닐까 싶을 정도로…….

가슴이 아프고, 옥죄어드는 것처럼 괴로우며…… 눈물이 날 정도로, 안타까워서…….

"여기에…… 사저가……."

"그렇데이. 내가 만나서 이야기도 해 봤다 아이가. 료도 동행 했으니 숨기지는 않겠는디, 긴코는 생각보다 건강하게 지내고 있었데이."

"츠키요미자카 씨도 사저를 만났나요?!"

"아니, 료는 만날 용기가 없는지 차에서 기다렸재. 가는 항상 그렇다. 중요한 순간에 겁쟁이가 된데이."

쿠구이 씨는 메모를 내민 채, 이렇게 말했다.

"가 봤자 면회를 거절당할 가능성도 있데이. 그렇게 되면 헛걸 음하는 거고…… 긴코도 다른 곳으로 옮길지도 모르는 기다. 그 래도 갈 기가?"

"……."

만나고 싶다. 1초라도 빨리 만나고 싶다.

그 마음이 온몸의 세포를 자극했다. 만나고 싶다. 만나고 싶다, 만나고 싶다, 만나고 싶다!

하지만──.

"지금 제가 전하고 싶은 건 전부 다, 이 책에 썼어요."

나는 딱 잘라 말한 후, 쿠구이 씨가 내민 메모를 밀어냈다.

"책을 쓰면서 알게 됐어요. 저는 역시, 그 애와 장기가 두고 싶어요. 처음 만나고 사부님 집 2층에서 장기를 뒀을 때부터 쭉…… 그 애와 장기를 두는 게 즐거워서 강해진 거예요……."

만약 만나더라도 말주변이 없고 매사에 서툰 나는 분명, 그 애에게 아무것도 해 주지 못하리라.

하지만, 장기라면.

"긴코도 말했어요. 저와 장기를 두고 싶어서 프로가 됐다고요. 그 마음은 분명 변함없을 거라고 믿어요."

나는 손에 쥔 책을 그대로 쿠구이 씨에게 내밀었다.

"휘호는 안 넣어도 돼요. 그 애에게 보낼 책은, 이 상태로 충분해요."

그 애는 항상 장기책을 읽고 나에게 전법을 시험해 봤다. 그건 인체실험이다.

그러니 이 책을 보내면, 분명 또――.

――그 소녀는 평소처럼 책을 한 권 든 채, 부드러운 햇살이 들어오는 테라스 자리에 앉아 있었다.

하지만 소녀의 피부는 눈처럼 새하얗고 햇살에 약하니까, 햇살이 아슬아슬하게 들지 않는 구석이 그녀의 지정석이다. 그리고 손목시계의 바늘이 정해진 장소에 올 때까지 묵묵히 책을 읽고 있었다.

철이 들기 전부터, 소녀는 독서를 사랑했다.

밖에 나가서 운동을 할 수 없는 소녀에게, 병실 밖을 가르쳐 주는 건 책뿐이었다.

요즘 즐겨 보는 건, 케이카가 가져오는 여자들 취향의 문고 서적이다.

스토리는 전부 비슷했다. 학대받는 여자 주인공이 우연히 신분이 높은 남자와 결혼하고, 처음에는 서로에게 반발하면서도 점점 끌리는…… 그런 이야기다.

바보 같다고 생각하면서도 술술 읽히는 상쾌함과 이어지는 내용의 결말이 궁금해서 묵묵히 읽게 된다. 게다가 체력이 없는 소녀에게 작은 문고 서적은 들고 있어도 지치지 않았다.

하지만 이날, 소녀는 다른 책을 읽고 있었다. 평소보다 몹시 두꺼운 장기 서적이었다.

"어머? 긴코, 그 책은……."

케이카는 놀랐다.

여기에 온 후로 소녀는 많은 책을 읽었지만, 장기에 관한 책은 읽을 수 없었다.

하지만 곧 소녀가 그 책을 왜 고른 건지 이해했다.

아니, 표지를 보면 일목요연했다.

"그래. 걔도 참. 어딘가에 틀어박혀서 그런 걸 썼구나? 괜히 걱정했네!"

집에 돌아가면 나와 아버지 몫도 보내라 해야겠다고 말하면서 따뜻한 차를 끓인 케이카는 왠지 기뻐 보였다.

쿠즈류 야이치는 누구에게, 그리고 뭘 전하고 싶어서, 이 책을 쓴 것일까?

그 답은 서두에 짤막하게 적혀 있었다.

『사부님 집에 있던 장기 귀신에게, 사랑을 담아 바친다.』

"바보야……."

장기에 관한 부분을 넘기면서, 수록된 칼럼을 읽었다.

그것은 전부 한 소녀의…… 장기 귀신에 관한 이야기였다.

그 글을 읽고 볼이 뜨거워지는 것은 느낀 소녀는 다시 한번 "바보야……."라고 중얼거렸다.

다른 사람에게 있어 『쿠즈류 노트』는 장기 전법서이리라. 꽤 독창적인 전법서 말이다.

하지만 소녀에게는…… 장대한 러브레터였다.

펄럭. 작은 쪽지가 떨어졌다. 발치에서 바람에 흩날리는 그것을, 소녀는 허둥지둥 주웠다.

『증정』이라고 인쇄된 책갈피였다. 뒷면에는 유려한 필체로 이렇게 적혀 있었다.

『빨리 안 돌아오면, 내가 확 채갈지도 모른데이.』

그리고 커버의 접힌 부분에 인쇄된 저자 소개 사진을 보고…… 소녀는 호흡을 멈췄다.

"……! 야……이……."

반년 만에 본 사형제의 얼굴.

그 상냥한 미소가 눈에 들어온 순간, 무심코 소녀는 책을 꼭 끌어안았다.

하지만 누가 이 사진을 찍었을지 생각이 미치자, 갑자기 화가 났다.

질투에 사로잡힌 가슴이…… 뜨겁다.

"바보야…… 나 말고 다른 여자에게, 이런 표정 보여주기는…… 바보."

거친 손길로 커버를 벗긴 후, 소녀는 다시 서두부터 읽으려 했다. 무수한 부호와 국면도로 가득 찬 그 책을…….

떨리는 손가락으로 페이지를 넘겼다――.

그렇게 소라 긴코는 아주 조금이지만 비집어 열었다. 전장으로 이어지는 문을…….

후기

"이거, 아빠 책이야?"

두 살이 된 딸은 요즘, 책장에 꽂힌 『용왕이 하는 일!』의 커버 책등을 가리키며 이런 말을 합니다. 뭐, 어느 캐릭터를 봐도 '긴코~!'라고 외치니, 얼마나 이해한 건진 모르지만요…….

애니메이션에는 아직 흥미가 없고, 시마●로 같은 아동용 작품만 좋아하는 두 살배기 아이도, 아버지가 방에 틀어박혀 뭔가를 쓴다는 건 이해하고 있는 것 같습니다.

이번에는 야이치와 마치가 함께 책을 만듭니다.

장기 서적은 라이트노벨과 많이 다르고, 매우 특수한 세계라고 느낄 때가 있습니다만 '이런 부분은 똑같네.' 하고 강하게 느낄 때가 있습니다.

어린애부터 어른까지 즐길 수 있도록, 정성을 들이는 점——글자를 읽지 못하는 두 살배기 아이가 일러스트를 보고 방긋 웃듯, 장기 서적 또한 국면도만 봐도 즐길 수 있습니다. 되도록 알기 쉽고, 재미있게, 많은 사람에게 전하고 싶다는 마음이 담겨 있습니다.

야이치와 마치가 만든 책은 앞으로 이야기 속에서 많은 사람에게 영향을 끼칩니다.

마찬가지로 이 『용왕이 하는 일!』 또한 읽는 분들이 뜨거운 무언가를 느낄 수 있도록, 앞으로도 더욱 정성을 들이고 싶습니다!

감 상 전

"동창회에서 무슨 옷을 입어야 할지 몰랐단 말이죠……."

도쿄 시부야에 있는 유명 프렌치 레스토랑.

아유무가 고른 궁전 같은 그 가게에 모인 건, 10년 전의 초등학생 명인전 때문에 시부야에 있는 TV 스튜디오에서 처음으로 얼굴을 마주했던 네 사람이었다.

"복장 규정이 있는 가게라서 새로 맞춘 정장을 입고 왔는데, 이렇게 튈 줄은 몰랐네요……. 항상 튀던 아유무가 이 가게에 더 녹아들고 있잖아요……."

"그런 시꺼먼 옷을 입고 오면 튀는 게 당연하잖아, 이 바보야. 장례식에 왔냐."

츠키요미자카 씨의 호된 편죽에도, 반론을 고사하고 고개를 끄덕일 수밖에 없었다. 대국 때 입을까 했지만, 벌써 마음이 꺾일 것 같다.

"그딴 시꺼먼 꼴을 해서 나타났을 때는 무슨 일 있나 했다고! 긴코 일도 있고…… 게다가 제자한테도 버림받았다며?"

"아……저기……."

대답하기 힘든 질문이라 말끝을 흐리자, 옆에서 삐친 듯한 목소리가 들려왔다.

"새로 동거하는 여자 취향이데이."

"저기?! 마, 마치…… 아니, 쿠구이 씨! 이상한 표현 좀 쓰지 마!"

"야이치야말로 왜 당황하는 기고? 입으로는 항상 '연상의 글래머를 좋아해~.' 같은 소리를 하지만, 실은 연하 상대로만 흥분하는 순도 100% 로리콤이라고 단호하게 선언하그라."

서로의 호칭과 말투가 바뀌었다는 걸 눈치챈 츠키요미자카 씨가 캐물었다.

"니네, 무슨 일 있었냐?"

"별일 없었으니까, 이렇게 동창회에 출석한 거데이. 원래는 지금쯤 산부인과에 다니면서, 술도 못 마시는 몸이 되어 있어야 하는디…… 투덜투덜……."

"그러니까 그런 이상한 표현 좀 쓰지 말라니까 그러네!!"

동창회가 시작되기도 전에 와인을 벌컥벌컥 들이킨 쿠구이 씨는 명백하게 술에 취했다.

내 탓이라서 마시지 말라는 말을 하기 어렵네…….

"『야이치』와 『마치』…… 꼬맹이처럼 소꿉놀이하는 것 같지만, 그래도 오늘은 동창회를 하러 모인 거잖아. 덕분에 분위기 좀 나는 것 같네."

"그럼 츠키요미자카 씨도 『료』라고 불러줄까요?"

"죽어."

테이블 아래에서 정강이를 걷어차였다.

쿠구이 씨를 이름으로 부르지 않게 된 것은 사저 탓이지만, 츠키요미자카 씨를 이름으로 부르지 않게 된 것은 그저 무서워서란 사실을 떠올렸다. 고통을 통해서 말이다.

그런 우리를, 빅토리아 시대의 귀부인 같은 모습을 한 여자가 훈훈한 모습을 보는 듯한 표정으로 응시하고 있었다.

"후후후. 여전히 기운이 넘치나 보구나, 젊은 용왕이여."

동창회의 게스트는—— 그 초등학생 명인전에서 리스너를 맡았던 샤칸도 리나 여류명적.

이 자리를 주최한 사람이기도 했다.

『오래간만에 너희의 얼굴이 보고 싶구나. 늙은이의 억지를 들어주지 않겠느냐?』

마침 책을 주고 싶었기에, 나와 쿠구이 씨는 함께 상경했다.

이제부터 제자와 타이틀전을 치를 사람에게 자신이 쓴 책을 주는 건 적을 도와주는 행동일지도 모르지만, 그 정도로 당하고 말만큼 그 애가 약해빠지지 않았다는 것은 쿠구이 씨와의 장기에서 증명됐다.

"그건 그렇고 마치와 함께 처녀작을 집필하고 있었을 줄이야. 여류명적 리그 최종국의 재능을 뽐내는 듯한 그 장기는, 역시 젊은 용왕에게 영향을 받은 것이었느냐."

"저는 그저, 수박 겉핥기에 불과합니데이. 아이 양과 싸워보고 깨달았지예."

"홋. 갑자기 목덜미가 서늘해지는걸……."

이야기가 불온한 방향으로 흘러가는 거 아니예요?! 이거, 동창회 맞죠?!

"하, 하지만 오늘 가장 축하받아야 할 사람은 아유무의 A급 입성이죠! 축하해!!"

나는 옆자리에 앉은 하얀 정장 차림의 절친에게 말했다.

아유무도 새 양복을 입고 왔다. 순백색으로 빛나고 있었다.

시꺼먼 양복과 새하얀 양복을 입은 우리가 붙어 않으니 만담 콤비 같아서 떨어져 앉고 싶지만, 꽤나 긴장한 듯한 아유무는 오늘 계속 입을 다문 채 내 곁에서 떨어지지 않았다.

　샤칸도 선생님은 동창회라는 명목으로 우리를 모았지만…… 타이밍으로 볼 때, 이것은 애제자의 A급 입성을 축하하는 자리인 게 명백했다.

　"순위전에 매번 승급해서 A급까지 올라간 사람이 나온 건 반세기 만이지? 대단하네~!"

　내가 그렇게 말하자, 언젠나 신랄하던 츠키요미자카 씨도 감탄한 투로 말했다.

　"만약 다음 기에 이대로 명인 도전자가 되어서 탈취한다면, 명인 획득 최연소 기록이 되는 거 아니야?"

　"지금은 츠키미츠 회장님의 기록이 최연소죠? 으음…… 21세였던가? 아유무의 생일은 회장님보다 나중이니까, 기록 갱신이네요."

　"프로 입성하고 논스톱으로 명인 획득은 사상 처음이데이. 그때는 인터뷰를 부탁하께. 아유무의 기사는 여성지에서도 인기다 아이가."

　"확실히 아유무는 미남에, 독신에, 그렇고 그런 이야기도 없잖아. 그 명인에게 도전하게 된다면 시끌시끌할 거야. 나는 용왕전 때 엄청 욕을 먹었지만, 아유무는 안 그럴 거라고……. 사람은 잘생기고 봐야한다니깐……."

　"어이어이. 나타기리 아저씨가 명인이 될 가능성도 있잖아?"

"하지만 역시 그 명인한테서 타이틀을 빼앗아 줬으면 좋겠네요! 나타기리 씨한테는 미안하지만, 명인이 명인이 아니게 되는 걸 상상할 수가 없다고요!"

"어? 어이, 쓰레기. 왜 울컥한 거야? 너, 나타기리 아저씨에게 너무 매몰찬 거 아니야~?"

"전에 동거하는 여자를 빼앗겼다 아이가."

"아~ 열받을 만도 하네. 참 안됐는걸."

"그러니까 그런 불온한 발언 좀 하지 말라고요!!"

정정을 요구하면서도, 나는 마음이 가벼워진 기분이 들었다.

역시 동기가 모여서 수다 떠는 시간은 즐겁다. 그게 내 공개 린치 타임일지라도 말이야…….

"아무튼 아유무를 축하해 주죠! 네?!"

마침 요리가 나왔기에, 나는 잔을 들면서 건배사를 말했다.

"선수를 빼앗겼지만…… 내가 용왕 명인이 되는 날까지 맡겨 둘 테니까, 빨리 명인이 되라고!!"

그 응원을 들은 아유무의 반응은———.

"…………."

어라~?

신칸센 안에서 열심히 생각한 말에, 아유무는 전혀 반응하지 않았다. 왜 저러지? 너, 이런 걸 좋아하지 않았어?

아, 혹시 긴장한 거야?

"명인………… 명인이……."

"응?"

아유무는 고개를 숙인 채 중얼거리고 있었다. 유심히 보니, 무릎 위에 놓인 손에는 조그마한 상자 같은 것이 쥐어져 있었다.

"아유무…… 너, 그건——."

아유무가 쭉 쥐고 있는 것.

그것은 네모난 상자였다. 비단으로 된…….

안에 무엇이 들어 있을지 바로 짐작이 됐다. 왜냐하면 나도 그것을 건네주려 한 사람이 있었던 것이다.

갑자기, 전부 하나로 이어졌다.

아유무가 이렇게 궁전 같은 가게를 고른 이유. 새로 맞춘 흰색 정장을 입은 이유.

그리고…… 극도로 긴장한 채, 뭔가를 결심한 듯한 표정을 짓고 있는 이유를…….

"명인이 된다면——."

새하얀 정장을 입은 청년이 의자에서 일어나더니, 출석자 중 한 명에게 다가갔다.

《차세대 명인》이란 별명을 현실로 만들고 있는 새로운 A급 기사, 칸나베 아유무 8단은 그 인물 앞에서 무릎을 꿇으면서 공손한 어조로 이렇게 말했다.

"결혼해 주십시오."

작은 상자 안에서 모습을 드러낸 반지가 뿜는 빛이, 그 말이 농담이 아님을 증명하고 있었다.

역자 후기

안녕하십니까. 근로청년 번역가 이승원입니다.

『용왕이 하는 일!』 15권을 구매해 주셔서 진심으로 감사드립니다.

용왕 15권은 재미있게 읽으셨는지요.

지난번 충격적인 전개에서 이어진 이번 권은 두 가지 이야기를 다루고 있습니다.

하나는 도쿄로 간 히나츠루 아이의 대도시 적응기(?)입니다.

사부의 곁을 떠나 여류기사의 길을 걷기로 한 히나츠루 아이는 로쿠로바 타마요와 동거하게 됩니다.

처음에는 타마요도 아이를 꺼려하지만, 함께 지내면서 아이에 대해 조금씩 알게 되면서 마음을 열게 됩니다. 그런 그녀가 보여주는 건 『여류기사』란 존재가 안고 있는 고난과 딜레마입니다. 여자의 몸으로 장기에 인생을 거는 것이 얼마나 힘든 것인지를 타마요를 보며 깨닫는 아이. 그리고 타마요 또한 아이를 보면서 자신이 잊고 있었던 초심을 깨닫게 됩니다.

다른 하나의 이야기는 야이치의 장기 서적 집필입니다.

연인과 첫 번째 제자에게 버림받고, 두 번째 제자와 동거를 시작하지만 잡혀 살게 된 야이치. 그런 야이치에게 처녀작 집필이라는 미끼를 던져서 약탈을 시도하는 구미호, 아니 쿠구이 마치!

전통 여관에서 통조림 집필을 하는 야이치를 헌신적으로 보살피는 쿠구이 마치는 정말 매력적이었습니다. 하지만 그 모든 것은 최후의 승리를 거머쥐기 위한 포석에 지나지 않았고…… 이 엄청난 유혹 앞에서 흔들리는 야이치의 모습은 재미있었습니다.^^

개인적으로는 쿠구이 마치의 역전승을 앞으로도 응원하고 싶습니다, AHAHA.

그럼 이만 줄이겠습니다.

언제나 재미있는 작품을 맡겨 주신 노블엔진 편집부 여러분께 감사드립니다. 앞으로도 잘 부탁드립니다.

오래간만에 일본에서 건너와서 얼굴 본 악우여. 정말 반가웠다. 다음에는 일본에서 만나서 맛난 거 먹으러 가자.^^

마지막으로 제게 버팀목이 되어주시는 어머니와, 『용왕이 하는 일!』을 읽어 주신 모든 분께 진심으로 감사드립니다.

여류명적 타이틀에 도전하는 히나츠루 아이의 이야기가 그려지는 『용왕이 하는 일!』 16권 후기에서 다시 뵙겠습니다!

역자 이승원 올림

용왕이 하는 일! 15

2022년 08월 25일 제1판 인쇄
2022년 09월 01일 제1판 발행

지음 시라토리 시로 | **일러스트** 시라비

옮김 이승원

발행 영상출판미디어(주)
등록번호 제 2002-000003호
주소 21315 인천광역시 부평구 부평대로 283 A동 702호
전화 032-505-2973(代) | FAX 032-505-2982

ISBN 979-11-380-1663-6
ISBN 979-11-319-5731-8 (세트)

RYUOH NO OSHIGOTO! Vol.15
Copyright ⓒ 2021 Shirow Shiratori
Illustrations copyright ⓒ 2021 Shirabii
Supervised by Saiyuki
All rights reserved.
Original Japanese edition published in 2021 by SB Creative Corp.

This Korean edition is published by arrangement with SB Creative Corp., Tokyo
in care of Tuttle-Mori Agency, Inc., Tokyo through Yu Ri Jang Literary Agency, Seoul.

구매 시 파손된 도서는 구매처에서 교환하실 수 있습니다.
기타 불편사항, 문의사항이 있으신 독자님께서는 노블엔진 홈페이지 [http://novelengine.com] 에서
Q&A 게시판을 이용해 주시기 바랍니다.

노블엔진(NOVEL ENGINE)은 영상출판미디어(주)의 라이트노벨 및 관련서적 브랜드입니다.